COBALT-SERIES

後宮刷華伝

ひもとく花嫁は依依恋恋たる謎を梓に鏤《ちりば》む

はるおかりの

集英社

後宮刷華伝

ひもとく花嫁は依依恋恋たる謎を梓に鏤《ちりば》む

目次

イラスト／由利子

登場人物紹介

高秀麒《こうしゅうき》

崇成帝の第六皇子。幼い頃、母の栄玉環に刃物で襲われ、心身ともに大きな傷を負う。後継者争いからは早々に脱落し日陰者として生きているが小説を書くことを密かな愉しみにしている。

李益雁《りえきがん》

秀麒の護衛、兼監視役。武官だが優男風であり女好き。根っからの怠け者で働かないで楽しく生きていきたいと思っている。

楊若霖《ようじゃくりん》

玉兎に忠実に仕える護衛。寡黙だが恋愛小説好き。もともとは孤児で、先代の念家当主に拾われた。

方午亮《ほうごりょう》

都で廃業寸前の書坊「東夢堂」を営む。もともと仕官していた。

鴬司籍《おうしせき》

後宮で司籍として仕える女官。仕事熱心で礼儀正しい淑やかな佳人。

念玉兎《ねんぎょくと》

念家の令嬢。天真爛漫な性格。
皇太子の妃候補だったが、
自ら進んで高秀麒の花嫁に名乗り出る。
書物が大好きで、小説を読むだけに
とどまらず、挿絵を描いたり
書物の出版に関わったりもしている。

李貴妃《りきひ》

崇成帝の寵妃。公主を
5人産んでいる。

高来隼《こうらいしゅん》

秀麒の叔父で、崇成帝の
異母弟。書物好きで、
蔵書家として有名。

高善契《こうぜんけい》

崇成帝の皇太子。
温和で人当たりはいいが、
皇位を望む野心がない。

高垂峰《こうすいほう》

崇成帝の第三皇子。
傲慢な性格で、
秀麒を見下している。

高蛍霞《こうけいか》

李貴妃の三女。
おとなしい性格で、本の虫。

凱王朝宗室 高家 家系図

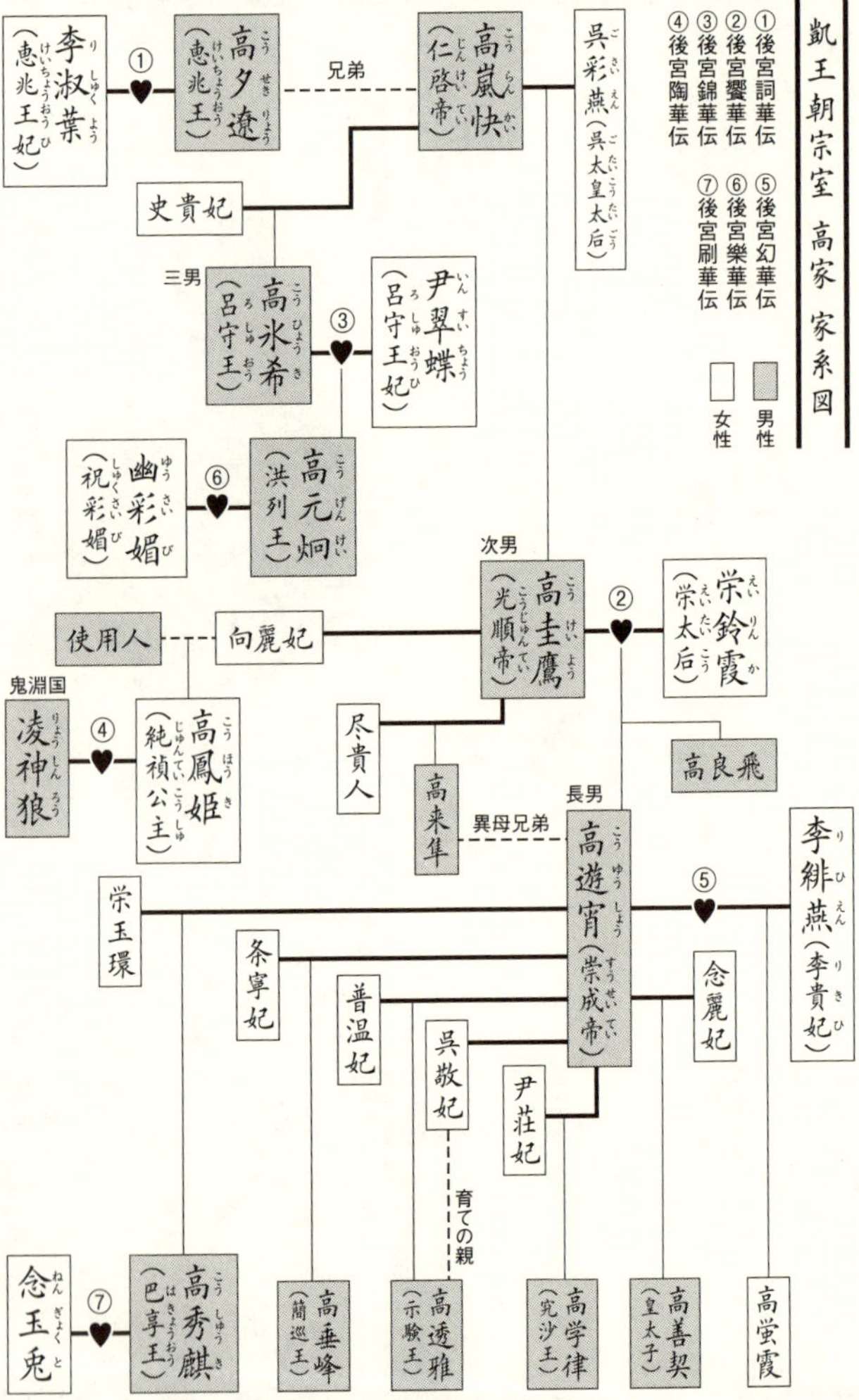

男性
女性
①後宮詞華伝
②後宮饗華伝
③後宮錦華伝
④後宮陶華伝
⑤後宮幻華伝
⑥後宮樂華伝
⑦後宮刷華伝
李淑葉《りしゅくよう》（恵兆王妃《けいちょうおうひ》）
①
高夕遼《こうせきりょう》（恵兆王《けいちょうおう》）
兄弟
高嵐快《こうらんかい》（仁啓帝《じんけいてい》）
呉彩燕《ごさいえん》（呉太皇太后《ごたいこうたいごう》）
史貴妃
三男
高氷希《こうひょうき》（呂守王《ろしゅおう》）
③
尹翠蝶《いんすいちょう》（呂守王妃《ろしゅおうひ》）
幽彩媚《ゆうさいび》（祝彩媚《しゅくさいび》）
⑥
高元炯《こうげんけい》（洪列王）
次男
高圭鷹《こうけいよう》（光順帝《こうじゅんてい》）
②
栄鈴霞《えいりんか》（栄太后《えいたいこう》）
使用人
向麗妃
鬼淵国
凌神狼《りょうしんろう》
④
高鳳姫《こうほうき》（純禎公主《じゅんていこうしゅ》）
尽貴人
高来隼
高良飛
長男
異母兄弟
高遊宵《こうゆうしょう》（崇成帝《すうせいてい》）
⑤
李緋燕《りひえん》（李貴妃《りきひ》）
栄玉環
条寧妃
普温妃
呉敬妃
尹荘妃
念麗妃
育ての親
念玉兎《ねんぎょくと》
⑦
高秀麒《こうしゅうき》（巴享王《はきょうおう》）
高垂峰（簡巡王）
高透雅（示験王）
高学律（究沙王）
高善契（皇太子）
高蛍霞

後宮刷華伝

ひもとく花嫁は依依恋恋たる謎を梓に鏤《ちりば》む

第一回

ごくつぶしの六皇子が凡の花嫁を娶ること

高秀麒《こうしゅうき》がその娘を見かけたのは、まったくの偶然だった。

一目で良家の令嬢と分かる身なりの娘が庭石の上で背伸びをしている。どうやら、寒緋桜《かんひざくら》の枝に引っかかった紙切れを取ろうとしているようだ。

「どこかで見た顔だな」

玉のかんばせという言葉があるが、娘の面《おもて》はまさに玉顔《ぎょくがん》である。

透き通るような白い肌、翠羽《すいう》のごとき眉《まゆ》、瞳は磨《みが》き上げられた黒真珠《くろしんじゅ》のよう、可憐《かれん》な唇は匂《にお》いやかな桃の花。驚鵠髻《きょうこくけい》に結われた緑の髪では、紅水晶《べにずいしょう》の金歩揺《きんほよう》がきらめき、胡蝶《こちょう》をかたどった珊瑚《さんご》の髪飾り、咲き初《そ》めの牡丹《ぼたん》を模した絹花が艶《あで》やかな色彩を添えている。

満開の寒緋桜と鶯《うぐいす》が織《お》り出された上襦《じょうじゅ》、蜂蜜《はちみつ》色の裙《くん》、木蓮《もくれん》が刺繍《ししゅう》された絹団扇《きぬうちわ》。霞《かすみ》のような被帛《ひはく》をそよ風に遊ばせる麗姿《れいし》は、さながら百花《ひゃっか》の精を統《す》べる女神、百花仙子《ひゃっかせんし》だ。

「あの方、皇太子殿下の花嫁候補のご令嬢ですよ」

側仕《そばづか》えの李益雁《りえきがん》が歌うように答えた。

「念麗妃《ねんれいひ》さまの姪御《めいご》で、お名前は玉兎《ぎょくと》とおっしゃいます。年齢は今年で十八。琴棋書画《きんきしょが》に通じ、人柄も温柔《おんじゅう》な才色兼備《さいしょくけんび》の姫君。その上、主上《しゅじょう》が公主《こうしゅ》のように可愛《かわい》がっていらっしゃるご令嬢ですから、皇太子妃は玉兎姫で決まりだって噂《うわさ》されていますよ」

念麗妃は皇太子・高善契《ぜんけい》の生母だ。皇太子の従妹《いとこ》として、念玉兎は皇宮にも頻繁《ひんぱん》に参内《さんだい》している。どこかで会ったことがあるかもしれない。

「玉兎か。ひどい名だ」

いやなものを思い起こさせる言葉だ。秀麒は思いっきり顔をしかめた。

(皇太子妃候補がこんなところで何をしているんだ?)

今日は一月七日、人勝節《じんしょうせつ》。ここは都の景勝地《けいしょうち》である蘭翠池《らんすいち》。蠟梅《ろうばい》がほころぶ池のほとりで、盛大な宴《うたげ》が催《もよお》されている。

宴嫌いの秀麒は早々に中座したが、皇太子妃候補の令嬢たちは、華やかな歌舞《かぶ》や詩文を披露して皇太子の気を惹《ひ》こうと躍起《やっき》になっていた。次代の皇后に最も近い念氏は、宴の中心にいなければおかしい。なぜ、こんな人気《ひとけ》のない場所にひとりでいるのだろうか。

疑問に思いつつも通り過ぎようとした瞬間、庭石の上で百花仙子の体がぐらりと傾いた。秀麒は舌打ちした。危なっかしいことだ。女神のくせに、羽衣《はごろも》も持っていないのか。

「まあ」

駆け寄って抱きとめると、念氏《ねんし》は兎《うさぎ》のように大きな瞳をぱちくりさせた。

秀麒は眉間《みけん》にしわを刻んだ。ふうわりと漂ってきた桃花の香りが不快だったからではない。華奢《きやしや》な体を支えた際、右肩に刺すような痛みが走ったからだ。

「私が取ってやるから、君はおりろ」

念氏はおとなしく従った。秀麒は庭石に乗り、寒緋桜の枝に引っかかっていた紙切れを取った。見たところ、人物画の下絵のようだ。

「ありがとうございました、巴享王殿下《はきようおう》」

紙切れを返すと、念氏は花のように微笑《ほほえ》んだ。世の男たちが一瞬で心を奪われるような美貌《びぼう》の乙女《おとめ》だが、秀麒の心は動かない。秀麒は女という生きものが大嫌いなのだ。

「私を知っているのか」

「もちろん、存じ上げておりますわ。主上の第六皇子であらせられる高秀麒さまでしょう」

「ごくつぶしの六皇子とも呼ばれているな。そちらのほうが有名か」

「国子監《こくしかん》の管理監事大臣《かんりかんじだいじん》を務めていらっしゃる御方がごくつぶしだなんて」

凱《がい》の最高学府を国子監という。管理監事大臣はその最高責任者だが、名誉職にすぎず、実務は祭酒《さいしゆ》と呼ばれる長官がとりしきる。

「君はここで何をしていた？　宴席にいなくていいのか？」

「――お嬢さま。梯子《はしご》をお持ちしました」

そのとき、武人の恰好《かつこう》をした青年が梯子を抱えてやってきた。

「ごめんなさい、若霖《じゃくりん》。梯子はもういらないわ。巴享王殿下が取ってくださったの」

念氏はちらりと秀麒に視線を投げた。

「わたくしの護衛ですの。木に紙が引っかかったので、梯子を取りに行かせたのですわ」

「楊《よう》若霖と申します。お嬢さまを助けてくださったとのこと、心から感謝いたします」

梯子を地面に置き、若霖はきびきびと武官式の拝礼《はいれい》をする。

秀麒は念氏と若霖を交互に見て、なるほど、とうなずいた。

「ああ、そういうことか」

「はい？」

「いや、こちらの話だ。――若霖とやら、護衛ならば女主人のそばを離れるな。皇太子殿下の花嫁に何かあってからでは遅いぞ」

益雁を連れて立ち去る。背後で念氏と若霖がひどく親しげに話していた。令嬢と護衛にしては打ち解けすぎている会話に耳を傾けつつ、寒緋桜に染まる小道を歩く。

「また何か考え事をなさってるんですか？」

「あの二人のことをな。皇太子妃候補の令嬢と、彼女に仕える護衛の青年。絵に描いたような禁断の恋だ。新作の題材にちょうどいい」

「はあ……。また新作ですか。三日前も新作を書き始めたとおっしゃっていたような……ん？護衛の青年？　ってまさか、楊若霖のことですか？」

益雁の問いに生返事をして、秀麒は想像し始めた。念氏と若霖の出会いや、恋に落ちるきっかけなどを。癖《くせ》なのだ。目に映るものに物語を見出《みいだ》すのが。

「二人はきっと幼馴染《おさななじみ》だな。十数年、主従として過ごしてきた。互いに結ばれぬ仲と知っているから、恋心はひた隠しにしてきたが、念氏が東宮《とうぐう》に嫁《とつ》ぐことが決まってしまい……」

携帯している筆と帳面を出して、思いついたことを書きつける。

「殿下の悪癖《あくへき》が出ましたね。何でもかんでも小説のネタになさる」

「私が悪いわけじゃない。小説のネタがその辺に転がっているのが悪いんだ」

秀麒は小説を書くのが好きだ。以前は古式ゆかしい文言《ぶんげん》（書き言葉）小説を書いていたが、最近ではもっぱら白話《はくわ》（話し言葉）小説を書く。

凱は国土が広く、多くの民族が入り乱れている。当然、地方によって口語には大きな違いが出る。ゆえに東西南北から集まってくる官吏《かんり》たちは各地の方言ではなく、官話《かんわ》と呼ばれる共通語で会話をする。この官話を文字にしたものが白話だ。

近年、白話小説――すなわち通俗小説がさかんに出版されている。中には挿絵が入っているものや多色刷りされているもの、読みやすいように句読点《くとうてん》が入れられているものなどがあり、手ごろな値段で売られていることから、庶民《しょみん》が夢中になっているという。

頭のかたい知識人は「白話小説など低俗だ」と切って捨てるが、秀麒は幼い頃から白話小説を愛好していた。燎《りょう》王朝の太祖《たいそ》が貧民から皇帝になるまでを描いた『燎史演義《りょうしえんぎ》』、貧しい書生《しょせい》と美しい宰相《さいしょう》令嬢の多難の恋をつづった『秋江記《しゅうこうき》』、個性的な妖人《ようじん》たちの力比べを描く『如拳《じょけん》伝《でん》』、華麗《かれい》なる妓楼《ぎろう》を舞台に悲運の男女の縁が絡み合っていく『鏡蘭月《きょうらんげつ》』、名判官が数々の難事件を鮮やかに解決する『清平公案《せいへいこうあん》』など、寝食《しんしょく》を忘れて読みふけったものだ。

　読む楽しみを覚えたせいだろうか、今度は自分で物語を書いてみたくなった。

　十歳の頃、初めて白話小説というものを書いた。それはつたない出来栄えで、子どもの手すさびにすぎなかったが、秀麒は白話で小説をつづることに魅入《みい》られてしまった。

　公案もの、伝奇もの、歴史もの、神魔《しんま》もの……いろんな分野の小説を書いてきたが、このところ好んでいるのは恋物語である。生身の女は嫌いだが、小説で女人《にょにん》たちを描くのは好きだ。特に恋物語はさまざまな女主人公を描くことができるので面白い。

「小説より、皇太子殿下の花嫁選びのほうが面白いですよ」

　益雁は眠そうに大あくびした。

「最有力候補は念家ですが、尹《いん》家や呉《ご》家の姫君も引けを取りません。お二人とも牡丹か百合《ゆり》かという美貌ですからね。夾《きょう》家のご令嬢はくらくらするような色香の持ち主ですし、湯《とう》家のご令嬢はすらりとした麗人《れいじん》です。他にも天女のような美姫《びき》がたくさん。この中から皇太子殿下が正妃をお一人、側妃《そくひ》をお二人お選びになる。なんとまあ、うらやましいことで」

　美女の話となると饒舌《じょうぜつ》になる益雁を無視して、秀麒は空想を続けた。

　皇太子妃選びなど、自分には関係ないことだ。

人勝節から五日後、秀麒は父帝に呼び出された。

「……父上、今なんとおっしゃいましたか？」

「念玉兎をおまえに嫁がせると言った」

日中、皇帝が政務を行う暁和殿《ぎょうわでん》の客間。

七宝《しっぽう》で飾られた長椅子《ながいす》に、父帝と李貴妃《りきひ》が腰かけている。李貴妃は父帝の寵妃だ。絶世の美女ではないものの、理知的な佳人《かじん》で、皇后空位の後宮では、事実上の女主人である。

「玉兎がおまえに嫁ぎたいと申し出てきたんだ。巴享王に嫁げないなら、命を絶つ覚悟だと」

笑い含みに言って、父帝は瑠璃釉《るりゆう》の茶杯《ゆのみ》をかたむけた。

五爪《ごそう》の龍が織り出された御衣《ぎょい》、複数の佩玉《はいぎょく》を組み合わせた組玉佩《そぎょくはい》、朱色の錦《にしき》に金刺繡が映える膝蔽《ひざおお》い。今上《きんじょう》、崇成帝《すうせいてい》・高遊宵《ゆうしょう》は、御年四十八だ。高家の血筋に色濃く表れる端麗《たんれい》な容貌《ようぼう》は今もなお若々しく、堂々たる長軀《ちょうく》には天子の威厳が満ちている。

「隅《すみ》に置けないな、秀麒。兄の花嫁と道ならぬ恋に落ちるとは」

「道ならぬ恋など……。私は一度、念氏と会っただけです。たいして会話もしていません」

「では、玉兎姫はたった一度の出会いで恋に落ちたのですね。一目惚《ひとめぼ》れなんて素敵だわ」

李貴妃が絹団扇の陰で微笑む。

「君も余《よ》に一目惚れしてくれれば、素敵だったんだけれどね」

「一目惚れなら、私もしていますよ。毎朝、主上にお目にかかるたびに」

「それでは一日に一度だな。余は君を見るたびに一目惚れしているのに」

父帝と李貴妃が見つめ合う。秀麒は気まずくなって、視線をそらした。

「恐れながら主上。お話の続きを」

司礼監掌印太監《しれいかんしょういんたいかん》の因《いん》太監が苦笑まじりに助け舟を出してくれる。

司礼監は内廷《ないてい》を管理する宦官《かんがん》二十四衙門《がもん》の首《おびと》。掌印太監は司礼監の筆頭で、宦官の最高職だ。

すらりとした長身に蟒服《ぼうふく》（蟒は龍に似た四爪《しそう》の大蛇）をまとい、金糸で刺繍された黒の宦官帽をかぶっている。父帝より年上だが、蠱惑《こわく》的な美貌は年齢不詳だ。

「何の話をしていたんだったか……。ああ、秀麒に玉兎を娶《めと》らせる話だったな」

父帝は花鳥画の扇子《せんす》を開いた。

「因太監。ただちに婚約の手はずを整えよ。半年後には婚儀を挙げられるように」

御意《ぎょい》、と因太監がうやうやしく頭《こうべ》を垂れる。

「お待ちください、父上。念氏は兄上に嫁ぐはずでは？　念麗妃さまはそのおつもりでいらっしゃるでしょうし、兄上だって」

「念麗妃と善契には、余から話をしておいた。二人とも玉兎の希望を叶えてやってほしいと言っていたぞ。余は玉兎を娘のように思っている。好いた相手に嫁がせてやりたい」

「しかし、父上。私は、結婚するつもりなどありません」

秀麒はまっすぐに父帝を見返した。

「私はごくつぶしの六皇子です。親王として遇《ぐう》されながら、父上のお役に立つこともできません。そのような半人前の身で、人並みに妻を娶るわけにはまいりません」

秀麒が〈ごくつぶしの六皇子〉と呼ばれるのには理由がある。

封土《ほうど》を賜《たまわ》っていないからだ。皇族の男子は王に封じられる際、任国《にんごく》を賜るもの。それぞれの封土をよく治めることで、皇恩《こうおん》に報いることができる。

秀麒は巴享王として都に王府をかまえているが、巴享国という任国は存在しない。

つまり、名ばかりの王なのだ。国子監の管理監事大臣なる位も、秀麒の皇子としての面子《めんつ》を立てるためにもうけられた新しい官職であり、別になくてもよい職務である。

ごくつぶしの六皇子――高秀麒は、父帝にとっても凱にとっても、役立たずの皇子だ。

「余は、おまえの母との約束を果たさなければならない」

父帝は底知れぬ龍眼《りゅうがん》で秀麒を射貫《いぬ》いた。

「栄氏が余に懇願《こんがん》した。おまえが年頃になったら、できるだけ早く妻を娶らせてほしいと」

秀麒の母は栄玉環《えいぎょくかん》という。父帝の母である栄太后《たいこう》の実家、栄一族の娘だった。

皇后候補として入宮《にゅうきゅう》し、秀麒を産んだが、十三年前、皇族殺しという大罪を犯した。皇族殺しは未遂《みすい》であっても死罪。栄一族は族滅《ぞくめつ》を命じられ、母は父帝より死を賜った。

「なぜ……母がそんなことを」

秀麒は両手を握りしめた。ずきずきと右肩が疼《うず》き出す。

「栄氏にも、我が子を思いやる気持ちがあったということだ」

ばかばかしい、と吐きすてようとして、なんとか堪《こら》えた。ふつふつと沸き起こる激情が腸《はらわた》を滾《たぎ》らせる。母が秀麒を思いやるなど、絶対にありえないことだ。

「不運なことに、おまえは母と縁がなかった。余もおまえにとって最良の父とは言えないだろう。しかし、だからといって、人の情を求めることを諦めるべきではない」

「……人の情など、私には不要です」

「誰にとっても必要だ。生きている以上は」

父帝が目配せすると、皇帝付きの主席宦官が秀麒に文《ふみ》を差し出した。

「栄氏の遺書だ。おまえが妻を娶る年頃になったら渡してくれと頼まれた」

「何と書いてあるんですか」

「自分で読め」

「読みたくありません。こんなもの、処分してください」

「この文が失われれば、おまえは永遠に母の遺志を知ることができなくなるぞ」

「母は罪人です。罪人が遺《のこ》した汚らわしい言葉など、目にしたくありません」

秀麒はかたくなに固辞した。すると、李貴妃が席を立った。宦官から文を受け取る。

「それでは、私が預かりしましょう。ご入用の際は、私をお訪ねください」

「処分してくださって結構です。李貴妃さまをお訪ねすることはありませんので」

文の話はこれまでだ、と父帝は軽く机を叩いた。

「結婚については、否《いな》とは言わせぬぞ。今朝、すでに勅使《ちょくし》を念家に遣わした。勅命《ちょくめい》を覆《くつがえ》すわけにはいかない。当月中に念玉兎と婚約し、半年後には婚儀を挙げよ」

「父上……！　私は結婚など」

「おまえの意見は聞いていない。これは命令だ」

有無を言わさぬ声音《こわね》が響き渡る。秀麒は唇を噛《か》んで、父帝に拝礼した。

「……仰《おお》せに従います」

勅命に逆らうことは決して許されない。たとえ、どれほど不本意であろうとも。

凱王朝、崇成二十三年六月。崇成帝の第六皇子、巴享王・高秀麒が念玉兎を娶った。

念玉兎は念麗妃の姪《めい》にあたり、皇太子・高善契の花嫁に目されていた令嬢である。念玉兎のたっての願いで相なったこの婚姻は、永乾帝《えいけんてい》の早すぎる崩御《ほうぎょ》の遠因だと言われている。

季月《きげつ》初めの夜、巴享王府《おうふ》は華燭《かしょく》の典で色めいていた。

深紅の装飾で埋め尽くされた大広間では、夜更けまで祝い酒が酌《く》み交わされる。今宵《こよい》の主役である花嫁は一足先に宴席を辞して、洞房《どうぼう》（新婚夫婦の部屋）に入った。

「婚礼って、堅苦しくて退屈ねー」

紅の褥《しとね》に腰を下ろし、玉兎は頭にかぶっていた綾絹《あやぎぬ》を自分ではぎ取った。

部屋中に灯された艶《あで》やかな華燭の光が目に飛びこんでくる。思いっきり背伸びをすると、粒珊瑚をちりばめた鳳冠《ほうかん》の垂れ飾りがしゃらしゃらと歌う。

「本当にこれでよかったんでしょうか……」

牀榻《しんだい》の傍《かたわ》らに立つ若霖が気遣わしげにつぶやいた。赤い錦の盛装に武人風の冠。凜《りん》とした美貌と相まって、今夜の若霖は花婿顔負けの美男子だった。

「よかったに決まってるでしょう。これでわたくしの入宮はなくなったわ」

玉兎は高秀麒に一目惚れしたわけではない。彼を利用したのだ。入宮から逃れるために。

昨年末から皇太子、高善契の花嫁選びが始まった。花嫁の名簿《めいぼ》には名家出身の美姫たちが書き連ねられたが、その筆頭は善契の従妹《いとこ》である玉兎だった。

父亡き後、新たな念家当主となった同母兄は、念一族のさらなる繁栄《はんえい》のため、玉兎を次代の皇后に据えようとした。兄が玉兎に目をつけたのは、容貌や才覚云々《うんぬん》というより、玉兎が皇帝に気に入られていたからだろう。兄があの手この手で味方を増やしたおかげで、朝廷の高官たちの大半が玉兎を皇太子妃に推《お》し、あとは皇帝の許可を待つばかりとなった。

これからは念家の時代だと親族は有頂天《うちょうてん》になったが、玉兎は憂鬱《ゆううつ》だった。

善契を嫌っているわけではない。彼は優しくて穏やかな人だ。きっとよき夫になるだろう。

けれど、玉兎は善契に嫁ぎたくなかった。なぜなら彼は皇太子だから。

（皇太子妃になったら、いずれは後宮に入らなければならなくなる……）

幼い頃、玉兎は後宮を仙境《せんきょう》だと思っていた。絢爛豪華《けんらんごうか》な建物、百花《ひゃっか》が咲き競う園林《ていえん》、きらびやかな衣装、贅《ぜい》を尽くした美食、風雅《ふうが》な行事や習わし。

すべてのものが美しく洗練されていて、仙界にいるような心地がした。

今ではそれが後宮のほんの一面にすぎないことを、玉兎は知っている。

五年前、高善契が立太子《りったいし》され、伯母《おば》である念碧麗《へきれい》が麗妃に封じられた。祝宴は大変なにぎわいだったにもかかわらず、念麗妃は物憂《ものう》げに眉《まゆ》を曇らせていた。

『伯母さまはどうして悲しそうな顔をしているの？』

当時十三だった玉兎が何気なく尋ねると、念麗妃は努めて笑顔を作った。

『悲しくなんてないわよ。善契が皇太子になったんですもの』

その答えが本心ではないことは、なんとなく感じ取れた。

凱帝国の後宮には、皇后の下に十二妃《じゅうにひ》と九嬪《きゅうひん》がいる。十二妃は皇貴妃《こうきひ》、貴妃、麗妃、賢妃《けんひ》、荘妃《そうひ》、敬妃《けいひ》、成妃《せいひ》、徳妃《とくひ》、順妃《じゅんひ》、温妃《おんひ》、柔妃《じゅうひ》、寧妃《ねいひ》。九嬪は昭儀《しょうぎ》、昭容《しょうよう》、昭華《しょうか》、婉儀《えんぎ》、婉容《えんよう》、婉華《えんか》、明儀《めいぎ》、明容《めいよう》、明華《めいか》。十二妃と九嬪を妃嬪《ひひん》と呼ぶ。

皇后は皇子を産んだ妃嬪から選ばれる決まりなので、本来なら皇太子の母妃は皇后に冊立《さくりつ》される。しかし、皇帝は皇后と皇貴妃を空位にし、寵愛《ちょうあい》する李氏を貴妃に、念碧麗を麗妃に冊封《さくほう》した。李氏は公主《こうしゅ》を五人産んだが、皇子は産んでいない。皇子を産めなかった李氏を皇太子の母より上位にすることは古礼に反すると、念一族の官吏《かんり》たちが騒ぎたてた。

『念家は栄家の轍《てつ》を踏むつもりか？』

皇帝が冷ややかに言うと、念一族の官吏たちは舌を抜かれたように押し黙ったという。

十三年前の事件が起こるまで、栄家は外戚《がいせき》として権力の高みにいた。栄家の名を出せば、天下ではどんな無理難題も通ったし、傍若無人《ぼうじゃくぶじん》なふるまいも許された。

政《まつりごと》を壟断《ろうだん》する栄家は四方八方に敵を作り、皇帝の恨みを買った。栄戍妃が皇族殺しという大罪を犯したとき、皇帝は一切の恩情をかけず、栄一族を根絶やしにした。

念家が第二の栄家にならないよう、あえて念氏を最高位にしなかったのだと皇帝は言った。それは事実であろうが、それだけが理由でもない。皇帝は李氏を寵愛している。他の皇妃にも目をかけてはいるものの、李氏への天寵に比べれば微々たるものだ。

『そう……。主上《しゅじょう》は今夜も瑞明宮《ずいめいきゅう》にお渡りになるのね』

皇帝が李氏の寝宮《しんぐう》に行くと聞けば、念麗妃の声音には哀切がにじんだ。

『まあ、思いがけないことですわ。主上がお見えになるなんて』

皇帝が訪ねてくれば、念麗妃の顔には春が来たように華やぎが映った。

『主上はね、わらわの初恋の人なの』

少女時代の初恋を語る念麗妃の口ぶりには、心からの恋情がこもっていた。

彼女は皇帝に恋をしていたのだ。決して報われることのない恋を。

『あなたには分からないわよ！　わらわの気持ちなんて！』

ある日、念麗妃は涙まじりに李貴妃を罵《ののし》った。李貴妃と念麗妃は入宮以来の親友で、普段は姉妹のように仲睦《なかむつ》まじい。口論することなんてありえないのに。

数日後に二人は仲直りしていたが、念麗妃の表情には憂《うれ》いの影が色濃く残っていた。

『後宮で絶対にしてはいけないことは何か分かる？』

瑞明宮へ向かう皇帝の行列を遠目に眺めながら、念麗妃は玉兎に尋ねた。

『恋よ』

虚《うつ》ろな横顔が目に焼きついてしまったせいだろうか。いつしか、玉兎は後宮への憧れを失った。皇太子妃になり、夫の即位に伴《ともな》って後宮に入ったら、玉兎は天子の箱庭の住人となる。そこで人知れず嘆《なげ》き悲しむことになるかもしれない。何とかして入宮を回避しなければならないと思った。玉兎は後宮に囚われたくないのだ。他にしたいことがあるから。

最初は皇太子の花嫁選びで大失敗をしようかと考えた。だが、そうすれば念家に恥《はじ》をかかせてしまう。亡き父を悲しませるようなことはできないし、念麗妃の面子をつぶすわけにもいかない。同様にどこかへ逃げるという選択肢《し》もなく、病気と偽っても隠し通せない。

（皇太子殿下以外の方に嫁げばいいんだわ）

とはいえ、誰でもいいわけではない。念家の面目が立つような相手でなければ。めぼしい相手が見つからないまま鬱々《うつうつ》としていたとき、巴享王・高秀麒と出会った。

高秀麒は族滅《ぞくめつ》された栄家ゆかりの皇子ゆえ、帝位につく可能性はない。封土を賜っておらず、名ばかりの官職を拝命しているのがその証《あかし》だ。政治的に利用価値がないから、誰とも婚約しておらず、縁談もない。要するに、彼の花嫁は絶対に後宮入りしないということだ。

高秀麒に嫁げば、念家の顔をつぶさずに入宮を回避できる。

玉兎は巴享王に嫁ぎたいと申し出た。皇帝が突然の申し出を許可するであろうことは、十分に予測できた。皇帝は巴享王に花嫁を与えたがっていた。親王の務めを与える代わりに。

果たして、玉兎は巴享王と婚約した。無事に婚儀が終わり、これから洞房花燭《どうぼうかしょく》だ。

「入宮を避けることが目的なら、簡巡王《かんじゅんおう》や究沙王《きゅうさおう》や示験王《しけんおう》でもよかったのでは？」

簡巡王は条寧妃《じょうねいひ》が産んだ第三皇子・高垂峰《すいほう》。究沙王は尹荘妃《そうひ》が産んだ第四皇子・高学律《がくりつ》。示験王は呉敬妃《ごけいひ》に養育された第五皇子・高透雅《とうが》。全員、有力な後ろ盾を持つ親王だ。

「整斗王《せいとおう》だって、正妃はいらっしゃいません。蔵書家として有名ですし、王府では詩文や文言《ぶんげん》小説の刊行をなさっていますから、お嬢さまとは趣味が合うかと」

整斗王・高来隼《らいしゅん》は先帝、光順帝《こうじゅんてい》の皇子だ。崇成帝の異母弟にあたる。

巴享王と同じく、封土を賜っていない。任国の有無は帝寵の多少や母親の身分に準ずる。高来隼は後者の理由で領地を与えられず、朝廷から扶持《ふち》を賜って暮らしている。

「簡巡王も究沙王も示験王もだめよ。皇帝になる可能性があるから。整斗王は年が十五も離れているからだめなの。わたくしじゃ、子どもすぎるって言われるわ」

巴享王は今年で十八。玉兎と同い年だ。

「結局、巴享王以外、夫にふさわしい方はいないのよ」

皇帝を謀《たばか》ることは大罪だが、穏便に入宮を回避するには他に方法がない。

「嫁いだからには、妃の務めを果たして巴享王にお仕えするわ。殿方《とのがた》として好きになれるかどうかは分からないけど、恋をしなくても、良き夫婦にはなれるでしょう」

「ですが……巴享王は癇癪《かんしゃく》持ちで、気性が荒く、横暴だと聞いています。お嬢さまに乱暴狼藉《ろうぜき》を働かないか心配です」

「一目惚《ひとめぼ》れしたと嘘をついて嫁いだんだもの。多少のことは我慢するわ」

「多少で済むでしょうか……。今夜だって、無事に済むかどうか」

「大丈夫よ。いろいろと予習してきたから」

玉兎は書棚《しょだな》から『金閨神戯《きんけいしんぎ》』と書かれた本を引っ張り出した。『金閨神戯』は宮女《きゅうじょ》向けに閨《けい》房《ぼう》の心得を説《と》く房中術《ぼうちゅうじゅつ》書だ。刊行は宮廷の印刷を主管する司礼監。

官府が書籍を刊行することを官刻《かんこく》（政府出版）といい、刊行された書物を官刻本と呼ぶ。官刻本は市井《しせい》には出回らないから、高官か、あるいは特別な伝手《つて》がなければ、手に入れられない。官この『金閨神戯』は兄が入手してくれた。玉兎に閨《ねや》の妙技を勉強させて皇太子を籠絡《ろうらく》させようと考えたらしいが、巴享王への嫁入り道具になってしまった。

「紙は白くて丈夫な白棉紙《はくめんし》。墨《すみ》は光沢《こうたく》のある祥徽《しょうき》産の名墨。心に染み入るような精緻《せいち》な字体。繊細で美しい挿絵。おまけに校正は完璧《かんぺき》。さすが官刻本ねえ。惚《ほ》れ惚《ぼ》れするわ」

玉兎は書物が好きだ。中でも、印本《いんぽん》が大好きだ。

色とりどりの書衣《しょい》（表紙）、書名や刊行年を記した封面《ふうめん》（扉）、題字が書き入れられた書根《しょこん》、各書坊《しょぼう》の特色が出る牌記《はいき》（刊記）など、印本を形作るすべてのものに心が躍る。

「若霖？　どうして顔を隠しているの？」

「……さ、挿絵がちょっと、過激なので……」

若霖は真っ赤になった顔を両手で覆《おお》っている。

「過激だけど、表情が豊かで、生き生きとしているわ。版下《はんした》画家は誰かしら……」

「お、お嬢さま！　巴享王がお見えになりました！　お支度《したく》を」

若霖が言うので、玉兎は慌てて『金閨神戯』を閉じた。急いで綾絹をかぶりなおす。

「君はあの護衛を寝間《ねま》まで入れているのか？」

若霖と入れかわりに寝間に入ってきた巴享王は、開口一番にそう尋ねた。

「はい。若霖はいつもわたくしのそばにおります」

慣例では花婿が棒で綾絹をはぎとり、花嫁の顔をあらわにする。

次に合髻《ごうけい》――少し切った互いの髪をつなぎ合わせ、夫婦の縁を結ぶ。その後、交杯酒《こうはいしゅ》（床《とこ》杯《さかずき》）――二つの杯を色絹で結び、互いに一杯ずつ飲んで、夫婦の誓いを交わす。

それらの儀式が済んでから、ようやく床入りとなる。

しかし、巴享王は玉兎の綾絹をはぎとらず、さっさと寝床に入った。

「疲れた。寝る」

「え？　でも」

「私は好き好んで君を娶《めと》ったんじゃない。父上の手前、婚礼までは堪《こら》えたが、同衾《どうきん》は今日限りだからな。金輪際《こんりんざい》、ごめんだ」

うっとうしそうに言って、綾錦の布団の上にどっかりと座る。

「いいか、ここからこちらには入ってくるな。もし入ってきたら蹴《け》り飛ばす」

「はあ……。どちらからどちらでしょうか？　あいにく、見えないので分かりません」

「そんなものをいつまでもかぶっているからだ！」

荒っぽい手つきで綾絹をはぎとられた。視界に華燭《かしょく》の光が戻ってくる。

色鮮やかな彩雲文《さいうんもん》と雄々《おお》しい四爪《しそう》の龍が刺繍《ししゅう》された、深紅の花婿衣装。豪奢《ごうしゃ》な冠にあしらわれている赤瑪瑙《あかめのう》は、親王の証だ。金糸銀糸で吉祥《きっしょう》模様が織《お》り出された膝蔽《ひざおお》いに、走龍《そうりゅう》が躍る大帯《だい たい》と白玉《はくぎょく》板を並べた革帯《かくたい》を締め、衣の赤を引き立たせる翡翠《ひすい》の組玉佩《そぎょくはい》をつけている。

目も綾《あや》な装いをかすませる秀麗《しゅうれい》な紅顔《こうがん》は、不機嫌そうに歪められていた。

「先に言っておく。私は女人《にょにん》が嫌いだ。つまり、君のことも嫌いだ」

巴享王は苛立《いらだ》ちを吐き出すように言った。

「夫婦の契《ちぎ》りを結ぶつもりはないし、君とは一切付き合いたくない。使用人も部屋も金子《きんす》も、必要なものは好きに使ってかまわないから、私の日常にはかかわってくるな」

話は終わりだとばかりに、布団にもぐりこんでしまう。

(思ったよりいい人かもしれないわ)

おかげで入宮のみならず夜伽《よとぎ》も回避できた。ほっとして、玉兎は鳳冠《ほうかん》を外した。

「殿下、外衣《うわぎ》をお脱ぎになってはいかがです？　冠や玉佩も外したほうがおくつろぎいただけますわ。よろしければ、わたくしがお世話を」

「うるさい。黙って寝ろ」

嚙《か》みつくような言葉が返ってくる。ではおやすみなさいませ、と答えて、玉兎は耳飾りや首飾りを外した。ぎゅうぎゅうに締めつけられていた帯を緩《ゆる》めてから床に入る。

(真面目《まじめ》な方なのね。おやすみになるときも、正装のままなんて)

感心しつつ、婚儀で疲れ切っていた玉兎は睡魔に身をゆだねた。

婚儀から数日後、秀麒は整斗王《せいとおう》・高来隼《こうらいしゅん》を訪ねた。整斗王府には音に聞こえた立派な書庫がある。蔵書は十五万巻を超え、善本《ぜんぽん》の数は皇宮の書庫にも引けをとらない。

「おいおい、それで初夜は終わりか？　呆《あき》れたやつだな」

書棚にもたれかかり、整斗王が愉快そうに笑った。

叔父《おじ》である整斗王は御年三十三。自邸にいる気安さからか、団龍《だんりゆう》文の長衣《ちようい》の襟元《えりもと》をくつろげており、冠もつけていない。そんなくだけた格好さえ絵になるほどの美男だ。

「翌朝げっそりしていらっしゃったんで、『昨夜はずいぶんお楽しみだったんですねえ』って言ったら、ものすごい形相《ぎようそう》で睨《にら》まれましたよ。なんでも冠やら革帯やらを外さずに床に入ったせいで、一睡もできなかったとか」

『曲酔八艶図詠《きよくすいはちえんずえい》』を眺めつつ、側仕《そばづか》えの李益雁が肩を揺らした。

李益雁は齢《よわい》二十三。甘ったるい容貌《ようぼう》の優男《やさおとこ》で、自他ともに認める女たらしだ。今を時めく李貴妃の遠縁なので望めばいくらでも出世できるはずだが、わざわざ志願してごくつぶしの六皇子に仕えている。当人曰《いわ》く、「楽な仕事が好きだから」だそうだ。ちなみに『曲酔八艶図詠』は、曲酔という都一の花街《かがい》をにぎわす、八人の名妓《めいぎ》を描いた美人画集である。

「冠くらい、とればよかったのにな」

「緊張しすぎて失念なさっていたんですよ。ほら、殿下は女人と夜を過ごすのが初めてでいらっしゃったから……うわっ、やめましょうよ殿下！　椅子《いす》で人を殴《なぐ》るのは！」

「殴られたくなかったら黙っていろ。おしゃべりめ」

秀麒が近くの椅子を思い切り持ち上げると、益雁が書棚の後ろに隠れた。

「そうかっかするなよ、秀麒。誰だって最初は緊張するものだ」

「叔父上！」

怒りをこめて睨む。整斗王は画山水《がさんすい》の扇子《せんす》を開いて笑った。

「花嫁が哀れだなあ。夫婦の契りも結ばずに一夜を過ごすとは」

「好きで娶った妃じゃないんです。契りを結ばないのは当然でしょう」

「おまえはそれでよくても、念妃はおまえに一目惚れして嫁いだんだろう？　どんな甘い夜になるかと、胸をときめかせていただろうよ」

「念氏が私に一目惚れしたという話が、そもそも間違いなんですよ」

婚礼の夜、秀麒は花婿の務めを果たすつもりだった。むろん、責任感ゆえだ。念氏に恋情など感じないが、彼女が好意を向けてくれるなら、むげにはできないと考えたのだ。

「素晴らしい一夜になるといいですねえ」と益雁にさんざん冷やかされ、従弟叔父の洪列王《こうれつおう》には「大丈夫だ。おまえならうまくいく」と謎の太鼓判《たいこばん》を押され、父帝の遣いで婚儀に出席した皇太子には「玉兎を大切にしてやってくれ」と重々しく祝福された秀麒は、緊張した足取りで花嫁の閨に向かった。そして――聞いてしまったのだ。念氏の本心を。

『一目惚れしたと嘘をついて嫁いだんだもの。多少のことは我慢するわ』

頭に血がのぼった。激情が喉《のど》までこみ上げてきた。一目惚れしたなんて嘘だった。彼女は入宮から逃れるために秀麒を利用したのだ。秀麒は絶対に皇位につかない皇子だから。

（騙《だま》された私がばかだったんだ）

認めたくないが、少し……得意になっていたのかもしれない。自分にも、想いを寄せてくれる女人がいるのだと。この半年間、会う人会う人に念氏との婚約を茶化されたり、うらやましがられたり、祝福されたりしたせいだろうか。すっかりその気になっていた。

念玉兎が自分に恋している。そんなでたらめを、いつしか本気で信じてしまっていた。

（なんで真に受けたりしたんだろう）

苛烈《かれつ》な怒りは自分自身に向かった。名門の令嬢がごくつぶしの六皇子に心惹《ひ》かれるわけがないじゃないか。役立たずの死にぞこないが、誰かに愛されるとでも思っていたのか。

念氏にとって、秀麒は入宮から逃げるための口実だった。いかにもありそうなことだ。そんな理由でもなければ、ごくつぶしの六皇子に進んで嫁ぐ令嬢はいない。

皇帝を騙すことは大罪だ。念氏の罪を父帝に注進すれば、彼女は重罰をまぬかれない。

しかし、念氏を大罪人にするつもりはなかった。花嫁の嘘を暴けば、宮廷人たちは聞こえよがしに秀麒を嘲笑《あざわら》うに違いない。入宮逃れに利用されたにもかかわらず、巴享王は人並みの青年のように結婚に浮かれていた。なんとまあ滑稽《こっけい》なことよ、と。

今でも十分に生《い》き恥《はじ》をさらしているというのに、これ以上、恥が増えるのは耐えがたい。

だから、何も聞かなかったことにした。単に気難し屋の秀麒が花嫁を気に入らなかったということにして、はりぼての婚姻を続けることにしたのだ。

「なるほど。がっかりしたのは、おまえのほうだったんだな」

つぶさに事情を説明すると、整斗王が慰めるように秀麒の肩を叩いた。

「これっぽっちもがっかりなんてしていません。私は女人が嫌いですし」

「と言いつつ、来《きた》るべき初夜に備え、書物を読んでいろいろ勉強をなさっていた殿下」

「黙れ、益雁。今度こそ殴るぞ」

秀麒は椅子を振り上げる。まあまあ、と整斗王になだめられた。

「好き合ってした結婚でなくても失望するな。これからゆっくりと仲を深めていけばいい」

「仲を深めるつもりはありませんよ。念氏にはすでに相手がいますからね」

「なんだ、もう間男《まおとこ》がいるのか？」

「護衛の青年です。確か、楊若霖と言ったな。念氏は若霖を寝間に出入りさせています。かなり前から深い仲なんでしょう。二人は夫婦も同然ですよ」

若霖が寝所にいることを夫に指摘されても、念氏は悪びれる気配さえなかった。二人の親密すぎる関係は、念家では公然の秘密だったのかもしれない。

「あの二人が夫婦同然って……ないないないないない」

益雁がひらひらと手を振った。

「若霖は夫を差し置いて花嫁の閨に立ち入っていたんだぞ。夫婦同然じゃなければ何なんだ」

「……まさか、殿下、気づいていらっしゃらないんですか？」

「何に？」

秀麒が尋ね返すと、益雁は意味ありげに整斗王と視線を交わし合った。

「そういえば、王妃さま、若霖どのと毎日どこに行ってるんでしょうねえ」

「毎日二人で出かけているのか」

「王妃の務めがない日は、朝から夕方までどこかにお出かけですよ。それもこっそりと」

「ほら見ろ、やっぱり私の見立て通りじゃないか」

ふふんと胸をそらした後、腕組みをして考えこむ。

「道観《どうかん》で逢瀬《おうせ》を楽しんでいるのかもしれないな。近頃は道観の風紀が乱れて人目を忍ぶ男女の密会場所になっているというし。もしくは、二人で通りをぶらぶらしているとか。芝居《しばい》見物だろうか。若い娘が恋人を連れて劇場に出かけるのが流行《はや》っているらしい。いや待てよ、どこかに別宅があるんじゃないか？　二人はそこで一介《いっかい》の庶民《しょみん》に身をやつして夫婦を演じている。むろん、真似事《まねごと》にすぎないが、そうでもしなければ、夫と妻にはなれない身の上……」

「妄想も結構だが、気になるなら自分の目で確かめてきたらどうだ？」

整斗王が笑い含みに言う。

「二人がどこにしけこむのか、見てくればいいじゃないか」

「尾行ですか！　いいですねえ！　殿下、明日お二人のあとをつけてみましょうよ」

「そうだな。面白そうだ」

どうせ、ごくつぶしの六皇子には片付けるべき政務もないのだ。

暇つぶしがてら、新作のネタ探しに出かけよう。


翌日、念氏は若霖を連れて外出した。巴享王府の家令《かれい》には、鴬水観《おうすいかん》に詣《もう》でると言って出かけているらしい。鴬水観は都一大きな女冠観《じょかんかん》（女道士《おんなどうし》が住む道観）だ。良縁や子宝を祈願する大勢の婦女子でいつもごった返している。

「子宝祈願に行っているってわけじゃなさそうですけどね」

「間男の子を身籠《みご》ったら大事になる。それこそ……あ、これいいな。書いておこう」

念氏のあとをつける軒車《くるま》の中で、秀麒は思いついたことを帳面に書きとめた。

官服で尾行するわけにはいかないので、秀麒と益雁は裕福な商家の若さまと従者風の衣服を着ている。軒車も親王の紋章がついたものではなく、簡素なものを選んだ。

念氏と若霖は鴬水観に詣でたが、すぐに出てきた。入ったときとは服装がまるで違う。念氏は筒袖《つつそで》の上襦《じょうじゅ》とくるぶし丈の裙《くん》。髪を耳の横に大きな輪を作る垂掛髻《すいかいけい》に結い、簪《かんざし》などの装身具も質素になったせいか、商家の娘に見える。若霖も庶民の青年に早変わりしていた。武具をつけていないため、書生《しょせい》風のいでたちだ。

「書坊《しょぼう》街に行くみたいだな」

二人が織物街を通りすぎて書坊街へ向かうので、秀麒と益雁はこっそりあとをつけた。

都の書坊は国子監《こくしかん》付近に集中している。百家を下らない書坊が軒《のき》を連ね、経書《けいしょ》や挙業書《きょぎょうしょ》（科《か》挙《きょ》受験参考書）をはじめとして、詩文集や類書《るいしょ》（百科事典）、医術や農耕などの技術書、歴史書、画本、戯曲《ぎきょく》や小説などの書籍が日々新しく刊行され、書架をにぎわせている。

新刊を買うためにしょっちゅう来ているので、書坊街は秀麒の庭だ。

「店主、夏舷《かげん》の新刊は出ているか？」

「『孤窓奇話《こそうきわ》』が先日出たばかりですよ」

「怪談集か。よし、買おう。いや、ちょっと待て。銀一両？　高すぎないか？」

銀一両は古典小説や史書、大型の画本につける値段だ。通俗小説としては上限に近い。

「全相本《ぜんそうぼん》（全頁《ページ》挿絵入りの本）ですから。ご覧ください、四十篇すべてに挿絵が」

「近頃は猫も杓子《しゃくし》も挿絵を入れたがるな。怪談集に絵なんかいらないのに」

「絵といえば、こちらの『碧遼図詠《へきりょうずえい》』もいかがですか。なんとまあ、鮮やかな多色刷りです。書斎に居ながらにして、碧遼の名所旧跡めぐりが楽しめますよ」

「碧遼か。拓《たく》王朝の赤鳳《せきほう》皇子が非業の死を遂《と》げたという湖があるな。どの頁だろう」

「若さま、本を買いに来たんじゃないんですよ」

画本を眺めていると、益雁が袖を引っ張ってくる。書坊街では、秀麒は「若さま」だ。

「私は新刊を選んでいるから、おまえはあの二人から目を離すな」

「はいはい。まったく、面倒くさいことは何でも俺に押しつけるんだもんなあ」

ぼやく益雁にはかまわず、興味のある本を次々に買った。どっさりと買いつけて満足したところで、益雁を探す。益雁は翠春堂《すいしゅんどう》の前で八卦見《はっけみ》とおしゃべりしていた。

念一族が営《いとな》む大手書坊、翠春堂は今日も盛況だ。繁盛《はんじょう》する書坊の付近では、食べ物売りや八卦見、薬売りなどがおこぼれにあずかろうと店を出す。

「おい、益雁。あの二人はどこへ行った？」

「ああ若さま、ちょうどいいところに！　若さまも占ってもらったらどうですか？　こちらの天女どのは、千年先の未来を見通す目をお持ちですよ」

「まあ、天女だなんて。しがない八卦見をずいぶん持ち上げてくださること」

八卦見の婦人が色香の匂《にお》う目元で微笑《ほほえ》む。益雁が好きそうな艶《つや》っぽい美人だ。

「事実を申し上げたまで。あなたが天女でないなら、この世界に天女などいませんよ」

「益雁！　女を口説《くど》いている場合か！　あの二人はどこに行った⁉」

「あー、どこ行ったんでしょうねえ？　ちょっと目を離した隙《すき》に見失いまして」

「役立たずめ！　尾行ひとつまともにできないのか！」

「尾行に来たのに本買いあさってた人に言われたくないんですけど」

言い返せずに黙っていると、八卦見の婦人に袖を引っ張られた。

「よく見たら若さま、とんでもない凶相《きょうそう》じゃありませんか！　肉親との縁薄く、病弱で、子宝に恵まれず、多事多難の一生と人相に表れていますわ！」

「そんなことは八卦見に占ってもらうまでもなく知っている」

母は刑死。父の情愛は薄く、兄弟姉妹とも疎遠《そえん》で、年中病がちだ。勅命《ちょくめい》で迎えた妃とは夫婦の契《ちぎ》りすら交わしていないのだから、子宝に恵まれようはずもない。

「でも、妻妾宮《さいしょうきゅう》はとても美しく輝いています。愛情深い奥方をお迎えになるでしょう」

妻妾宮は目尻の辺りを指す。人相見はここに結婚運が表れると言うが。

「若さまはご結婚なさったばかりなんですよ。それはもう絶世の美姫《びき》とね」

「あら、新婚でいらっしゃるのね。妻妾宮が輝くわけだわ。愛し愛される日々は素晴らしいものですが、嫉妬《しっと》にはご注意を。奥方さまを愛するゆえだとしても、嫉妬心に身をゆだねてはいけません。自ら幸福を遠ざけて、大切なものを失ってしまいますわ」

「余計なお世話だ。益雁、行くぞ」

ぞんざいに代金を支払い、益雁を連れて八卦見から離れた。

「結婚運に恵まれていらっしゃるとはうらやましい。俺なんか女難の相が出てるって言われましたよ。多情が過ぎて女人《にょにん》から恨まれているとか。心当たりしかありませんけど」

「占いのことなんかどうでもいい。例の二人を探さないと……」

書坊街には女性客も多いので、なかなか見つからない。

「どこに行ったんだろう」

露店で買った餡《あん》入りの団子をかじりつつ、秀麒は通りを見やった。

「書坊街から出たのかもしれない。劇場通りのほうも見てみるか」

「えー、いやですよ。こんな大荷物を持って劇場通りまで行くなんて」

益雁がげんなりした。両手には秀麒が買った本を抱えている。

「気になるなら、奥方さまがお帰りになってからお尋ねになればいいんじゃないですか」

「ばかめ。恋人と逢瀬を楽しんできたんだぞ。素直に答えるはずが……あ！　いたぞ！」

人ごみの中に念氏と若霖を見つけ、急いで追いかけた。二人は大きな布包みを持って大通りから外れ、人通りの少ない脇道に入っていく。

（こんなところにも書坊があったのか）

二人が吸いこまれていったのは、一軒のおんぼろ書坊だった。

ななめに落ちかかった扁額《へんがく》には、束夢堂《そくぼうどう》と記されている。三階建ての立派な店構えの翠春堂と比べると、かわいそうなほど粗末で小さな書坊だ。書棚《しょだな》は少ないし、書籍の数も豊富とは言いがたく、内装はみすぼらしい。そして何より、閑古鳥《かんこどり》が鳴いている。

「竹紙《ちくし》と紅墨《こうぼく》を買ってきたわ」

「おお、来たか。そこに置いてくれ。やっと作業を再開できるな」

「旦那《だんな》ぁー、大変だー！　版木が割れちまった！」

「勘弁してくれよ！　これで何度目だ⁉」

「うわあー、紙がーっ！　乾かしたばっかりなのに！」

「おいこら、窓開けたやつ誰だ⁉」

「あ、ごめん。俺だ。紫煙臭《しえんくさ》かったから、つい」

「工房内で煙草《たばこ》吸うなって言ってるだろ！　また小火《ぼや》を出すぞ！」

奥のほうで男たちが慌てふためいている。およそ書坊というものは――旧書肆《きゅうしょし》（古本屋）を除いて――単に書籍を並べて売るだけでなく、出版の企画、編集、発行まで行う。店舗《てんぽ》の裏には工房があり、刻工《こくこう》（版木を彫る職人）たちが忙しく作業をしている。

「急いで印刷しなきゃ！　わたくし、明後日には仕上がるって約束しちゃったのよ！」

飛びはねるような念氏の声が聞こえる。

「明後日⁉　そんな無茶な……！」

「だって、四日後には翠春堂の新刊が入るって聞いたんだもの。明後日には仕上げるから、束夢堂の棚は空けておいてくださいってお願いしてきたの。大丈夫、死ぬ気でやればなんとかなるわ。わたくしと若霖も手伝うから、みんなで頑張りましょう」

書坊による出版を坊刻《ぼうこく》（営利出版）という。坊刻本はそれを刊行した書坊の店先に並ぶ他、兌客《たいきゃく》書坊（書籍商相手の卸《おろし》売り書店）でも販売される。特に挙業書は地方でもかなりの需要《じゅよう》があるので、地方の商人が都に買いつけにやってくる。各書坊は先を争って独自の解説や批評をつけた答案集を出版し、兌客書坊の書架を奪い合うのだ。

「お嬢……。俺、もう半分死んでます……。手も目も頭もやばい……」

「よかった！　半分は生きてるのね！　じゃあ、試し刷りの準備に取りかかるわ！」

「……獄卒《ごくそつ》だよ。獄卒がいるよ……」

「東夢堂の棚を死守するためなら、羅紗《らしゃ》にでもなるわよ！」

「羅紗になってどうするんだよ。夜叉《やしゃ》だろ」

「とにかく、ここが踏ん張りどころなの！　翠春堂より早く版行して棚を確保しなきゃ。明日には恵兆国《けいちょうこく》の書籍商が都入りするわ。翠春堂の新刊より先に買わせるわよ！」

念氏は刻工たちにてきぱきと指示を出していく。

（なぜ念氏が刻工のまねごとをしているんだ？　しかもこんなおんぼろ書坊で）

実家の念一族が経営している翠春堂ならまだしも、どうして今にも廃業しそうな書坊で？

念氏に対する疑惑は、別の方向にいっそう深まった。


ふああ、と玉兎は大きなあくびをした。

六月半ば。巴享王府の内院《なかにわ》は、紫陽花《あじさい》が見ごろを迎えていた。

「なんとか期日には間に合ったけど、東夢堂の挙業書、売れてるかしら」

「様子を見にいきますか？」

散歩の供をしている若霖が尋ねる。玉兎はあくびまじりに答えた。

「あんまり頻繁《ひんぱん》に出かけると、殿下に怪しまれるわ。今日はおとなしく王妃を演じなくちゃ」

といっても、特に予定はないので、暇つぶしに内院を見て回っている。

心地よい涼風が吹く午後である。連日の激務のせいか、歩きながらうとうとしそうになる。

「何かしら？」

紫陽花の葉に紙切れが引っかかっているのが目にとまった。

「罫紙《けいし》ですね。どこからか飛んできたんでしょう」

若霖が手に取って、玉兎に見せた。それは縦に罫線《けいせん》が入った紙だった。

「『金蘭伝《きんらんでん》』……白話《はくわ》小説ね。初めて見る作品だわ。著者の名前が書いてないわね」

白話小説はたくさん読んでいるから、たいていのものは知っているのだが。

「――我が朝の聖楽《せいらく》年間、風流天子の御代《みよ》のこと。古《いにしえ》の聖人たちが登仙《とうせん》したという素王山《そおうざん》のふもとで、不思議な黒い虎が相ついで目撃された。身の丈は二十尺を越え、鋭い光を帯びた両眼はさながら磨《みが》き上げられた蒼玉のよう、その咆哮《ほうこう》は地鳴りのようで……」

さらさらと流れるような文章に引きこまれ、ついつい読んでしまう。

「あちらにも紙が落ちていますよ。ああ、向こうにも」

若霖が拾ってきてくれる。同様の罫紙だ。『金蘭伝』の続きらしい。

「さて、登原国《とうげんこく》の大商人、劉応泰《りゅうおうたい》にはひとり娘がいた。名は金蘭、年は十六。露を含んだ桃のような花のかんばせを持つ、仙女と見紛《みまが》う美姫である。劉応泰は美貌《びぼう》の娘をたいそう自慢にしており、宝玉のように慈《いつく》しんでいた。いつか立派な男と娶《めと》わせようと考えて……」

ある日、金蘭は父に連れられて素王山へ紅葉《もみじ》狩りに行くことになった。

秋が深まる時節。舞い散る紅葉《こうよう》に見惚《みと》れながら山道を散策していたが、いつの間にか、金蘭は道に迷ってしまっていた。伴《ともな》っていた侍女《じじょ》の姿も見当たらない。

侍女を呼びながらあちこち歩きまわるも、視界に映るのは燃えるような紅の海ばかり。

心細さゆえだろうか、先ほどまで見惚れていた絶景がとたんに恐ろしく思われた。どこかで鹿が鳴いている。蕭々《しょうしょう》とした声音《こわね》に心もとなさをかきたてられ、金蘭は来た道を引き返そうとした。慌てすぎたために足がもつれ、木の根につまずいて転んでしまう。

ふと顔を上げると、目の前に見目麗《みめうるわ》しい青年が立っていた。

「この先には行かないほうがいい。蛇の巣穴があります」

青年は金蘭の手を取って立ち上がらせてくれた。その上、丁寧《ていねい》に帰り道を教えてくれたが、見知らぬ男と口をきいてはいけないと父に厳命されているから、金蘭は彼に礼を言うことさえできなかった。別れ際、金蘭は胡蝶《こちょう》をかたどった佩び玉を返礼として青年に渡した。

三日後、金蘭は父に呼び出された。

「先日の紅葉狩りで、新しい太守《たいしゅ》さまがおまえを見初《みそ》めてくださったそうだ」

もしや、楓林《ふうりん》で出会った青年は太守だったのだろうかと金蘭は胸をときめかせたが――

「続きは落ちてないの？」

「ええと……あ、あちらにも紙が散らばっていますね」

若霖が小道の向こうを指さすので、玉兎はそちらへ駆け出した。地面に散らばった罫紙を拾い集めて、駆け足で部屋に戻る。

太守は楓林で出会った青年とは別人だった。

両親は太守の求婚に浮かれたが、金蘭は望まぬ縁談に泣き濡れた。楓林の青年に一目で心奪われてしまっていたのだ。恋心は日に日に募《つの》っていく。もう一度、彼に会いたい。

ある夜、金蘭は月を愛《め》でようと内院に出た。すると、どこからともなく、淡い光を帯びた黒い虎が現れた。身の丈二十尺ほどもある、獰猛《どうもう》そうな虎だ。青く輝く両眼に射貫《いぬ》かれた金蘭は悲鳴も上げられないほど怯《おび》え、その場にうずくまった。

「怖がらないでください。私です」

虎が人の言葉をしゃべった。その声音には聞き覚えがある。

「あ、あなたは……妖怪だったのですか？」

虎が差し出した胡蝶の佩び玉。それは金蘭が紅葉の下で出会った青年に渡したもの。

「これには、わけがあるんです」

虎は名を何選勇《かせんゆう》と言った。彼はもともと人だったのだ。

「お嬢さま、そろそろお茶のお時間ですよ」

「うん、先に済ませて。わたくしは読むのに忙しいから」

楽しみにしているお茶の時間をつぶして、玉兎は『金蘭伝』を読みふけった。面白い物語に出会うと時間を忘れて没頭《ぼっとう》してしまう。気がつくと、夕方になっていた。

「お嬢さま！　どちらへ⁉」

読み終わるなり玉兎が部屋を飛び出すので、若霖が追いかけてきた。

「続きが落ちてないか見に行くの！」

金蘭と選勇の恋はどうなってしまうのだろう。はやる気持ちのまま駆け出した。


その日、秀麒はすこぶる不機嫌だった。

「今日は一段とご機嫌ななめですねえ、殿下」

「おまえのせいだ！」

長椅子《ながいす》に寝そべって艶本《えんぽん》を読んでいる益雁めがけて、秀麒は筆を投げつける。益雁がひょいとよけたので、筆は棚にぶつかって落ちた。

「おまえが『金蘭伝』をなくしたから、腹を立てているんだ！」

昨日のことだ。秀麒は内院の四阿《あずまや》で小説を執筆していた。

ところが、どうにも筆が進まない。

そこで気分を変えるために、途中まで書いて放置していた『金蘭伝』を再開してみようと思い立った。『金蘭伝』の稿本《こうほん》を持ってくるよう、益雁に命じたが、待てど暮らせど戻ってこない。やっと戻ってきた益雁が差し出した稿本は、やけに量が少なかった。

「侍女を口説《くど》いていたら、稿本が半分なくなっていたとはどういうことだっ!!」

「昨日は風が強かったですからねー。天まで飛んでいったのかなあ」

「ふざけるな!!」

秀麒は硯《すずり》を投げた。益雁は器用に空中で硯を受けとめる。

「危ないじゃないですか。硯が割れたらどうするんです」

「硯はいくらでもある！　稿本は一部しかない！」

「まあまあ。過ぎたことですよ。後半はあるんだからいいじゃないですか」

「そういう問題じゃない！」

苛立《いらだ》ちのままに、秀麒は手近なものをぽんぽん投げつけた。筆筒《ふでづつ》、水滴、筆置き、文鎮《ぶんちん》、茶杯《ゆのみ》……手当たりしだいに投げつけたが、どれひとつとして益雁には命中しない。

「あれが誰かの目に触れていたらどうするんだ⁉」

「え？　あれって淫書《いんしょ》でしたか？　だったら読んでおけばよかったなあ」

「淫書じゃない！」

声を荒らげて香炉《こうろ》を投げようとした。ずきんと右肩に鈍い痛みが走る。

「そろそろ太医《たいい》（宮廷医）が診察にくる時間ですよ。癇癪《かんしゃく》に効く薬を出してもらっては？」

「今日は診察を受ける気分じゃない！　追い帰せ！」

益雁を怒鳴りつけて、憤然《ふんぜん》と書斎を出る。

（誰かが稿本を拾っていたら……）

小説を書いていることさえごく一部の人にしか明かしていないのに、ごくつぶしの六皇子が恋物語など書いていると知られたら、どれほど恥《はじ》をかくことになるだろう。もし、あの稿本が簡巡王《かんじゅんおう》・高垂峰《すいほう》の手に渡ったらおしまいだ。次兄の垂峰は秀麒を嘲笑《あざわら》うのが趣味なのだ。さらしものにして、異母弟を宮中の物笑いの種にするだろう。

むしゃくしゃしながら内院を歩く。紫陽花《あじさい》が咲く小道をあてもなく突き進んでいると、一枚の紙切れが飛んできた。何だろうと手に取って見てみる。

黒い虎と若い娘が描かれている。妙に見覚えがある絵だった。見たことはないはずなのに。

「まあ、殿下」

小道の向こうから駆けてきた念氏がうやうやしく秀麒に拝礼《はいれい》した。念氏に会うのは数日ぶりだ。初夜に宣言した通り――尾行した日を除いて――彼女とはかかわらないようにしている。

「そちらはわたくしの絵ですわ」

「君の？」

「とても面白い小説を読みましたの。その小説のお気に入りの場面を絵にしたのですわ」

「……黒い虎が出てくる小説だったのか？」

「呪詛《じゅそ》で黒い虎の姿にされてしまった青年と、美しい令嬢の恋物語ですわ。二人は紅葉の下で出会い、惹《ひ》かれ合うのですが、さまざまな邪魔が入って離れ離れに……。青年と令嬢が恋を語る場面では胸がときめいて、恋敵《こいがたき》が二人の仲を引き裂こうとする場面でははらはらして、寸刻も目が離せないのです。夢中になって読みましたわ」

　念氏はうっとりと溜息をついた。

「……ちなみに、題名は何というんだ？」

「『金蘭伝』ですわ。印本ではなく、手稿本《しゅこうぼん》ですの。作者の名前が記されていないのは残念ですわ。作者名が分かるなら、他の作品も探してみるのですが」

「……それをどこで手に入れた？」

「内院です。昨日、散策していたら拾いましたの。誰が落としたのかしら」

　まずいことになった。稿本を取り返したいが、自分の作品だとは言いたくない。

「実は……『金蘭伝』の稿本は、私が作者から預かったものなんだ」

「作者さまとお知り合いですの⁉」

「読んでほしいと言われて預かっていたんだ。近々、返そうと思っていたから……」

「では、続きをお持ちなのですね⁉　読ませてくださいませ！」

「い、いや、だから返そうと」

「お願いします！　続きを読みたくて読みたくて、昨夜は全然寝つけませんでしたの！」

興奮気味の念氏に詰め寄られ、秀麒はうろたえた。

「……そんなに面白かったのか？」

「はい！　どの場面も素敵なのですが、特に虎の姿の選勇が金蘭を背中にのせて夜空に連れ出す場面が大好きです！　二人で星の川を渡るところ！　絵に描いてみましたわ！　青年の姿に戻った選勇が金蘭に想いを打ち明ける場面も好きです！　こちらも絵にしたら映えますわ！　それにしても、太守には腹が立ちます！　父君が重病だと偽って金蘭を連れ出したり、彼女を人質にして選勇を罠《わな》にかけたり、卑劣《ひれつ》なことばかりするのですもの！」

頰《ほお》を染めて恍惚《こうこつ》としたかと思うと、柳眉《りゅうび》を逆立てて怒りをあらわにする。

くるくると変わる表情に、なぜか胸がざわめいた。

「そこまで言うなら……貸してやってもいいが」

思いもよらない言葉が自分の口から出てきた。稿本を取り返すつもりだったのに。

「嬉しい！　ありがとうございます、殿下！」

念氏が目をキラキラさせて見上げてくる。女人《にょにん》の瞳というのは、これほどまでに明るく輝く

ものなのだろうか。まぶしすぎるような気がして、秀麒は思わず視線をそらした。

十三年前から、同じ悪夢を繰り返し見る。

短刀を持った女が襲いかかってくる夢だ。薄暗くて女の顔は見えない。どんな衣装を着ているのかも分からない。ただ、それが女だということは知っている。

女は短刀を振り上げる。星明かりが白刃《はくじん》を濡らす。そして振り下ろされる。

焼き切れるような激痛。血まみれの衣。自分の口から発せられる悲鳴。

どうして、と声にならない声で叫んでいる。なぜ、私を殺そうとするのですかと。

あなたは――私の、母なのに。

明け方、秀麒は目を覚ました。悪夢の残り香が全身にべったりと貼りついている。

牀榻《しんだい》に半身を起こし、顔にかかっていた黒髪をかき上げた。

またあの夢だ。母の遺書の話を聞かされてから、悪夢を見る回数が増えた。おかげで毎晩眠りが浅く、寝覚めが悪い。もっとも、さわやかな朝など迎えたことはないのだが。

(何だ?)

誰かが寝間《ねま》に入ってくる気配がする。朝の身支度《みじたく》の世話をする侍従《じじゅう》が来るには早すぎる時間だ。いったい誰だろうといぶかしみ、帳《とばり》を開こうとした瞬間。

「殿下！　おはようございます！」

念氏が寝床に飛びこんできた。驚きのあまり、秀麒は動けなくなる。

「よかったわ。お目覚めでしたのね」

臥室《しんしつ》から飛び出してきたのか、念氏は夜着姿だった。長い黒髪を結わずに背中に垂らしている。化粧《けしょう》もしていないのに、花のかんばせは満開の寒緋桜《かんひざくら》のように色づいていた。

「『金蘭伝』の続きを読みましたわ！」

「もう読んだのか？」

稿本の続きを貸したのは昨日だ。しかもあれは七十葉《よう》ほどあったはず。

「はい！　夜更けに読み終わったので、印象的な場面を絵に描いてみました。見てください。これは金蘭と選勇が桃林で再会するところです。それから、こちらは悪辣《あくらつ》な道士《どうし》が太守の命令で選勇を退治しようとする場面ですわ。選勇の力強さが出ているかしら。金蘭が監禁《かんきん》部屋から逃げ出したと知ったとき、天に悪罵《あくば》を吐く太守も描いてみました。わたくし、太守のことが大嫌いだったのに、だんだん憎めなくなってきましたわ。だって、太守も本当に金蘭を愛しているのですもの。愛しているのに振り向いてもらえないから、憎しみが募って……」

自分の恋を語っているかのように、念氏は悩ましげに溜息をついた。

「でも、やっぱり金蘭は選勇のほうが好きなのですよね。とても分かりますわ。選勇は優しくて、誠実で、豊かな詩才の持ち主で、いつだって金蘭のことを一番に考えてくれますもの。彼が呪詛のことを金蘭に詳しく話せなくて苦悩している場面では、胸が締めつけられましたわ。金蘭も太守に囚われているとき、選勇を切なく想っていて……せめて声だけでも恋しい人のもとに届くようにと、歌を歌うでしょう？　わたくし、あの場面で泣いて泣いて……」

「ちょっと待て。これはおかしいだろう？」

秀麒は道士と黒い虎が戦う絵を指さした。

「二人が対決するのは竹林だったはずだぞ。こんな岩山じゃない」

「殿下ったら、ちゃんとお読みになったのですか？　二人が戦うのは岩山ですわよ。ほら、ご覧になって。道士が選勇を岩山に誘い出し、呪符《じゅふ》で封じようとするのですわ」

念氏が稿本を差し出したが、薄暗くて読めないので、燭台《しょくだい》に火を灯して文章を追った。

「あ……そうだった。ここはあとで書き直したんだ。最初に書いたときは竹林で――」

「書き直した？　殿下が？」

「違う！　作者が、だ。恋物語など、私が書くわけがないだろう」

声を荒らげて力いっぱい否定する。

「修正前の稿本も見てみたいですわ」

「確かまだ捨てていなかったから、残っているはずだ」

「読ませてくださいませ！　もしよろしければ、作者さまを紹介していただけないでしょうか。実際にお会いして感想をお伝えしたいのです」

「無理だな。作者は女人嫌いなんだ。君には会わないだろう」

「残念ですわ……。では、文《ふみ》を届けていただいてもよいでしょうか？　感想をしたためて、わたくしが描いた絵も同封したいのですが」

「文なら……まあ、いいだろう。私が預かる」

ありがとうございます、と念氏は花のように笑った。

「それで、殿下。この続きはお持ちですか？」

「続き？　いや、この先は書いて……持ってない」

「いつ手に入ります？　できるだけ早く読みたいのですけれど」

「そうだな……五日後くらいには手に入るだろう」

「五日後！　待ちきれないわ！　殿下がお読みになったらすぐに貸してくださいませ！」

念氏が頬を上気させて迫ってくる。断る口実もなく、秀麒はうなずいた。

「五日後を楽しみにしていますわね！」

ああ、と生返事をしたときだ。またしても誰かが寝間に入ってきた。

「お嬢さま、こちらにいらっしゃったのですか」

衝立《ついたて》の陰から若霖が顔をのぞかせた。

「いきなり部屋を飛び出されたと、侍女《じじょ》たちが騒いでいましたよ」

「ごめんなさい。どうしても『金蘭伝』の感想を殿下にお伝えしたくて」

若霖に目を向けた後、念氏は秀麒のほうを向いた。

「おやすみの邪魔をして申し訳ございません、殿下」

「謝ってもらう必要はない。目は覚めていたし」

不思議だ。大嫌いな女人が寝間に突撃してきたというのに、不快感がこみ上げてこない。

(……女人とかかわってはいけないのに)

女人という単語から真っ先に想起するのは、亡き母だ。

秀麒の母、栄玉環は入宮《にゅうきゅう》前に結婚していた。しかし、実父、栄堂宴《どうえん》が彼女を夫と息子から引き離し、無理やり後宮に入れた。その際、夫と息子は栄堂宴の命令で殺されたという。

母は復讐《ふくしゅう》を誓い、栄堂宴が心血を注いで育ててきた栄一族を滅ぼすことをたくらんだ。ゆえに我が子である秀麒に白刃を振り下ろしたのだ。皇族殺しは大罪である。皇子として生まれた秀麒を害せば、族滅《ぞくめつ》を言い渡される。たとえそれが、実の母であろうと。

母の宿願は叶い、栄氏一門は母の伯母《おば》にあたる皇太后を除いて誅殺《ちゅうさつ》された。皇恩《こうおん》により、婦女子は減刑され、宮刑《きゅうけい》を受けて宮中に入るか、身分を剝奪《はくだつ》されて官奴婢《かんぬひ》になるかしたが、栄の名はこの国から消滅した。からくも族滅《ぞくめつ》から逃れた栄家の残党が地方に潜伏しているという噂《うわさ》もあるが、凱の往来で自ら「栄」と名乗る者は、もはや誰もいない。

母は見事に復讐を果たしたのだ。我が子を手にかけることで。

秀麒が父帝から母の事情を聞いたのは十三のときだ。幾日も眠れなかった。母への憐憫《れんびん》や恋しさゆえではない。臓腑《ぞうふ》を焼き切るような憤怒《ふんぬ》のせいでだ。

なんて身勝手なと憤《いきどお》りを堪《こら》え切れなかった。よくも利用してくれたなと罵声《ばせい》を吐きたくなった。私は復讐の道具にされるために生まれたのかと、叫びたかった。

（念氏も母と同じだ）

入宮から逃れるために秀麒を利用した。女人というものは、どいつもこいつも同じだ。自分の都合のために秀麒を踏み台にする。秀麒の心中など、おかまいなしに。

「修正前の稿本だ。これを持ってさっさと出ていけ」

癇癪《かんしゃく》の虫が騒ぎ出していた。朝っぱらから怒鳴り散らしたくない。

もう一眠りしようと牀榻に向かったとき、慌ただしい足音が戻ってきた。

「殿下、先ほど言い忘れていたことが……っ」

こちらに駆けてきた念氏が夜着の裾《すそ》を踏んだのか、蹴躓《けつまず》いた。振り返るのが遅れた秀麒の背中に、ぽんと彼女の重さがかかる。

「触るな!!」

振り返りざま、秀麒は念氏を振り払った。そこまで力を入れたつもりはなかった。軽く振り払ったつもりだったのに、念氏は床に転んだ。黒髪が床に散らばる。

「お嬢さま！」

駆けつけた若霖が彼女の傍《かたわ》らに片膝をつく。

「足をくじいてしまわれたようですね」

若霖は非難がましく秀麒を見上げた。

「どうしてこのようなことを？　お嬢さまが何かなさいましたか」

「この女がなれなれしく寄りかかってきたからだ」

秀麒は戸惑いを怒りでごまかした。

「覚えておけ。私は女人に触られると虫唾《むしず》が走る。先ほどのようなことは、二度とするな」

「……いいのよ、若霖。転んだわたくしが悪いの」

念氏は抗弁しようとした若霖を止めた。

「申し訳ございません、殿下。わたくしの不注意でご不快な思いを」

「目障《めざわ》りだ。早く出ていけ」

若霖が念氏を抱きかかえて退室するのを見届けた後で、秀麒は牀榻に身を投げ出した。

(足をくじいたくらいがなんだ。くだらない)

立ち上がるとき、痛そうに顔をしかめた念氏の残像が目の前でちらついた。


「ねえ見て、若霖。右の金蘭と左の金蘭、どちらがいいと思う？」

玉兎は『金蘭伝』の女主人公を描いた絵を若霖に見せた。

「右の金蘭は快活すぎるかしら。作中ではもっと儚《はかな》げな感じだし。でも、わたくしは右のほうが好きなのよね。表情が生き生きしてるから。そうだわ。殿下にもご意見を……」

長椅子《ながいす》から立ち上がろうとした瞬間、左足に鋭い痛みが走った。

「お嬢さま、まだご無理なさらないほうが」

「単なるねんざよ。心配しないで」

念のために太医に診《み》せたが、軽いねんざということだった。玉兎は気にせずに動き回っているが、若霖はどこへ行くにもついてきて心配そうな顔をする。

「巴享王は乱暴な方です。お嬢さまを突き飛ばした上、助け起こしもしなかったのですから」

「殿下はお優しい方よ。『金蘭伝』を快《こころよ》く貸してくださったし、無断で臥室に入ったわたくしをお咎《とが》めにならなかったし、ねんざに効く塗り薬をくださったわ」

転んでねんざした日の夕方、巴享王の側仕《そばづか》えである李益雁が玉兎を訪ねてきた。

『こちらは殿下が主上《しゅじょう》より賜《たまわ》った異国の膏薬《こうやく》で、ねんざにとてもよく効くそうです』

巴享王が玉兎の怪我《けが》を心配していたと李益雁は言った。

「心配しているなら、自分で届けに来るべきでは？」

「きっとお忙しいのよ」

「巴享王に重要な役目などありませんよ。侍女たちに尋ねてみましたが、政務をしているわけでもないのに、書き物をしていることが多いそうです。あとは本を読んだり、整斗王を訪ねたり、側仕えを怒鳴りつけたり。たいしたことはしていません」

「読書がお好きなのね。どんな本がお好みなのか、今度お会いしたときに尋ねてみるわ」

会わないほうが、と若霖が言いかけたとき、侍女が巴享王の訪《おとな》いを告げた。

「お見舞いに来てくださったのかしら。客間にお通しして」

物言いたげな若霖を連れて客間に移動する。巴享王は落ちつかない様子で待っていた。

「殿下に拝謁《はいえつ》いたします」

「怪我人は拝礼《はいれい》などしなくていい」

玉兎が膝を折って拝礼しようとすると、巴享王がぞんざいに止めた。

「殿下、お顔色が優れませんわ。体調がよくないのですか？」

「別に。私はいつもこんな顔だ」

巴享王は何日も寝ていないような面持《おもも》ちでそっけなく答えた。

「君こそ、足の具合はどうだ？」

「殿下に賜ったお薬のおかげで、だいぶよくなりましたわ。お心遣いに感謝いたします」

「あれは西域《さいいき》の薬だ。父上から賜った高価な薬だから、君にくれてやるのは惜しいが、王妃がいつまでも足を引きずって歩いていたのでは私の面目が立たないから、特別に使わせてやったんだ。要するに私の顔を立てるためにしたことだから、感謝されるいわれはない」

何かの言い訳をするように早口で言い、巴享王は持っていた紙の束を差し出した。

「『金蘭伝』の続きだ。これで完結している」

「まあ！　あと五日はかかるとおっしゃっていたのに、もう手に入ったのですね！」

玉兎がねんざしてから、今日で三日目。思いがけない幸運だ。

「作者を急《せ》かして書かせた。君が読みたがっていたからな」

「ありがとうございます！　さっそく読みますわ！」

稿本《こうほん》を受け取り、玉兎は跳び上がって喜んだ。はしゃぎすぎて、左足が痛む。

「まだ本調子じゃないのなら、おとなしくしていろ。飛びはねたりせずに」

巴享王はぶっきらぼうに言った。乱暴な言い方だが、気遣ってくれていることは分かる。

「……なんでにこにこしているんだ」

「嬉しいのですわ。殿下がわたくしに優しくしてくださるから」

「優しくしたつもりはない。勝手に喜ぶな」

荒っぽく言い捨てて、巴享王は客間を出ていった。

「ほらね。殿下はお優しい方でしょう？」

『金蘭伝』の完結編を胸に抱いて、くるりと若霖を振り返った。

(殿下に心を尽くしてお仕えするわ。一生をかけて)

玉兎は皇族を謀《たばか》るという大罪を犯した。これから先の人生は、罪滅ぼしに費《つい》やさなければ。

翌日、玉兎は着替えを済ませるなり、朝餉《あさげ》も食べず巴享王の部屋に直行した。

「殿下！　『金蘭伝』を読破しましたわ！」

「……朝っぱらから元気なことだな」

まずそうに粥《かゆ》を食べながら、巴享王はちらりとこちらに視線を投げた。

「読み終わった後、胸がいっぱいで、昨夜はほとんど寝つけませんでしたわ」

「気に入ったのか」

「もちろんです！　呪いが解けて選勇が人間に戻り、二人は晴れて結ばれたのですもの。幸せな結末でしたわ。悪辣《あくらつ》な太守《たいしゅ》は成敗《せいばい》されましたが、流刑《るけい》の道行きに侍女が随行《ずいこう》したことは救いでしたわね。太守はきっと侍女がひたむきに向けてくれていた恋慕《れんぼ》に気づいたでしょう」

夢見心地で溜息をつき、玉兎は一通の書簡を巴享王に差し出す。

「こちらの文を作者さまに届けていただけます？　感想とお願いをしたためましたの」

「お願い？」

「出版のお願いですわ」

巴享王が思いっきりむせた。粥が熱かったのだろうか。

背中をさすろうとして、やめる。彼は女人《にょにん》に触られるのが嫌いなのだ。

「出版だと？　『金蘭伝』をか？」

「素晴らしい作品なので、ぜひ東夢堂で刊行させていただきたいとお願いしたのですわ。東夢堂という書坊《しょぼう》をご存じですか？　書坊といえば、翠春堂や香景堂《こうけいどう》が有名ですが、どちらも比較的新しい書坊でしょ？　東夢堂は歴史ある書坊ですの。はじめの店舗《てんぽ》が造られたのは灰壬帝《かいじんてい》の御代《みよ》です。仁啓《じんけい》年間には翠春堂よりも大きな店をかまえていましたし――」

「出版なんて絶対にしないぞ」

　巴享王は声を荒らげた。

「出版の可否をお決めになるのは殿下ではなく、作者さまですわ」

「作者は承諾《しょうだく》しない。そもそも手慰《てなぐさ》みで書いた作品だ。出版するために書いたわけじゃない」

「これから協力して清稿本《せいこうほん》を作るのです。わたくしが推敲《すいこう》のお手伝いをしますわ」

「ばかばかしい。なんで君が刊工《かんこう》の真似事《まねごと》をするんだ？」

　刊工とは、出版の企画や編集、校正などを行う出版職人である。大手書坊には必ずいるが、小さな書坊では書坊の主人や刻工《こくこう》の筆頭が刊工を兼ねている。

「真似事ではありません。わたくしはすでに何度も刊工として、挙業書《きょぎょうしょ》や画集の出版にかかわっています。ご所望《しょもう》なら、わたくしが刊行した書籍をお持ちしますわ」

「なぜ君のような名門の令嬢がそんなことをしている？」

「もちろん、好きだからですわ」

　玉兎は巴享王の隣に腰かけた。彼の前に置かれた粥を絹団扇《きぬうちわ》であおいで冷ます。

「幼い頃から、印本《いんぽん》が大好きですの。書衣《しょい》や封面《ふうめん》、牌記《はいき》、印字、挿絵……印本のなにもかもに胸がときめきますわ。この本はわたくしをどの世界に連れていってくれるのかしら、どんな物語を味わわせてくれるのかしらと心が躍り出すのです。それに、印本は写本よりも大量に刊行されます。つまり、たくさんの人たちが同じ本を読んでいるということですわよね？」

「だから何だ」

「素敵なことだとお思いになりませんか？　別の場所にいる誰かが自分と同じ本を読んでいる。同じ場面で涙するかもしれないし、同じ台詞《せりふ》で笑うかもしれない。あるいはまったく逆のことが起こるかもしれないなんて。印本は遠く隔《へだ》たった多くの人たちを見えない糸でつなぐのです。そのことに気づいてから、わたくしも印本を作りたくなりましたの」

人と人を見えない糸でつなぐ。それこそが玉兎が出版を愛する理由だ。

「だったら、翠春堂で刊工の真似事をすればいいだろう。翠春堂は君の実家が経営しているんだ。君のご意向とあらば、どんな作品も思いのままに出版できるんじゃないか」

「それができませんの。わたくし、翠春堂に出入り禁止になっていますので」

「出入り禁止？　いったい何をしたんだ？」

「刊工たちについて回って出版の基礎を学んでいただけですわ。父の存命中は工房に入ることも許されていましたし、刻工の仕事ぶりを観察したりしていました。けれど父の死後、念家の当主になった兄に、令嬢らしくない行動は慎《つつし》めと命じられてしまって……」

「当たり前だな。念家は君を皇太子妃にしたがっていた。刊工ではなく」

「でも、わたくしは刊工になりたかったのです！　皇太子妃ではなく！」

うっかり本音をもらしてしまい、玉兎は慌てて口元を手で隠した。

「とにかく、作者さまにお会いしたいのです。『金蘭伝』の刊行についてお話を」

「作者は女人とは会わない。ましてや君のような小娘など」

「お目にかかるのは、わたくしだけではございません。まずは東夢堂の主人、方午亮《ほうごりょう》がご挨拶《あいさつ》いたします。方午亮は代々、東夢堂で出版業に携《たずさ》わってきた方家の――」

「だめなものはだめだ。私は絶対に出版なんかしないぞ」

「殿下の許可は求めていませんわ。作者さまに承諾していただきたいのです」

「……作者は出版を考えていない。話をするだけ無駄だ」

秀麒はだんと円卓を叩いた。

「稿本を返せ」

「お断りしますわ。作者さまに引き合わせてくださるまで、お返しできません」

「力ずくで取り返してもいいんだぞ。君の部屋をひっかきまわして」

「どうぞ。稿本が王府にあるとお思いなら」

「何だって？」

はったりであることをおくびにも出さず、玉兎はふふふと笑った。

「作者さまにかけ合ってくださいませ。伏してお願いいたします」

「なぜいやがる？　出版すればいいじゃないか」

整斗王は紫煙《しえん》をくゆらせながら笑った。

「俺も自著を刊行しているから分かるが、自分の文章が印刷されて書籍になるというのは、悪くない心地だ。何なら、俺が批評を書いてやろうか。箔《はく》付けになるぞ」

「結構です、叔父上《おじうえ》」

夾竹桃《きょうちくとう》が咲き乱れる整斗王府の内院《なかにわ》で、秀麒は古琴《こきん》を奏でていた。

「ごくつぶしの六皇子が白話《はくわ》小説を書いていたなどと、世間に知られたら宗室の恥《はじ》です」

「本名で出さなくても、筆名を使えばいいだろう」

「俺は本名のほうがいいと思うなぁー。皇子として出したほうが女性たちにウケますよ」

益雁は相変わらず美人画集を眺めている。

「最近、書籍に著者の肖像画を載せるのが流行《はや》ってるでしょ？　殿下は主上似の美形だし、肖像画を載せたら、女性読者の心をがっちりつかめるんじゃないですかね」

「妙案だ。小説より肖像画集のほうが売れるかもな。俺が推薦文を書いてやろう」

「肖像画なんか死んでもごめんだ！」

秀麒は引きちぎらんばかりに琴弦《きんげん》を爪弾《つまび》いた。

「王妃さま、このままじゃ引き下がらないですよ？　あの人、見かけによらず剛腕だから。作者にかけ合うまで諦めないって言って、殿下を追いかけ回してますからね」

念氏はものすごくしつこい女だ。

毎朝、寝起きの秀麒を訪ねてきて「おはようございます！　今日こそは作者さまを紹介してくださいね！」と笑顔で迫ってくる。内院で読書していると「夏舩《ようしゃ》の『孤窓奇話』なら、わたくしはもう読みましたわ。この美人の正体は猫の妖怪ですのよ」と容赦なくネタバレしてくる。入浴後に夕涼みしていると、「参考までに東夢堂刊の印本をお持ちしましたわ。封面《ふうめん》に絵が入っているでしょう？　実はこれ、わたくしの提案なのです」と自慢する。

うるさい、あっちに行け、私にかまうな、と怒鳴りちらしても、ちっともめげない。

巴享王府では寸刻も落ちつけないため、今日はここに避難してきた。

「叔父上、念氏を黙らせる妙策はありませんか」

「おまえが作者だと明かせばいいだろう。皇子の身分で白話小説を出すわけにはいかないと」

「そんな理屈で引き下がるような女だったら、苦労はないですよ」

おとなしくなるどころか、ますます秀麒を追いかけまわして出版を迫るだろう。

「じゃあ、俺がおまえの代役を演じようか？」

整斗王は悪戯《いたずら》を思いついた子どものようににやりとした。

「思いがけないことですわ。整斗王が『金蘭伝』をお書きになったなんて」

整斗王府の外院《まえにわ》に入ると、玉兎が疑わしげな視線を向けてきた。

「でも、整斗王が女人嫌いだなんておかしいですわね。側妃《そくひ》さまが四人もいらっしゃるのに」

「作者が女人嫌いだと言ったのは、君を追いはらうための方便だ」

秀麒は昨日考えた言い訳でごまかした。足早に垂花門《すいかもん》をくぐる。

「叔父上をわずらわせないために、嘘をついたんだ。ところで、その大荷物は何だ？」

念氏は大きな布包みを若霖に持たせている。見たところ、書籍のようだが。

「整斗王に見ていただきたい書籍をお持ちしましたの」

「ああ、東夢堂で刊行した本の見本か」

歩く速度を上げて内院を通りすぎ、客間に入る。当世の文人らしく華やかなしつらえの客間で待っていると、続きの間から整斗王が現れた。

「謹《つつし》んで整斗王殿下に拝謁《はいえつ》いたします。巴享王妃、念玉兎でございます」

念氏は気品あふれる所作《しょさ》で跪《ひざまず》いて拝礼《はいれい》した。さすがは名家の令嬢だ。

「婚儀以来だな。あの夜は綾絹《あやぎぬ》のせいで噂《うわさ》の美貌《びぼう》を拝むことができず、口惜しく思ったが、見られなくて幸いだった。もし見ていたら、甥《おい》の花嫁を奪っていただろうから」

整斗王は女人嫌いではない。女人を舞い上がらせるお世辞《せじ》も、お手の物だ。

「噂といえば、整斗王殿下のご高名はかねてから耳にしておりますわ」

甘い賛辞には頬《ほお》を染めず、念氏は好奇心に瞳を輝かせた。

「天下に比類なき文才と画才をお持ちだそうですわね。主上は整斗王殿下が上梓《じょうし》なさった詩文集を愛読なさっていると聞きますし、栄太后《えいたいこう》さまは殿下が筆をとられた山水画を茶寮に飾っていらっしゃるとか。整斗王府刊の書籍は善本ばかりという評判ですから、わたくしも十数冊求めましたわ。中でも絵画史をつづった『画華《がか》』は心が澄みわたるような美文で――」

「おまえの新妻はずいぶんおしゃべりだな、秀麒」

整斗王が笑い含みに秀麒を見やった。

「念氏は書籍のことを話し始めると止まらなくなるんですよ。困ったものです」

「誰でも自分の好きなことには饒舌《じょうぜつ》になるさ。懐かしいな。俺の許嫁《いいなずけ》は絵が好きでな、絵のことなら一日中でもしゃべっていた」

「側妃さまの影響で絵画史を研究なさったのでしょうか？」

「許嫁の影響だ。彼女は俺に嫁ぐ前に鬼籍《きせき》の人になってしまった」

整斗王は甥夫婦に長椅子《ながいす》を勧めた。自身は紫檀《したん》の宝座《ほうざ》に腰かける。

「さて、本題に移ろうか。用件は秀麒から聞いている。『金蘭伝』を出版したいそうだな？」

「はい！　ぜひ東夢堂で刊行させていただきたいのです！」

念氏は暑苦しいほど熱心に整斗王をかき口説《くど》いた。

「『金蘭伝』は出版用に書いた作品じゃないが、刊行自体はやぶさかでもない」

「まあ！　それでは――」

「しかし、東夢堂《こくこう》で刊行する理由がないな。整斗王府では図書の発行を盛んに行っている。有能な刊工も刻工も大勢いるし、紙や墨《すみ》に糸目をつけず、書籍を出版できる。それなのになぜ、資金や技術に制約が多い書坊《しょぼう》で刊行しなければならないんだ？」

痛いところをつかれ、念氏は言葉につまった。

整斗王府の刊行物に善本が多いのは、豊かな財力を背景にたっぷりと時間をかけて少部数しか刷らないからだ。一方、坊刻《ぼうこく》には資金や期間に制約がある。書坊が相手にする市井《しせい》の読者は、高価な本を買わない。早く出さなければ興味を失ってしまう。一冊の値段が安いので、大量に刷らなければ利益が出ない。安く早く大量に印刷すれば、おのずと紙や墨の質は落ち、校正や装丁《そうてい》が雑になる。坊刻本が粗悪本の別名とされているのは、そのためだ。

(叔父上に言い含められたら、さすがの念氏も諦めるだろう)

整斗王が『金蘭伝』の作者になりすまし、念氏をけむに巻くという作戦だ。

「おっしゃる通り、坊刻は官刻に比べて質が劣りますわ」

念氏は口惜しそうに沈黙を破った。

「その分、大勢の読者の目に触れることになります。官刻本は精密ですが、値段が高すぎて気軽に買えるものではありませんし、そもそも市井には出回りません。でも、坊刻本なら」

「粗悪本を著作に加えるつもりはないな。少なくとも俺の名では」

　やや冷淡な口調で言って、整斗王は紫煙を吐いた。

「坊刻しても、俺には何の利益もない。出版したければ、王府の工房を使うさ。そのうち、『金蘭伝』を刊行してもいいな。むろん、整斗王府でということになるが」

「その場合、著者名は何とお書きになるのでしょうか？」

「白話小説だからな。高来隼の名では出せないだろう。新しい筆名を――」

「いいえ、そうではなく、どちらの作者名をお出しになるのですかとお尋ねしたのです」

「どちらの――というと？」

「偽物の作者である整斗王殿下か、本物の作者の名か、という意味ですわ」

　今度は整斗王が返答に窮《きゅう》する番だった。

「どうして俺が偽物の作者だと思うんだ？」

「筆跡が明らかに違うからですわ」

「俺の手蹟《て》をご存じなのかな」

「存じ上げておりますわ。『画華』の初印本《しょいんぼん》（初刷り）を読みましたもの」

　秀麒はぎくりとした。

「『画華』の後印本《こういんぼん》（後刷り）の序文は、本文と同じく匠体《しょうたい》――刻工が書いた文字で記されています。横の線が細く、縦の線が太いのが特徴です。けれど、初刷りでは、整斗王ご自身が序文の版下《はんした》を手がけていらっしゃいますね。力強く男性的でありながら優美な書体がそのまま表れています。こちらは横の線が太めで、縦の線が細めですわね」

念氏は若霖に持たせていた絹包みから、『画華』を出して机に広げた。『画華』は多色刷りの大型本で、有名な画家の神品を版画で写し取り、その解説をしたものだ。

「初印本は十数部しか刷っていないぞ。なぜあなたが持っている？」

『画華』の初印本は皇帝をはじめとする、整斗王に近しい皇族たちに贈られた。

「わたくしの持ち物ではございません。巴享王殿下の書斎から拝借してまいりました」

「いつ盗んだんだ？」

秀麒が癇癪《かんしゃく》を噛《か》み殺して言うと、念氏はにっこりした。

「わたくしは殿下の書斎に入っていませんわ。益雁どのにお願いしたのです」

「益雁！　おまえか！」

「え？　王妃さまが『画華』の初刷りを見てみたいとおっしゃるから」

秀麒のそばに立つ益雁は、茶菓子をかじりながらきょとんとした。

「無断で私の蔵書を持ち出すな！」

「持ち出したのは、ちょっとの間だけですよ。王妃さまはすぐに返してくださったし」

「返していないからここにあるんだろうが！」

「そういえばそうだな。王妃さま、なんで返したはずの本がここにあるんですか？」

「お返ししたのは模造品《もぞうひん》ですわ。以前、『画華』の後刷りをもとにして作ったものです。初刷りと後刷りの書衣はどちらも同じでしょう？　だから気づかれないだろうと思って」

「なぜ中を確認しないんだ⁉」

「美人画が載ってる本なら、必ず見るんですけどねぇ。風景画には興味がないもので」

「益雁どのを責めないでくださいませ。悪いのはわたくしです」

いかような罰もお受けします、と念氏は殊勝《しゅしょう》に頭を下げた。

「『金蘭伝』の作者が整斗王殿下だとうかがって、本当かどうか確かめるために『画華』の初刷りと『金蘭伝』の手稿本《しゅこうぼん》を見比べてみました。どう見ても別人の手蹟です。また文章自体も違いすぎますわ。整斗王殿下の他の著作も拝読していますが、泰然とした冷徹な語り口ですわね。成熟した魅力を感じます。でも、『金蘭伝』の文章はむらがあり、感情の起伏《きふく》が激しく、荒削《あらけず》りですわ。洗練されているとは言いがたいですが、若く瑞々《みずみず》しい情熱があふれています」

「文体を変えたのかもしれないとは思わないか？」

「整斗王殿下ほどの文章家でも、読まれていない文章を書くのは難しいのではありませんか」

「読まれていない文章？」

「文章の若さは、書き手の年齢と同じではないと思うのです。文章は読まれれば読まれるほど成長し、洗練されていきますわ。書き手は誰かに読まれることによって単語を吟味《ぎんみ》し、推敲《すいこう》に推敲を重ねていきます。わたくしが読む限りでは、『金蘭伝』の作者は読まれることに慣れていません。読者の存在を意識の外に置いて、書きたいものを書きたいようにつづっています。

このような文体は、読まれることに慣れた書き手には、ほとんど不可能ですわ」

「そうかな？　書けるかもしれないぞ」

「ひとたび磨《みが》いた原石は宝玉になります。宝玉は時とともに輝きが鈍ることがありますが、原石には戻りません。原石のまぶしさ、荒々しさ、秘められた可能性は原石だけに許された美しさです。もはや宝玉になってしまったかつての原石には、まねできません」

念氏は『金蘭伝』の稿本をどこか愛《いと》おしげに眺めた。

「『金蘭伝』の作者は書き手としてとても若い。文章家として経験豊富な整斗王殿下ではないと考えます。おそらく、本当の作者から依頼されて身代わりをなさっているのかと。教えていただけませんか？　本物の作者はどなたです？　どうか、その方とお話を――」

「いい加減にしろ！　しつこい女だな、君は！」

秀麒は念氏を睨《にら》みつけた。

「『金蘭伝』は出版しない。ただそれだけだ」

「『金蘭伝』の書き手には確かに才能があります。才能は磨いてこそ意味があるのです。埋もれたままではご本人のためにも、世の中のためにもなりませんわ」

「世の中のことなど知るか！　私の稿本を返せ！」

秀麒は念氏の手から『金蘭伝』をもぎ取った。

「……私の稿本？　ひょっとして、殿下なのですか？　『金蘭伝』をお書きになったのは」

「ああ、そうだ！　私が書いた！　だから出版などしない！」

秀麒は叔父《おじ》に慌ただしく暇乞《いとまご》いをして、さっさと客間を出た。

軒車《くるま》に飛び乗り、御者を急《せ》かして整斗王府を去る。

正体不明の怒りが身内で火を噴いていた。この激憤の原因は何なのか。白話《はくわ》小説を書くしか能がない自分か。秀麒の恥《はじ》をほじくり返した念氏か。たかが女一人黙らせることもできない自分か。嘘をついて嫁いできたくせに、悪びれもしない念氏か。

いずれにしても、事の発端は『金蘭伝』だ。

(出版だと⁉　これ以上、生き恥をさらせというのか‼)

皇子でありながら、封土《ほうど》も賜《たまわ》れず、政《まつりごと》の場から追い出されて、扶持《ふち》で養われ、手慰《てなぐさ》みにくだらない小説を書きつづるしか能がないことを、天下の人々に知らしめよと？

(こんなもの、念氏に見せなければよかった‼)

握りしめた『金蘭伝』の稿本が憎たらしくてたまらなくなった。念氏に読ませるべきではなかった。そもそも書かなければよかった。白話小説などゴミだ。少なくとも、雲上人《うんじょうびと》たちはそう言って嘲笑《あざわら》うだろう。子どもだましの与太話《よたばなし》に値打ちなどないと。

巴享王府に戻るなり、秀麒は憤懣《ふんまん》を地面にぶつけるような足取りで内院《なかにわ》を横切った。途中で睡蓮《すいれん》の池にさしかかる。稿本を水面めがけて投げ捨てた。いささかもためらわずに。

「殿下！　なんということをなさるのです⁉」

追いかけてきた念氏が悲鳴じみた声を上げた。無視して通り過ぎようとしたときだ。ざぶざぶという水音が聞こえた。

「おい⁉　何してるんだ⁉」

「見ての通りですわ！　稿本を救い出すのです！」

念氏は池に入って、水面に散らばった罫紙《けいし》を拾い集めていた。池の水は湧き水だ。残暑が厳しいとはいえ、日暮れ時では冷たいはずだ。

「念氏！　ばかなまねはよせ！」

「ばかなまねをなさったのは殿下ですわ！　大事な稿本を捨てるなんて！」

「そんなもの、少しも大事じゃない！」

「大事になさってください！　あなたの作品なのですから！」

「私のものだから、どうしようと私の勝手だ！」

「いいえ、わたくしが許しませんわ！　これは殿下の血肉を削ってできた小説です！　稿本を粗末に扱うことは、あなた自身を粗末にすることです！　自分くらい、大事に……っ」

突然、念氏が転んで水中に沈んだ。黒髪と薄紅《うすべに》色の袖《そで》が水面に咲く。

（あんな女、どうなろうと知ったことか！）

しつこくてうるさくてうっとうしい。水中に沈んでいるほうが、静かでいいくらいだ。

水面から顔を出す音がしない。ぶくぶくと呼気がもれる音だけが響いている。秀麒は舌打ちした。外衣《うわぎ》を脱いで池に入り、念氏の腕をつかんで水中から引っ張り上げる。

「なんで自分で立たないんだ。溺《おぼ》れるような深さじゃないぞ」

「まあ、そうでしたの……。わたくし、目を閉じていたので分かりませんでしたわ」

念氏は喉《のど》を震わせた。黒髪はしとどに濡れ、白い面《おもて》は青みさえ帯びている。

「目を閉じていたって深さくらい分かるだろう。足がつくんだから」

「……子どもの頃、池に落ちたことがありますの。水が冷たくて、足がつかなくて、どうしていいか分からなくて、恐ろしかったのですわ。先ほど、そのことを思い出して……」

「君はばかか。池が怖いなら、池に入らなければいいだろうが」

「わたくしだって、入りたくて入ったわけではありませんわ。でも、稿本を拾わないと」

「拾わなくていい。こんな紙切れ、捨て置け」

「紙切れではありません！　稿本ですわ！」

念氏は声高に言い返して、水面に散らばった紙を拾い集めた。

「あなたが命を吹きこんだ金蘭や選勇が、この紙の上で生きているのです。彼女たちを溺死《できし》させるおつもりですか？　寝る間も惜しんでお書きになったというのに」

「ただの手慰みだ。それ以上の意味も価値もない」

「どうしてそんなに稿本を――ご自身を軽んじるのです？」

「これほど愚かしい問いは初めて聞いたな」

秀麒は自嘲で唇を歪めた。

「十三年前の事件について知らないとは言わせないぞ。宮中の語り草だからな。私は実の母に殺されかけた死にぞこないの皇子だ。封土もなく、朝廷から締め出され、名ばかりの王に封じられて飼い殺しにされている。いわば、生きた屍《しかばね》だ。屍が手慰みに書いた小説に値打ちがあるはずがない。そんなものはゴミだ。だから捨てたんだ」

「ゴミではありませんわ！　わたくしが好きな作品です！」

念氏は大きな瞳に炎のような怒りを宿していた。

「どんなものでも、誰か一人でも好きだと言う人がいれば、価値はあるのです」

「じゃあ、私はこの紙くず以下だな。私を好きだと言う者など、誰ひとりいないんだから」

整斗王と洪列王《こうれつおう》の顔が頭に浮かんだ。洪列王・高元炯《げんけい》は父帝の従弟《いとこ》、秀麒にとっては従弟叔父にあたる。十三年前の事件が起きたとき、洪列王は現場にいた。母に刺されて血まみれになった秀麒を救い出し、いち早く太医《たいい》に診《み》せてくれた。秀麒の命の恩人だ。

あれ以来、洪列王は何くれと秀麒を気遣ってくれる。普段から親しくしている整斗王と洪列王なら秀麒に情を抱いてくれているだろうが、それは情愛というより同情だ。憐《あわ》れみを抜きにして秀麒を想ってくれる人など、どこにもいないのだ。

「わたくしは殿下のことが好きですわ」

凛《りん》とした声だ。風鈴の音色のような。その涼しげな響きに貫かれ、心が冷えていく。

「またか。君の嘘にはうんざりだ」

動揺《どうよう》を振り払うように、秀麒は彼女から目をそらした。

「知らないと思っているようだが、私は君がなぜごくつぶしの六皇子に嫁いできたのか知っているぞ。婚儀の夜、若霖と話しているのを聞いたからな」

念氏が息をのんだ。みるみる青ざめていく。

「君は私を騙《だま》した。いや、私だけじゃない。父上さえも欺《あざむ》いた大罪人だ」

とうに静まったはずの怒りがふつふつとよみがえってきた。そうだ、念氏は秀麒を騙したのだ。一目惚《ひとめぼ》れしたなどと、心にもないことを言って、秀麒を利用したのだ。

「……申し訳ございません、殿下。他に、入宮を逃れるすべがなくて……」

「なぜそれほど入宮をいやがるんだ？　ごくつぶしの六皇子に嫁ぐより皇太子に嫁ぐほうがいいに決まっている。どうして好きでもない私などに嫁いできた？」

「後宮に入ったら、市井《しせい》には出られなくなり……」

「刊工の仕事ができなくなるからか？」

念氏はうなだれた。濡れた髪が白蠟《はくろう》のような首筋にはりついている。

「自分が犯した罪には、生涯《しょうがい》をかけて償《つぐな》いをするつもりですわ。誠意を尽くして殿下にお仕えします。殿下のご命令なら、決して逆らいません」

「だったら、今ここで命じる。『金蘭伝』のことは忘れろ。出版などしない」

「そのご命令には従えませんわ」

「は⁉　舌の根も乾かぬうちから翻意《ほんい》か⁉」

「王妃としてはどのようなご命令にも従いますが、刊工としてはよい作品を世に出さないわけにはまいりません。『金蘭伝』の出版は諦めませんわ」

好き勝手なことを言い、念氏は稿本を拾う。

「諦めろ！」

「いやですわ！」

怒鳴りつければ怒鳴り返される。念氏は水面を漂う稿本を追いかけて、池の深いところへ入っていく。細い肩が小刻みに震えていることに気づき、秀麒は顔をしかめた。

「そちらは私が拾うから、君はあちらの浅いほうを拾え」

「でも、殿下は」

「ここから先は深いんだ！　君の背丈だと溺れるぞ！」

念氏はおとなしく従った。いつもこれくらい従順ならいいのに。


「ご夫婦で水浴びとは、なんとまあ仲睦《なかむつ》まじいことで」

ずぶ濡れで池から出てきたところを益雁に目撃され、案《あん》の定《じょう》、茶化された。

「どうせなら王妃さまは生まれたままのお姿におなりになったほうが、殿下がお喜びに」

「誰が喜ぶか！　稿本を拾っていただけだぞ！」

むしゃくしゃしながら着替える。あたたかい茶を飲んでやっと人心地ついた。

なんとなく念氏の様子が気にかかり、彼女の部屋に行った。

「お嬢さまは内院で稿本を乾かしていらっしゃいます」

若霖が言うので、内院に行く。念氏も着替えを済ませていた。筒袖《つつそで》の上襦《じょうじゅ》は淡い珊瑚《さんご》色。胸の上まで引き上げた裙は清水のような露草色。髪は飛天髻《ひてんけい》に結ったままだ。

「先ほど言いそびれましたが」

念氏は罫紙を一枚一枚、敷物の上に広げていた。秀麒は手伝おうとしてやめた。どうして手伝わなければならないのだ。自分が捨てた稿本だというのに。

「わたくしは殿下が好きですわ」

「そんな嘘は聞き飽きたと言っただろう」

「嘘ではありません。殿下は『金蘭伝』の作者だから、好きなのです」

「意味が分からない」

「簡単ですわ。わたくしは『金蘭伝』が好き。『金蘭伝』をお書きになった殿下が好き」

紅翡翠《べにひすい》を連ねた金歩揺《きんほよう》が歌うようにしゃらりと鳴る。可憐《かれん》な横顔は夕映えに染まっていた。

「乾いたら、これをもとに清稿本《せいこうほん》を作りましょうね」

「まだ諦めていないのか」

「出版に同意してくださったから、一緒に稿本を拾ってくださったのでしょう？」

「自分本位な解釈をするな。同意などしていないぞ。こんなもの」

「こんなものとおっしゃらないで」

念氏は顔を上げた。強い光を秘めた瞳で秀麒を射貫《いぬ》く。

「『金蘭伝』が粗末にされることは、『金蘭伝』を素晴らしいと思ったわたくしの心が踏みにじられることです。もう二度と、こんなものなんておっしゃらないでください」

「もし、言ったら？」

「怒りますわ」

「君が怒ったって、ちっとも怖くないな」

「怖いですわよ！　わたくしが本気で怒ったら、獄卒《ごくそつ》になりますもの！」

「獄卒？」

「刻工《こくこう》のみなさんにそう呼ばれていますの。工房では地獄の鬼のようだって」

凄《すご》んでいるつもりか、念氏は力いっぱいまなじりをつり上げた。せいぜい、むくれているという表情だ。怖くなどない。むしろ、可愛《かわい》らしい。不機嫌な花のようで。

「君を怖がるようになったら、男としておしまいだな」

思いがけず、笑いがこみ上げてきた。彼女が顔を真っ赤にして怒るからだ。

「結構ですわ。殿下がそのおつもりなら、わたくしだって容赦《ようしゃ》しませんから」

念氏は侍女《じじょ》に朱筆を持ってくるよう命じた。

「まず、太守《たいしゅ》が側近たちと皇妃の病について話す場面。ここは必要ありません」

その場面が書かれた罫紙を手に取る。水でにじんだ筆跡の上から朱墨《しゅずみ》で斜線を引いた。

「あっ、なに勝手に書きこみをしてるんだ⁉」

「推敲《すいこう》のお手伝いをしているのです。皇妃の病なんて物語には全然関係ありませんから、削《けず》ってしまったほうがすっきりしますわ。金蘭の侍女は三人もいりません。一人に絞《しぼ》って動かしたほうが読者を混乱させずに済むでしょう。それから、太守の監禁《かんきん》部屋に金蘭が閉じこめられるところ。稿本では虎の姿の選勇が助けに来ることになっていますが、金蘭自身に行動させませんか？　彼女、泣いてばかりで何もしないのですもの。たとえば、見張り番を騙して鍵《かぎ》を開けさせるとか、外の騒ぎに乗じて窓から抜け出すとか。自分から行動することによって、選勇に会いたいという彼女の恋心の強さが、より鮮明に浮き上がるはずですわ」

念氏は次々に朱筆で書きこみをしていく。約二百葉の稿本のほぼすべてに赤が入った。

「……全部書き直せというのか」

「全部ではありませんわ。赤が入ったところをお願いします」

稿本に朱筆を入れられてむっとしたが、赤で書きこみされた部分を見直してみると、なるほど、もっともな指摘であるように思われる。

「稿本が乾きしだい修正に取りかかったとして、二、三日で終わりますか？」

「終わるか。これだけの量なら、最低でも五日はかかる」

「明日の朝には稿本が乾くはずです。明朝から五日間でお願いしますわね」

「……本気で出版するつもりなのか？　こんな……くだらない小説を」

「小説とは本来くだらないものです。正直に言って、小説がなくても生きていけます。でも、小説があったほうが楽しく豊かに過ごせますわ。胸がどきどきして、わくわくして、はらはらして、すっきりして、じーんとして、いろんな感動を味わえます。ものすごく落ちこんでいる人だって、ものすごく苛立《いらだ》っている人だって、面白い小説を読めば気分が晴れるのです」

「小説は、うまい料理や美しい音楽のようなものだと言いたいのか？」

「似ていますが、ちょっと違います。料理は料理を食べる人の心しか動かせません。音楽は音楽が聞こえる場所にいる人の心しか動かせません。けれど小説は、千里離れたところにいる人の心を動かすことができます。考えるだけで胸が躍るでしょう？」

秀麒が返事をする前に、念氏は立ち上がった。挑むような目つきでこちらを見る。

「わたくしと一緒に作りませんか。千里を駆ける物語を」

夕映えに染まった二つの瞳。そのきらめきに魅入《みい》られて、しばし言葉を忘れた。

「……癪《しゃく》だな」

秀麒はふいと顔をそむけた。初めて味わう感情が心音を高鳴らせている。

「君に口説《くど》き落とされるとは」

断るつもりだった。突き放すつもりだった。絶対に承知しないつもりだった。

しかし今や、胸に宿った高揚《こうよう》を無視できなくなっている。誰かの心を動かすものを作ってみたいという欲望に逆らえない。この目で見てみたいと思ってしまったのだ。

念氏と作り上げた、千里を駆ける物語を。

「殿下が書き直しをなさっている間に、わたくしは挿絵の下絵を描きますわ」

「挿絵までつけるのか」

「流行小説にはみんな挿絵が入っていますわよ。読者は挿絵入りの本が好きですもの。東夢堂にはわたくしから話を通しておきますわね。こちらからお願いして出版するので、経費はわたくしが持ちます。ご存じですか？　坊刻《ぼうこく》の出版経費はとっても安くて……っ」

念氏がくしゃみをした。池の水で冷えた体に、夜風がこたえるのだろう。

「稿本は侍女たちに任せて、君は部屋に入れ。そろそろ夕餉《ゆうげ》の時間だ」

秀麒は外衣を脱いで念氏の肩に着せかけた。

「今後の予定についてお話ししたいことがあるので、夕餉の後でお時間をいただけますか？」

「面倒だな。夕餉をとりながら話せばいいだろう」

「妙案ですわね。そのほうが時間を節約できますわ……っ」

念氏は二度目のくしゃみをした。

「池なんかに入るからだ」

「殿下が稿本《こうほん》を捨てなければ、入らずに済んだのです」

「君がしつこく出版を迫って私を苛立たせたせいだ」

「わたくしが何かしなくても、殿下は四六時中、苛立っていらっしゃるではありませんか」

何も言い返せない。眉間《みけん》にしわを寄せていると、念氏がふわりと微笑《ほほえ》んだ。

「ありがとうございます、殿下。出版に同意してくださって」

彼女の笑顔は春の陽だまりのようだ。つい見惚《みと》れてしまい、慌てて視線をそらす。

「感謝されるいわれはない。暇つぶしのために同意しただけだ」

いったい何のために承知したのか、自分でも分からない。ただ、父帝に念氏との結婚を命じられたときとはまるで違うということは、はっきりしている。

秀麒は自分の意思で出版に応じたのだ。誰に命令されたわけでもなく。


それからの数日間で、秀麒は刻工たちが念氏を獄卒と呼んでいる理由を悟った。

「……また直すのか？」

書き直した稿本を提出すると、ものの一刻で返ってきた。またしても朱筆であれこれ書きこまれている。一度目の赤入れよりは少ないが、ざっと見て百葉近くある。

「あとひと踏ん張りですわ！　頑張ってくださいませ！」

ということを五回ほど繰り返した。同時に挿絵の下絵が本文の記述と合っているかも確認しなければならなかったので、体力を消耗《しょうもう》する作業量だった。

「もう二度と筆など持ちたくないぞ……」

秀麒は机に突っ伏した。文字を書きすぎて、腕も手も肩も痛い。

「稿本を書き上げたときには、みなさん、そうおっしゃいますわ。でも、しばらくすればまた物書きの血が騒ぎ出して、筆が離せなくなります」

念氏は稿本をまとめながら、ふふふと笑った。

「そうだわ。筆名を考えてくださいませ。その名前で方午亮に紹介しますので」

「筆名か。考えたことがなかったな。何がいいだろう」

頬杖《ほおづえ》をついて考えこんでいる間に念氏が部屋を出ていった。ほどなくして戻ってくる。

「夕餉の支度《したく》ができたそうですわ。食堂にまいりましょう」

念氏が秀麒の左手をつかんで引っ張り、あっと声を上げた。

「ごめんなさい」

一瞬なぜ謝られたのか分からなかった。

(私が『女人《にょにん》に触られると虫唾《むしず》が走る』と言ったせいか)

言いすぎたかもしれない。彼女の存在自体が不快なわけではないのに。

「……手なら、かまわない」

秀麒は言葉を探した。

「背中に触れられるのがいやなんだ。……傷がまだ痛むから」

十三年前、母は秀麒の背中を刺した。急所は外れていたが、右腕には後遺症が残った。まったく動かないわけではないが、いまだに力があまり入らない。少し使うだけでかなり疲れるので、日常生活で主に使うのは左手だ。

今でもときどき古傷が痛むことがあるが、背中に触れられたくないのは女人だけではない。治療のために太医《たいい》に診《み》せるのだって本当はいやだ。痛むからではなく、恐ろしいから。自分の後ろに誰かが立つことさえも、恐怖心に結びついてしまう。

我ながら情けないことだと呆《あき》れているが、長年の悪癖《あくへき》は治りそうにない。

「大変！　わたくしが何度も修正をお願いしたから、ご無理をなさいましたわよね？　お痛みがあるのなら、夕餉は寝間《ねま》にお持ちしましょうか？　お疲れでしょうから、わたくしが食べさせて差し上げますわね。これ以上、御手を使わずに済むように」

「食事くらい自分で食べる。君の手は借りない」

「遠慮《えんりょ》なさらないでくださいませ」

「そうですよ。遠慮せずに食べさせてもらいましょうよ」

「勝手に会話に入ってくるな、益雁！」

益雁は長椅子《ながいす》に寝転がって艶本《えんぽん》を読んでいる。

「殿下もばかですねえ。こういうときは腕が痛くて何もできないというふうを装って、あれこれ世話を焼いてもらい、どさくさに紛《まぎ》れてあれやこれやと楽しむのが艶本の定石《じょうせき》……」

「食堂に行こう、念氏」

「益雁どのが何かおっしゃっていますわよ」

「無視しろ。どうせろくなことは言っていない」

秀麒は念氏を連れて書斎を出た。回廊《かいろう》の半ばまで歩いたところで、念氏の手を握っていることに気づいて、どきりとした。書斎を出るとき、無意識のうちにつかんだらしい。ほっそりとした小さな手だ。今まで触れてきたどんなものよりも、やわらかくて、あたたかい。

「……何をしている？」

念氏が空いたほうの手で秀麒の手をそっと撫《な》でた。

「殿下の御手をねぎらっているのですわ。お疲れさまでしたって」

ふんわりと微笑む彼女を見ていられなくて、秀麒は目をそむけた。

（……この女は私を騙したんだぞ）

彼女の嘘に振り回されたことへの憤《いきどお》りは、どこかへ消えてしまったようだ。

念氏を可愛いと思う気持ちを残して。


束夢堂の主人・方午亮は、四十がらみの大柄な男だった。十日以上手入れをしていなさそうなひげ面《づら》で、お世辞《せじ》にも人相がいいとはいえない物騒な面構え。着ている衣服は墨《すみ》のしみだらけで汚らしく、その辺を歩いていれば、ごろつきだと思っただろう。

「方さんはお若い頃、翰林院《かんりんいん》に出仕なさっていたのですよ」

翰林院は国史の編纂《へんさん》を行う役所である。進士《しんし》（科挙《かきょ》及第者）でなければ入れない。

「なぜ宮仕えを辞めた？　翰林院勤めなら、末は内閣大学士《ないかくだいがくし》だったかもしれないのに」

皇帝顧問官《こもんかん》である内閣大学士は、翰林院出身者から選ばれる。

「お父上がご病気で急逝《きゅうせい》されたので、跡目を継ぐことになったと聞いています」

「出世街道を逆走してボロ書坊《しょぼう》の主人に転落か。小説のネタになりそうな、酔狂《すいきょう》な人生だな」

「まあ、なんて失礼なことをおっしゃいますの。ご本人の前で」

秀麒は念氏に連れられて東夢堂に来ていた。方午亮と顔合わせした後、彼に『金蘭伝』の清稿本《こうほん》を渡した。現在、方午亮は二人の前で『金蘭伝』を読んでいる。

「転落と決めつけるのはよくありませんわ。栄転の始まりかもしれないでしょう？　たとえば殿下……双非龍《そうひりゅう》どのの小説が大当たりして、東夢堂は大繁盛《だいはんじょう》するかもしれませんわよ」

双非龍とは、秀麒の筆名だ。

「ボロ書坊がそこそこ繁盛したくらいで、翰林院の栄光がかすむわけじゃ……いや待てよ。閑古鳥《かんこどり》が鳴くおんぼろ書坊の主人がとある物書きと出会って人気小説を次々に生み出していくという成功譚《たん》は面白くなりそうだな。いろんな事件が起きるんだ。大手書坊に刊行を妨害されたり、刻工《こくこう》が出版前の版木を持ち出したり、書坊の主人と物書きが仲違《なかたが》いしたり……」

「仲違いの原因はきっと恋ですわ」

「それだ！　二人の男が一人の女をめぐって争うのは定番だからな。女は令嬢か、夫人か」

「幽霊はいかがです？」

「決して結ばれない相手か。それもいい。はじめは謎の美女として登場するんだ。徐々に正体が明らかになっていく。女幽霊は二人の魂を食おうとして近づくが、しだいに――」

「双非龍どの!!」

野太い声に呼ばれてぎょっとした瞬間、秀麒は方午亮に手を握られていた。

「ありがとう!!　よくぞ、よくぞ、この稿本をうちに持ちこんでくれた!!」

午亮は思いのほかつぶらな瞳から、ぽろぽろ涙を流していた。

「感動した……！　俺は心を、いや魂を揺さぶられたぞ！　これこそ世に出すべき小説だ！」

「それは結構。ところで手を離してくれ。気色悪い」

「こんなに感動的な物語を読んだのは久しぶりだ！　これは絶対に売れる！　間違いない！」

「よかったな。ところで手を」

「愛し合う二人がさまざまな苦難を乗りこえて結ばれる！　俺はこういうのに弱いんだ！」

「だから手を離せと言っているだろう！　むさくるしい男だな！」

苛々《いらいら》を堪《こら》え切れなくなり、秀麒は力任せに方午亮の手を振り払った。

「非龍どのったら、初対面の方に無礼でしょう。もっと丁寧《ていねい》な態度を心掛けてください」

「無礼なのはこいつだ！　私はなれなれしくされるのがこの世で一番嫌いなんだ！」

「ごめんなさい、方さん。非龍どのは気難しい方なのです。息をするように暴言を吐く御方ですけれど、気にしないで聞き流してくださいね」

「物書きというのは変人の別名だ。いちいち気にしていたら、この商売は務まらんよ」

何も考えていなさそうな顔で笑い、しみじみと『金蘭伝』の清稿本を眺めた。

「しかし、久々に男泣きしたなあ。何年ぶりだろう」

「つい先日も感動して泣いていらっしゃったではありませんか。挙業書《きょぎょうしょ》を読んで」

挙業書のどこに涙する場面があるというのだ。

「方さんは感動屋さんなのですわ。類書にも怪談にも医術書にも感涙なさいますの。何でもかんでも感動して、売れそうにない作品まで出版するので東夢堂は火の車ですけれど」

「俺がむせび泣くほど感激した小説が売れないはずがない！　ものの数日で重版になるぞ！」

「……大丈夫なのか、ここで出版して」

不安になってきた。方午亮という男、本当に翰林院の官吏《かんり》だったのか。

「ご安心くださいませ。わたくしがついていますわ」

官吏崩れの胡散臭《うさんくさ》い男よりは、念氏のほうが百倍頼りになりそうだ。

「いいよなあ、恋物語は」

午亮は墨がついた袖口《そでぐち》でぞんざいに目元を拭《ぬぐ》った。おかげで目のまわりが真っ黒になる。

「俺も若かりし頃は恋に胸を焦がしたものだよ」

「方さんの恋のお話を聞いてみたいわ。確か、翰林院にお勤めだった頃は婚約なさっていたんでしょう？　どうしてご結婚なさらなかったの？」

「破談になったんだ。翰林院を辞めて実家の書坊を継ぐって言ったから」

「許嫁《いいなずけ》に捨てられたわけか。落ちぶれた書坊の主人に似合いの過去だな」

「非龍どの！　口を慎《つつし》んでくださいませ！」

「うーん、許嫁のことは正直どうでもいいんだ。上官に強く勧められた縁談で、断り切れなかっただけだからな。破談になっても、そんなもんかと思ったくらいさ」

「許嫁がお相手でないなら、どなたと恋をなさったの？」

念氏が椅子から身を乗り出す。秀麒は携帯している帳面を取り出した。

「ぜひ聞きたいな。後学のために」

小説のネタになりそうな話は拾っておかないと気が済まない性質《たち》である。

「そんなに聞きたいか？　じゃあ、話そうかな」

午亮は照れくさそうに咳払《せきばら》いする。改まって居住まいをただした。

「俺がまだ翰林院に出仕していた頃のことだ。皇宮の書庫で、ある若い女官と出会ったんだ。彼女は泣いていた。なんでも、仕事でヘマをやらかしたそうだ」

大事な書籍を誤って廃棄する書籍として出してしまったという。

「まだ間に合うかもしれないと思って、俺は彼女を連れて焼却場へ急いだ。灰まみれになって探し回ったよ。なんとか見つけたときには、彼女と手を取り合って喜んだ」

それ以来、二人はたびたび会うようになった。

「本が結んだ縁ですわね。どのような逢瀬《おうせ》をなさっていたのかしら?」

「逢瀬というほど色っぽいもんじゃないんだ。お互い宮中の書物を扱う仕事をしていたから、どうしても書庫でばったり会いやすかったというだけで」

会えば話をすることはあったが、恋人になったわけではないという。

「その頃は婚約していたからな。友情以上の感情は抱くまいと自分を戒《いまし》めていた」

「縁談が破談になった後で、恋を打ち明けなかったのか」

「打ち明けようとしたんだが……ちょうど彼女に縁談が来たんだ。相手は翰林院の出世頭《がしら》で、末は内閣大学士と言われていた男だった。書坊の主人の妻になるより、将来有望な高官の妻になるほうがいいに決まってるだろ。だから諦めたんだ。恋心を打ち明ける代わりに、彼女の幸せを願って別れた。……んだが、彼女の縁談も結局破談になったらしいんだ」

午亮は憎たらしそうに顔をしかめた。

「もちろん彼女のせいじゃない。人づてに聞いたんだが、相手の男に長公主《ちょうこうしゅ》さまとの縁談が持ち上がったんだよ。長公主さまがあいつにご執心とやらでな。あの野郎、あっさり長公主さまに乗りかえやがった。そもそも、あいつが彼女を見初《みそ》めて求婚したんだぞ。それなのに、彼女を捨てて長公主さまを娶《めと》ったんだ。そのほうが出世に有利だからな」

「かえって好機じゃないか。求婚しなかったのか？」

「できるわけないだろ。彼女は外朝《がいちょう》から後宮に異動して、順調に出世していたんだ。後宮女官なら高官や高級宦官《かんがん》と縁付くこともある。おんぼろ書坊の主人が出る幕はない」

「その女官はご結婚なさったのでしょうか」

「さあな。本人から聞いたことはないが……してるんじゃないかな」

「本人と会う機会があるのか」

「あるぞ。たまにうちの本を買いに来てくれるんだ」

「わたくしも会ったことがあるかしら」

あるかもしれないな、と午亮は訳知り顔でにんまりした。

「後宮で会ったことがあるんじゃないか」

「おかしなことをおっしゃるのね。後宮なんて行ったことないわ」

「よせよ。あんたがたいそうな家柄の娘だってことは察しがついてる。楊芳杏《ようほうあん》って名も偽名だろ。ときどき雅言《がげん》が出るし、後宮にも出入りしてるんだろう」

雅言とは貴人《きじん》が使う言葉で、主に後宮で話されている。官話とは発音がかなり違う。

「非龍どのも実は雲上人《うんじょうびと》なんだろ。育ちがよさそうだもんな。高官の御曹司《おんぞうし》ってとこか？」

「御曹司じゃない。道楽息子だ」

「ほう、どら息子とお転婆《てんば》娘か。なかなかお似合いじゃないか。なんで結婚しな……あっ、分かったぞ！　実家が敵同士なんだな⁉　結婚を反対されているんだろう⁉」

「は？」

「小説のような話だなあ。敵同士の二人が恋に落ちるとは。初めて出会ったときはどうだった？　一目惚《ひとめぼ》れか？　それとも、最初は険悪だったが、だんだん惹《ひ》かれていったとか？」

午亮が妙な詮索《せんさく》をしてくるので、秀麒はたじたじになった。

「心苦しいですけれど、詳しいことは申せませんわ。わたくしたち、本当は会うことも許されない仲なのですもの。もし家の者に知られたら、引き離されてしまいます」

念氏は切なげに眉《まゆ》を曇らせて、涙を拭く仕草をした。

「きっとこの世では結ばれないでしょう。だからこそ、小説をともに作ってみたいのです。わたくしたちが死んだ後も、小説は残りますから。二人の愛の証《あかし》として」

「……おい、でたらめを言うな。何が愛の証だ」

秀麒が小声で文句を言うと、念氏は小さく舌を出した。

「だって、真実を話すわけにはいかないでしょ？　非龍どのの身分を明かしたら、東夢堂から話がもれるかもしれませんわよ」

皇族の体面に傷をつけないため、双非龍が高秀麒であることは伏せなければならない。

「だからって、何も恋人同士という設定にしなくてもいいじゃないか」

「そのほうが自然ですわよ。若い男女なのですから、勝手に詮索される前に恋人ということにしておいたほうが、いちいち事情を説明する手間が省《はぶ》けますわ」

言い返そうとしたとき、午亮がやたらと雄々《おお》しい声で泣き出した。

「秘密の恋人だったんだな！　二人で作った小説が愛の証だなんて泣かせるじゃあないか！　よし、俺は応援するぞ！　みんなで頑張って最高の本を作ろう！」

暑苦しく男泣きした午亮が秀麒と念氏の手をがっと握ってくる。

いろいろと納得いかないが、他の言い方も思いつかないので、そういうことにしておいた。

印刷するには、版木を作らなければならない。刻工たちは清稿本を反転させて木版表面に写し、文字の部分を残して周囲の空白部分を刻みとっていく。すると、文字の部分が突起した陽文《ようぶん》になる。こうしてできた印刷版が整版《せいはん》と呼ばれるものだ。

印刷するときは、整版を机の上に固定して、版木の突起に刷毛《はけ》で墨を塗る。その上に紙を平らに敷いて長い刷毛で紙の裏を刷き、印刷された紙を剥《は》がして陰干しするという手順だ。むろん、校正を重ねて誤字を減らさなければならない。煩雑《はんざつ》で緻密《ちみつ》な作業だが、すべて刻工の仕事だ。作者である秀麒は自著が印刷、製本されるのを待つばかりである。

「謹《つつし》んでご挨拶《あいさつ》申し上げます、栄太后さま」

秀麒が栄太后の住まい――後宮は秋恩宮《しゅうおんきゅう》を訪ねたのは、恒例のご機嫌うかがいである。

先帝・光順帝《こうじゅんてい》の皇后であった栄太后、栄鈴霞《りんか》は今上・崇成帝の生母。秀麒の祖母にあたる。亡き母、栄氏は出産してから体調を崩しがちだったため、秀麒は物心つく前から栄太后に養育されてきた。秀麒にとっては、栄氏よりもよほど近しい存在だ。

「久しぶりね。婚儀の後、どうしているかしらと気をもんでいたのよ」

齢《よわい》七十を超えた栄太后は、福々しい顔でおっとりと微笑《ほほえ》んだ。鳳凰《ほうおう》と龍が戯《たわむ》れる明黄《めいこう》色の衣装、真珠《しんじゅ》と猫目石がきらめく豪奢《ごうしゃ》な鳳冠《ほうかん》、金線を編み上げて作られた爪飾り。皇太后の権威を表す絢爛豪華《けんらんごうか》な装いが近寄りがたく見えないのは、栄太后の人徳のせいだろう。

「ご心配をおかけしました。念氏とはうまくいっておりますので、ご安心を」

「ささいなことで癇癪《かんしゃく》を起こして、念妃を怖がらせているんじゃないといいけど」

「念氏は女丈夫ですよ。私の癇癪くらいで怯《おび》えるような頼りない女人《にょにん》ではありません」

「どうかしらね。念妃、秀麒にいじめられてない？」

「ご心配には及びませんわ、栄太后さま。わたくし、殿下には負けませんから」

「まあ、玉兎ったらはしたない」

絹団扇《きぬうちわ》の陰で上品に笑ったのは、念麗妃だった。年齢は李貴妃と同じ四十。どこか幼さを残した美貌《びぼう》に艶《つや》やかな化粧《けしょう》をほどこし、梨花と胡蝶《こちょう》が刺繍《ししゅう》された衣装をまとっている。

「わらわは玉兎が巴享王を困らせているのではないかと心配しておりましたの」

「困らせられていますよ。とにかく要求が多いんです。あれこれと細かい注文が……具体的な内容はこの場では差し控えますが、念氏の求めに応じて疲労困憊《こんぱい》しました」

「で、殿下！　誤解されるような物言いをなさらないでくださいませ！」

念氏が真っ赤になって袖《そで》を引っ張ってくる。

「要求だの、求めだの、疲労困憊だの……なぜそのようないかがわしい単語を並べるのです」

「は？　だいたい合ってるだろ。君が求めてくるのは事実じゃないか。おかげでここ十日ほど、私はろくに寝ていないんだぞ。次回からは少し控えてもらいたいものだな」

「殿下ったら！　もう何もおっしゃらないでください！」

「なんで君に指図されなければならないんだ」

「殿下がいかがわしいことをおっしゃるからですわ」

「いかがわしいことなど言っていない！」

「おっしゃっています！」

「まあまあ、本当に仲の良いこと」

栄太后がころころと笑い転げた。

「主上《しゅじょう》が念玉兎を秀麒に嫁がせるとおっしゃったときは、どうなることかと思ったけれど、やはり主上のお考えは正しかったようね。まさかこんなに仲睦《なかむつ》まじい夫婦になるなんて」

「仲睦まじいというほどでは。世間並みの夫婦らしくしているだけです」

本当は夫婦の契《ちぎ》りさえ交わしていないなんて、言えるはずもない。

「世間並でも何でもいいけど、どんなときも思いやりを忘れてはいけないわよ。夫婦は二世《にせ》なんだから。来世でも結ばれるつもりで、お互いを大切になさいね」

（いったい何を怒っていたんだ？）

秋恩宮を出るなり、念氏は「文蒼閣《ぶんそうかく》に寄りますから」と言って逃げるように行ってしまった。

文蒼閣は後宮内で最も大きな書庫である。十五で成人して王府をかまえるまでは秀麒も後宮暮らしだったので、たびたび利用していた。

念氏は腹を立てていたようである。顔を真っ赤にしていたので、相当な怒りのようだ。

どうやら、栄太后の御前での発言が問題だったらしいが、何がまずかったのか分からない。

（あとで益雁に相談してみるか）

方々で遊び歩いている益雁なら、女人の気持ちが手に取るように分かるだろう。

（……別に念氏が怒ったままでもかまわないんだがな。原因が気になるから）

念氏の機嫌を直したいからではないと自分に言い訳しながら回廊《かいろう》を歩いていると、右手側から駆けてきた女官とぶつかりそうになった。

「巴享王殿下に拝謁《はいえつ》いたします」

女官はうやうやしく跪《ひざまず》いて拝礼《はいれい》した。年の頃は四十前後。きりりとした面差《おもざ》しの佳人《かじん》だ。

（鴬司籍《おうしせき》か）

司籍は礼儀起居をつかさどる尚儀局《しょうぎきょく》に属し、典籍や帳簿《ちょうぼ》を管理する官職だ。後宮女官の最も高い官秩《かんちつ》（官位の等級）は正五品《しょうごひん》なので、正六品《しょうろっぴん》の司籍は高位といえる。

「珍しいな。鴬司籍が慌てているところなど初めて見たぞ」

鴬司籍は優秀な女官だ。どんなときも礼儀正しく、仕事ぶりは謹厳《きんげん》実直、急な事態にも冷静に対処する。若い女官たちを厳しく教育する指導者でもあり、妃嬪《ひひん》にも信頼されている。

「申し訳ございません。急用を思い出して慌ててしまいました」

「急いでいるのか。では、引きとめない。行くがいい」

拝謝いたします、と鴬司籍は丁寧《ていねい》に頭《こうべ》を垂れて立ち去った。

「巴享王殿下」

鴬司籍と入れかわりに回廊を渡ってきたのは、配下を従えた因太監《たいかん》だった。司礼監の長官ともなれば、付き従う宦官の数は二十人近くになる。宦官服の集団がぞろぞろと回廊を歩く姿は、彼らがいずれ劣らぬ美形であることを加味しても、どこか不気味だ。

「先ほど、念妃さまを文蒼閣でお見かけしましたよ」

因太監は年齢不詳の美貌に真意の読めない笑みを刷《は》いた。

「皇太子殿下とご一緒でした。お話が弾んでいるようでしたので、ご挨拶《あいさつ》は控えましたが」

「……念氏は善契兄上と親しいそうだな」

「ええ、ご兄妹のように睦まじくなさっていらっしゃいます。幼少のみぎりより、いずれはご夫婦にと誰もが噂《うわさ》していたほどです。なれど今や、念妃さまは巴享王殿下に嫁がれた身。皇太子殿下とのご交際もほどほどになさるべきかと。宮中には口さがない者が多くおりますので」

あけすけに言えば、「念氏に不貞《ふてい》を疑われる行動をさせるな」ということだ。

皇太子の花嫁選びで、因太監は他の候補を推《お》していた。すでに皇太子が成婚し、正妃を一人、側妃《そくひ》を二人娶《めと》った今、もと花嫁候補の念氏が皇太子に近づくのは目障《めざわ》りなのだろう。

「諫言に感謝する。念氏にはよく言い聞かせておこう」

因太監に暇乞《いとまご》いをして後宮をあとにする。

(善契兄上のことが好きなら、皇太子妃になればよかったじゃないか!)

念氏が長兄と楽しく話をしている。その様子を思い浮かべるだけで煮え滾《たぎ》る感情が喉《のど》を焼く。まるで自分が念氏の夫であるかのように。

「殿下、まだ怒っていらっしゃるみたいね……」

玉兎は凌霄花《のうぜんかずら》が咲く内院《なかにわ》を眺めながら、溜息をついた。今日も秀麒はご機嫌ななめだ。後宮で玉兎が善契と話しこんでいたことを聞きつけて激怒したらしい。

『不貞を疑われるような行動をするな!　私に恥《はじ》をかかせる気か!』

玉兎は平身低頭《へいしんていとう》して謝ったが、秀麒の怒りはおさまらなかった。このところは食事をともにすることが多かったのに、皇宮から帰ってからは待っていても食堂に来てくれない。部屋に行っても益雁が出てくるばかりで、秀麒は姿を見せなかった。

「巴享王は嫉妬《しっと》深い方ですね。皇太子殿下とお話になっていただけでお怒りになるとは」

「嫉妬じゃないわよ。殿下はただでさえ、〈ごくつぶしの六皇子〉なんて不敬《ふけい》な呼び名をつけられていらっしゃる。宮廷人たちはわたくしと皇太子さまのことを邪推して不名誉な噂を流し、殿下の体面を傷つけるかもしれない……。殿下がお怒りになるのは無理もないわ」

文蒼閣でたまたま善契と会った。善契とは本の好みが合うので会話が弾みやすい。優しい従兄《いとこ》に甘えて、ついついおしゃべりに夢中になってしまった。

「軽率《けいそつ》だったわ。皇太子さまにはお妃さまがいらっしゃるし、わたくしだって王妃なのだから、単なる従兄妹《いとこ》としては付き合えないのよね。今後は気をつけなくちゃ」

巴享王は決して噂が言うほど粗暴な人ではない。

玉兎が嘘をついて嫁いできたことを知りながら、偽物の結婚を続けてくれている。やろうと思えば、公《おおやけ》の場で玉兎の嘘をあばいて、念家を窮地《きゅうち》に陥《おとしい》れることもできるのに。

（一緒に稿本《こうほん》を拾ってくださった方だもの）

稿本を拾うために池に入ったとき、子どもの頃の記憶がわっとよみがえった。

転んで水中に沈んでしまったとたん、恐怖のあまり体が動かなくなった。どうしようどうしようと焦るばかりで、どんどん息が苦しくなっていった。巴享王が引っ張り上げてくれなければば、あのまま溺《おぼ》れていたかもしれない。

言葉は乱暴だし、気難しくて怒りっぽいけれど、本当は優しい人なのだろう。

(殿下を妻としてお慕《した》いするのは、難しいことではないわ)

嘘で始まった結婚ではあるけれど、玉兎に巴享王を嫌う理由がない以上、彼とかかわることを避けるつもりはない。せっかく夫婦になったのだから、親しく付き合いたい。

「あとでまた謝りに行くわ。初朱印本《しょしゅいんぼん》を受け取りに行かなきゃいけないし」

試し刷りは朱墨《しゅずみ》で行う。これを初朱印本といい、最終校正用に使う。誤字脱字を確認してもらうために初朱印本を巴享王に渡しておいた。そろそろ受け取りに行かないと。

「そちらの本がずいぶん気になっていらっしゃるようですね」

机に広げているのは先日、文蒼閣から引き取ってきた古本だ。文蒼閣では定期的に流行おくれの娯楽本《ごらくぼん》を処分している。どうせ捨てられるものならと引き取ってきたのだ。

「この本、封面が塗りつぶされているのよ。どうしてかしらって、考えていたの」

一般的な冊子本《さっし》には、書衣《しょい》と呼ばれる表紙がついている。中の紙を保護するものだから、書物の衣服のようなものである。書衣をめくると、副葉《ふくよう》が現れる。これは白または赤い紙で、いわゆる遊び紙である。副葉のあとにくるのが封面《ふうめん》だ。封面には書物の題名や刊行した書坊《しょぼう》名、刊行年、値段などが記されている。

「牌記《はいき》まで塗りつぶされているの。おかげでどこの書坊が刊行した本なのか分からないわ」

本の生年月日を記した牌記は巻末に置かれることが多い。瓢箪《ひょうたん》や蓮《はす》の葉、鼎《かなえ》などの図形で、刊行者の名前、日付、書坊名等が明記される。

「書根《しょこん》には題字が記されているから、『燎史演義《りょうしえんぎ》』の第一巻だということは分かるけど」

書物を積み重ねた際に見える、書物の下側の部分だ。

「懐かしい。子ども時分には、私も夢中で『燎史演義』を読みふけりましたよ」

『燎史演義』は燎王朝の創成期を描いた歴史小説。

貧しい薪《たきぎ》売りの青年が人望を集めて俠客《きょうかく》の頭目となり、暴君を倒して燎王朝を開くという物語だ。太祖が貧民から皇帝になるということで、庶民《しょみん》に根強い人気がある。もともとは講談で、劇としても名高い。さまざまな書坊から繰り返し出版されている名作だ。

「それにしても、とんだ粗悪本ね。あっちもこっちも誤植《ごしょく》だらけだわ」

「刻工《こくこう》の腕が悪かったんでしょうか」

「というより、これ銅活字《どうかつじ》だからよ」

「銅活字というと、活字を銅で作ったものでしたっけ」

整版印刷も活版印刷も、凸状の逆字を作り、墨《すみ》を塗り、その上に紙をのせて印刷するところは同じだ。ただし、整版印刷の場合は一枚の版木を使い、活版印刷の場合は一つ一つの活字を用いる。整版印刷は版木に墨を塗ればすぐに印刷できるが、活版印刷は印刷する前に必要とする活字を版に配列しなければならない。これを組版《くみはん》という。

印刷が終われば、版を解いて個別の活字に戻し、他の印刷に使う。一枚の版木で一通りの文章しか印刷できない整版印刷と違い、活版印刷では同じ活字を使って異なる文章を印刷できる。いちいち版木を作る手間と時間が省《はぶ》け、出版経費をより安く抑えられるのだ。

活版印刷が始まったのは、今からおよそ五百年前の北澄《ほくちょう》時代。はじめは粘土で作った泥活字《でいかつじ》だった。北澄が滅びて拓《たく》時代になると、錫活字《すずかつじ》、木活字《もっかつじ》が発明される。

そして凱王朝は聖楽《せいらく》時代、銅活字が生まれた。

「素晴らしい新技術のように思えますが」

「ところが、落とし穴があるのよ。まず、お金がかかる」

「え？　経費は安く済むのでは？」

「活字を作ってしまえばね。問題は活字作り。銅字の刻字匠《こくじしょう》の工賃は、木字の刻工の数倍はかかるの。木を刻むより、銅を刻むほうが何倍も難しいから。おまけに組版には熟練の組版工《くみはんこう》が不可欠だわ。手練《てだ》れの職人は工賃も高い。活字は全部で三十万から四十万本。活字一本当たりの材料費を値切りに値切ったとしても、多額の工賃で首が回らなくなる」

資金に余裕がある大手書坊でなければ、優秀な職人を雇うことができない。

「誤植が多くなるのも、活版印刷の定めね。整版は誤字があればあとから修正できるけど、活版は間違いが見つかっても修正できないの」

「印刷が終われば、版を解いてしまうからですね」

「そう。一度印刷すると、解版《かいはん》して活字を整理してしまう。誤植を直そうとするなら、はじめから組版をやり直さなければならないわ」

重版のたびに組版し直すため、そのたびに誤植ができる。どんな作品にも同じ活字を使うから、単調な字面《じづら》になる。金属製の活字には墨がつきにくく、文字がぼやけてしまう。

活版印刷の欠点は枚挙にいとまがなく、大半の読者は活字の書籍を好まない。

「いつ頃刊行された本でしょうか」

「たぶん、光順《こうじゅん》年間じゃないかしら。文中の〈玄《げん》〉が〈絃《げん》〉に、〈到《とう》〉が〈倒《とう》〉に置きかえられているわ。光順帝の御名《ぎょめい》をはばかってのことよ」

天子の実名を避けることを、避諱《ひき》という。

文章中に皇帝の実名に用いられる文字が出てくる場合は、その文字を謹《つつし》んで避け、同音の文字で代用するなどして対処する。古代では太祖から今上《きんじょう》までのすべての皇帝の実名を避けたそうだが、当世では今上陛下の実名だけを避ければよいことになっている。

先帝・光順帝の実名は玄到《げんとう》。この名は光順帝の崩御《ほうぎょ》後、諱《いみな》となり、正史にのみ記されることになる。別名を圭鷹《けいよう》というが、こちらは実名ではないので避諱の対象とはならない。

「封面と牌記に何かまずいことが書かれていたんでしょうか」

「塗りつぶしているところを見ると、そうでしょうね」

何が書かれていたのかしら、と首をひねっていると、侍女《じじょ》たちが騒ぐ声が聞こえてきた。

「王妃さまはおやすみ中です。のちほど、改めておいでくださいませ」

「今、話したいんだ！　そこをどけ！」

巴享王の声だ。玉兎は急いで部屋を出た。

「どうしてお通ししないの。せっかく殿下がお運びくださったのに」

玉兎は侍女たちを叱《しか》りつけ、巴享王に向き直った。

「非礼をお詫びいたします。平にご容赦《ようしゃ》くださいませ」

「そんなことはどうでもいい。それより、君に……謝りたいことがある」

思いもよらない単語が巴享王の口から出てきて、玉兎はきょとんとした。

「祖母上の御前で君に恥《はじ》をかかせた。故意にしたことではないとはいえ、私の過失だ」

「何のことですか？」

「いかがわしい発言をしたことに決まっているだろう。君は怒っていたじゃないか」

栄太后の御前で、巴享王が誤解を招きかねない発言をしたことを思い出した。

「不埒《ふらち》な意味で言っていたわけじゃないんだが……結果的にそうなってしまった。益雁に言われて初めて気がついたんだ。……すまなかった」

巴享王は気まずそうにうなだれる。玉兎は目をぱちくりさせた。

「……まだ怒っているのか？」

「いいえ。殿下こそ、わたくしの軽挙をまだお怒りになっていらっしゃるのでは」

「あのことはもういいんだ」

「では、仲直りできますか？」

巴享王がうなずく。玉兎は微笑《ほほえ》んだ。わざわざ謝りに来てくれたことが嬉しい。

（……わたくしの罪は、謝って許されるものではないわね）

同時に、罪悪感が喉《のど》の奥を引っかく。入宮《にゅうきゅう》から逃れるため、玉兎は巴享王を騙《だま》した。本来なら罰を受けなければならないのだ。こんなふうに優しくされる資格はない。

「殿下、わたくしにできることはありませんか」

「は？」

「償《つぐな》いがしたいのです。何なりとお申しつけくださいませ。仰《おお》せの通りにいたしますわ」

「償い！　艶《つや》っぽい単語が出てきましたねえ！　殿下、こういうとき艶本《えんぽん》なら……」

そばに控えていた益雁が巴享王に耳打ちする。巴享王はみるみる赤面した。

「そ、そんなことを命じるつもりはない！」

「言いにくいなら、俺が代わりに言ってあげましょうか？　王妃さま、殿下の」

「うるさい黙れあっちに行け!!」

「何でもおっしゃってくださいませ。わたくし、罪を償いたいのです」

「君もそういう台詞《せりふ》を気安く口に出すな！」

「気安いつもりはありませんわ。この身を殿下に捧げ、生涯《しょうがい》をかけてご奉仕する所存です」

「〈この身〉〈捧げ〉〈ご奉仕〉と来ましたか。いよいよ艶本のような展開に」

「ならない!!」

大声で言い返し、巴享王はばつが悪そうに視線をさまよわせた。

「つ、償いだなんだと言う前に、茶ぐらい出したらどうだ」

「まあ、失礼いたしました。茶菓を用意させますわ。どうぞ、こちらへいらせられませ」

巴享王を客間ではなく、自室に迎えた。机に広げていた本を片付ける。

「『燎史演義』か。誤植だらけで、歴史小説というより笑話だな」

巴享王が『燎史演義』に目をとめたので、玉兎は事情を話した。

「どうして封面と牌記が黒塗りになっているのかしらって、若霖と話していたのですわ」

「書坊名と刊行年を隠すためだろう」

巴享王は『燎史演義』をぱらぱらとめくった。

「〈峯《ほう》〉と〈円《えん》〉が避諱されていない。禁忌《きんき》を犯した不敬《ふけい》な本だ。刊行した書坊は厳罰に処せられる。だから、封面と牌記を黒塗りにしたんだろう」

今上・崇成帝の御名は峯円《ほうえん》である。

「それは光順年間に刊行された本ですわ。主上《しゆじよう》の御名を避諱していなくても問題ないかと」

「版面《はんめん》を見て気がつかないのか？」

巴享王はある頁《ページ》を開いて、こちらに向けた。

主人公が悪逆非道な暴君を倒すため、俠客《きょうかく》たちを率《ひき》いて挙兵する場面だ。

「あっ、魚尾《ぎょび》が黒いわ！」

版面の中央、製本する際に山折りにする部分を版心《はんしん》と呼ぶ。版心の上下には、相対した凹状の記号、魚尾を並べる。魚の尾に似ていることからそう名付けられた。

光順年間まで魚尾は塗りつぶされず、白いままだった。元号が崇成に変わってから、黒く塗りつぶすことになった。前者を白魚尾《はくぎょび》といい、後者を黒魚尾《こくぎょび》という。

光順年間末、皇帝の死を予言する怪文書が巷《ちまた》に流布《るふ》した。怪文書は白魚尾の空白部分に呪詛《じゅそ》が記されていたため、崇成元年から白魚尾は使われなくなったのだ。

普段、黒魚尾の版面ばかり見ているから、うっかり見落としてしまった。

「これは崇成年間の刊行物ですわね。〈玄〉や〈到〉を避けているのは、誤植かしら？」

「だろうな。しかし、妙だな。黒塗りにするくらいなら、焼却してしまえばいいのに」

「燃やしたくない本だったのかもしれませんわ。とても大切なものだったとか」

「よく見たら、文蒼閣の蔵書印が捺《お》されていないぞ」

「本当だわ！　じゃあ、この『燎史演義』は、文蒼閣の本ではないのですね」

文蒼閣の本ではないのに文蒼閣の本にまじっていたのは、いったいどういうわけか。

「はっきりさせておきたいんだが」

『燎史演義』を見ながら考えこんでいると、巴享王が沈黙を破った。

「君は……善契兄上のことが好きなのか?」

「はい、好きですわ。従兄《いとこ》ですもの」

「異性として好きなのか、それとも従兄として好きなのか」

「従兄として好きですわ。お優しい方ですから」

そこで会話が途切れた。巴享王は侍女が運んできた茶を黙って飲んでいる。

「君は優しい男が好きなのか」

「どんな女人も優しい殿方《とのがた》が好きですわよ」

「若霖は君に優しいから好きなんだな」

「若霖は幼馴染《おさななじみ》ですの。子どもの頃から友達ですわ」

「ごまかさなくていい。君たちが恋仲だということは知っている」

「恋仲?　わたくしと、若霖が?」

「言っておくが、怒っているわけじゃないぞ。入宮したら、書坊に行けなくなるだけじゃなく、若霖とも会えなくなる。君がかたくなに入宮を拒《こば》むのも無理はないな。……だが、一応、君は私の妃だ。醜聞が流れるような行動は慎《つつし》め。逢瀬《おうせ》は王府の中だけにしておけ」

「殿下、誤解なさっているのではありませんか?　わたくしと若霖は恋仲ではありませんわ」

「恋仲じゃない?　だったら、なんで若霖は君の臥室《しんしつ》に出入りしている?」

答えようとして口を開いたとき、若霖が部屋に入ってきた。

「お嬢さま、鴬司籍《しせき》がお見えです」

「鴬司籍？　ご用件は？」

「お嬢さまが文蒼閣からお持ちになった本に、鴬司籍の私物がまじっているとか」

玉兎は巴享王と顔を見合わせた。


玉兎が巴享王を連れて客間に行くと、鴬司籍は突然の訪問を跪《ひざまず》いて詫びた。

霧雨に降られたのだろう。結い髪がしっとりと艶《つや》めき、花卉《かき》文様の裙《くん》の裾《すそ》が濡れている。

「その『燎史演義』は私の持ち物なのです。不注意で文蒼閣の本に紛《まぎ》れこんでしまいました」

なくしたことに気がついて慌てて文蒼閣に探しに行ったが、廃棄用の本はほとんど玉兎が持ち帰ったと聞き、巴享王府に足を運んだという。

「避諱していない不敬な書物だ。こんなものをどこで手に入れた？」

巴享王が厳しく問いつめるので、鴬司籍は青くなった。

「……避諱していない書物だとは、存じ上げず」

「下手《へた》な嘘だな。慌てて引き取りに来たということは、これが禁忌を犯した書物だと知ってのことだろう。放っておけばおまえの持ち物だとは分からずに済んだのに、わざわざ名乗り出てきたんだ。誰かに譲《ゆず》られたものじゃないのか」

鴬司籍は跪いたまま、うなだれた。その姿はひどく頼りなげで、玉兎が知っている厳格で有能な女官としての鴬司籍の姿とは重ならない。

「きっと事情があるのですわ。殿下、この件を主上にお伝えになるのはおやめくださいませ。鴬司籍は誠実な働きぶりで知られています。叛意《はんい》なんてあるはずが」

「誰が父上に訴えると言った。私は純粋な興味から尋ねているんだ」

巴享王は帳面と筆を取り出した。彼はいつも筆記具を持ち歩いている。

「不敬罪《ふけいざい》に問われる危険を冒して取り返しに来たんだ。さぞかし大事なものなのだろう。おそらく、『燎史演義』の贈り主もしくは前の持ち主は、鴬司籍にとって大切な人物だ。恋人か、生き別れの兄弟姉妹か、亡き父母か……敬愛する上官という線もあるな」

巴享王が喜々として書き物をしているので、玉兎は噴き出してしまった。

「ならばなおさら、詰問はいけませんわ。鴬司籍、どうか長椅子《ながいす》にお座りになって。あなたを糾弾《きゅうだん》するつもりはありません。事情を話してくださいませんか？」

「ご推察の通り、こちらの『燎史演義』は頂きものです」

所在無げに長椅子に座り、鴬司籍はぽつりぽつりと話し始めた。

「いただいたのは、かれこれ二十年ほど前です。私にとっては護符のようなもので……。絶対に失敗できない仕事がある日は、肌身離さず持ち歩いているのです」

「さては恋人からもらったものだな？」

「いいえ、恋人ではありません。……古い、知り合いです」

「その方も宮仕えをなさっているのですか？」

「二十年ほど前までは出仕していました。諸事情で官位を返上し、今は市井《しせい》の人です」

鴬司籍がまだ新人女官だった頃のことだ。彼女は取り返しのつかない失敗をしてしまった。

重要な書籍を廃棄する書籍として処理してしまったのだ。

「意外だわ。鴬司籍もうっかりなさることがあるのね」

「新人のときは失敗続きでした。宮中のしきたりに慣れず、何をやってもうまくいかず、同輩たちとも打ち解けられず……。上官にたびたび叱責《しっせき》されていましたが、このたびの失態は叱責では済まないものでした。私が廃棄した書籍は、李昭華《りしょうか》さまがご所望《しょもう》の本だったのです」

李昭華はのちの李貴妃である。当時から皇帝の寵愛《ちょうあい》を独占していた。

「寵姫さまご所望の本を処分してしまったとあれば、厳罰はまぬかれません。何とかしようと考えをめぐらせましたが、連日の激務で疲れ果てていた私は混乱するばかりで……」

家族を養うために苦労して得た女官の位を失い、暇を出されるかもしれない。

うろたえる鴬氏《おうし》は外朝《がいちょう》書庫の隅で泣き出してしまった。

『どうした？　なんで泣いているんだ？』

声をかけてきたのは、大柄な若い官吏《かんり》だった。鴬氏は涙ながらに自分の不始末を話した。

『のんきに泣いている場合じゃないぞ！　まだ間に合うかもしれない！』

官吏は鴬氏の手をつかんで走り出した。

「二人で焼却場へ駆けこんで、灰まみれになって探しました。自分の不始末ではないのに、あの方は私のために必死になってくださったのです」

探していた書籍は燃えておらず、鴬氏はからくも処分をまぬかれた。

「それから、ときどきお会いするようになりました。お互い宮中の書籍にかかわる仕事をしていたので、書庫で顔を合わせることが多くて。お会いしたとき、何を話したのか、正直なところ、ほとんど覚えていません。たぶん、お話を聞いているだけだったのだと思います。娘時分の私は口下手《くちべた》で、仕事で必要なこと以外は何を話していいのか分かりませんでした」

黙りこくる鴬氏に、官吏は面白おかしい話を聞かせてくれた。

「大らかで楽しい方でした。しだいに、お会いするのが楽しみになり、お会いできないと寂しくて、遠くからお姿をお見かけするだけでも、一日が特別なものに……」

「ひょっとして、その男は翰林院の官吏か？」

「方午亮という方ではありません？　東夢堂の主人の」

「はい、そうです。お二人とも……ご存じだったのですか？」

鴬司籍が目を丸くする。玉兎は巴享王と視線を交わした。

「最近、ご本人から似たようなお話をうかがったのですわ」

「『燎史演義』については聞いていないぞ。方午亮がおまえに譲り渡したのか」

「私が仕事で失敗して落ちこんでいたときにくださったのです。これを読めば、元気になれるとおっしゃって。その通りでした。誤植《ごしょく》だらけの『燎史演義』は笑わずに読むことができません。誤植のせいで緊迫した場面もおかしなものになって、憂鬱《ゆううつ》な気分が吹き飛ぶのです」

鴬司籍は『燎史演義』の黒塗りの封面《ふうめん》にそっと触れた。

「しばらくしてから、方どのに『燎史演義』を処分するように言われました。避諱していないからです。どうやら亡きお父上が印刷なさったもので、方どのはてっきり光順年間の刊行物だと思っていたそうですが、改めて調べてみたら崇成元年の刊行だったということでした。不敬罪に問われる恐れがあるので、ただちに処分してほしいと……」

「できなかったのですね。大切なものだから」

「危険だと知りつつも、封面と牌記を塗りつぶして手元に残しました。ちょうど、方どのが退官なさる頃でした。処分してしまえば、方どのとの縁が切れるような気がして……」

切なげに溜息をつき、『燎史演義』を閉じる。

「そのご様子だと、今も方さんのことをお慕いしていらっしゃるのですね」

「……みっともない話です。四十路《よそじ》女が恋なんて」

「恋に年齢は関係ないでしょう。栄太后さまは今でも太上皇さまに恋をなさっています。その証拠に、御年七十を超えてもお美しいですわ。きっと恋の力ですわね」

玉兎も栄太后のように恋をする日が来るだろうか。

「ということは、鴛司籍は独り身か？」

「縁談は何度かありましたが、どれも破談になりました。それでも、傷ついたことはないのです。方どのが退官なさると聞いたときほどは……。立派な行き遅れです。もうこの年ですから、人の妻になることは生涯《しょうがい》ないでしょう」

「方午亮の妻になればいいじゃないか。やつはおまえに気があるみたいだぞ」

「まさか、そんなはずは……。方どのには奥さまがいらっしゃいますから」

「え？　方さんはご結婚なさっていませんわよ」

玉兎がきょとんとすると、鴛司籍もきょとんとした。

「私、東夢堂の工房で妙齢《みょうれい》のご婦人をお見かけしました。方どのといたく親密そうで、私……てっきり、その方が奥さまなのかと」

「おまえが見たのは念氏じゃないか？」

巴享王が玉兎に視線を投げた。

「念氏は東夢堂にしょっちゅう出入りしているし、工房にも入り浸っている」

「まあ、そうなのですか。でも、王妃さまと書坊《しょぼう》の奥方を見間違えるとは思えませんが」

「実際に見てみるほうが早いな。念氏、市井に出かけるときの衣に着替えてこい」

玉兎は自室に戻って商家の娘風の衣服に着替えた。

「……あ、あなたは、王妃さまだったのですか……！」

玉兎が客間に戻ると、鴬司籍は目をぱちくりさせた。巴享王の読み通りだったらしい。

「方午亮も独り身、鴬司籍も独り身。二人は互いを恋い焦がれている」

巴享王は嬉しそうに瞳を輝かせた。彼の高揚《こうよう》が伝わってきて、玉兎までわくわくしてくる。

「楽しい物語ができまして？」

「役者はそろい、下地は整った。誤植だらけの粗悪本に導かれ、恋物語は佳境《かきょう》に入る」

巴享王が帳面に穂先を滑らせる。どんな小説が生まれるのかと、胸がときめいた。


方午亮が巴享王に目通り願ったのは、八月半ばの午後だった。

（頼む、無事でいてくれ……！）

謁見《えっけん》の間でひんやりとした床に跪《ひざまず》き、午亮は切々と天に祈っていた。

今朝方、『金蘭伝』の見本を受け取りに来た楊芳杏が何気なく言った。

『鴬冷娟《れいけん》という後宮女官が、不敬罪で巴享王府に連行されたそうですわ』

昔、鴬氏に贈った『燎史演義』が原因らしいと聞きつけ、午亮はいてもたってもいられなくなった。大急ぎで身なりを整えて巴享王府に向かった。

「方午亮とやら」

御簾《みす》の向こうで、不機嫌そうな若い声が響いた。

巴享王はまだ十八に満たぬ白面郎《はくめんろう》。悲惨《ひさん》な幼少時代ゆえか、気難しい人柄で横暴なふるまいが目立つという。鴬氏を捕らえたのが巴享王だったのは最悪だ。乱暴者の巴享王は鴬氏を手ひどく扱っているかもしれない。そう思うと心臓が削《けず》り取られるようだった。

「おまえの父があの不敬な書籍を印刷したというのは本当か」

「間違いありません。鴬氏が持っていた『燎史演義』は私の父が東夢堂で崇成元年に刊行した白話《はくわ》小説で、私が彼女に贈ったものです」

午亮は床にひたいを打ちつけるようにしてひれ伏した。

「罰せられるべきは父亡き後、東夢堂を継いだ、この方午亮です。なにとぞ、鴬氏には恩情あるご処置を賜《たまわ》りますよう――伏してお願い申し上げます」

不敬罪は決して軽い罪ではない。さすがに避諱を怠《おこた》った程度では死罪にはならないが、杖刑《じょうけい》はまぬかれないだろう。杖刑は背中を棒で打つ刑罰だ。打ちどころが悪ければ、生涯、床《とこ》から起き上がれなくなることもある。運が悪ければ負傷がもとで死に至る場合もあるが、鴬氏を守るためなら、どれほど過酷《かこく》な刑罰であろうと恐れはしない。

「なぜわざわざ名乗り出た？　黙っていれば、難を逃れただろうに」

「無実のご婦人を罪人にするわけにはまいりません」

「義侠心《ぎきょうしん》は結構だが、鴬氏が不敬なる書籍を所持していたことは事実だ。しかも避諱されていないことを知りながら、封面と牌記を黒塗りにしてごまかしていた。実に姑息《こそく》だ。無実とはいえない。宮正司《きゅうせいし》に引き渡して、相応の罰を受けさせる」

宮正司は後宮の糾察《きゅうさつ》と懲罰《ちょうばつ》をつかさどる官府だ。厳しい拷問《ごうもん》を行うことで知られている。

「鴬氏に罪はありません。すべては私めの咎《とが》。どうか鴬氏はお咎めなきように」

「ずいぶん必死にかばうな。おまえは鴬氏と親しいのか」

「親しいというほどではございませんが、仕官しておりました頃の知り合いです」

「ただの知り合いのために命をなげうつ者はいない。おまえの情婦ではないのか」

「いいえ。情婦など、とんでもないことです」

「ならば何ゆえ、己が命を投げ出して助けようとする？　わけを話せ。さもなければ、おまえだけでなく、鴬氏も厳罰に処するぞ」

冷然とした声音《こわね》に頭を殴《なぐ》られ、午亮は床の上で両手を握りしめた。

『ありがとうございました……！　本当に本当に、ありがとうございました！』

思い出すのは、灰まみれで礼を言う鴬氏の姿。二人で焼却場を駆け回り、鴬氏が不注意で処分に出した本を見つけた直後のことだ。彼女は二十歳《はたち》そこそこで、午亮もまだ若かった。

『このご恩は一生忘れません。お礼にあなたの妻になります』

ぎょっとして目を見開いた後、午亮は思い切り噴き出した。

『妻になってもらうほどのことをした覚えはないぞ。礼の言葉だけで十分だ』

『えっ⁉　つ、妻⁉　私、今……何と申しましたか？』

午亮が彼女の台詞《せりふ》を繰り返すと、鴬氏は頬《ほお》を赤らめた。

『言い間違いです……！　お礼に何でもいたしますと申したかったのです！』

宮中に入って日が浅いのか、鴬氏は雅言《がげん》がおぼつかなかった。

『大好きです！　あっ、間違えました！　大変お世話になりました！』

鴬氏は何度も頭を下げて立ち去っていった。思えば――あの瞬間、午亮は心奪われたのだ。咲《さ》き初めの花のように清らかな、灰まみれの彼女に。

三日後、午亮は鴬氏と書庫で再会した。

以来、書庫が彼女と自分を引き合わせてくれる場所になった。初対面のときとは違い、鴬氏は口数が少なかった。おそらくはこちらのほうが普段の彼女なのだろう。午亮は会うたびに笑話を披露した。鴬氏を笑わせたかったのだ。たいてい彼女はうつむいて聞いていたが、ときどき、ころころと可憐《かれん》な笑い声をもらした。

書庫で会うたびに想いが募った。許嫁《いいなずけ》がいる身でありながら、鴬氏に惹《ひ》かれていくことを止められなかった。父の死とともに退官を決め、婚約が破棄されたときは、落胆《らくたん》するよりもほっとした。鴬氏に恋い焦がれながら、他の女人《にょにん》を娶《めと》ることが罪深く思われたのだ。

「それほど恋うていたのなら、どうして妻にしなかった？」

「退官して書坊の主人になる自分は、鴬氏にふさわしくないと考えたからです」

皇宮を離れてからは、ひそかに鴬氏の幸せを願っていた。そうすることしかできなかった。

『今度の新刊、売れるといいですね』

鴬氏はときおり束夢堂を訪ねてきて新刊を買ってくれた。父の代から屋台骨が傾き始めた束夢堂を建て直すのに四苦八苦していた午亮には、鴬氏の訪《おとな》いが何よりの励《はげ》みだった。

「己が妻でもないのに、なぜ鴬氏を守ろうとするのか」

「妻であろうとなかろうと関係ありません。愛《いと》しい女人だから、守りたいのです」

午亮はひたいを床にこすりつけた。

「謹《つつし》んでお願い申し上げます。なにとぞ重罰は私に、恩情は鴬氏に、お与えください」

封面と牌記を黒塗りにしてまで、鴬氏は『療史演義』を手元に残してくれた。彼女も自分を憎からず思っていてくれたのだろうか。もし、そうなら、これ以上のはなむけはない。喜んで受けよう。どんな汚名も、どんな刑罰も、どんな末路も――。

「よかろう。それではおまえには罰として、ある女を娶らせよう」

軽やかな声音が降り、午亮はゆるゆると頭を上げた。

「言っておくが、若い娘ではないぞ。行き遅れの女だ。なおかつ大罪人である。ひとたび夫婦となればいかなる理由であっても離縁を許さず、添い遂《と》げることを命じる」

鴬冷娟《れいけん》、と巴享王が鴬氏を呼んだ。衝立《ついたて》の陰から、細身の婦人が淑《しと》やかに歩み出る。

「おまえは方午亮に嫁ぐことで放免とする。よいな」

「ご高恩に拝謝いたします」

鴬氏は跪いて拝礼《はいれい》した。午亮は彼女にたっぷり見惚《みと》れた後、はたと我に返る。

「ちょっ……ちょっと待ってください！　なんで鴬どのと結婚することが罰になるんです？　これじゃ、まるでご褒美《ほうび》じゃないですか⁉」

「だったら、褒美と言いかえてもよいぞ。知り合いがおまえの世話になっているらしいからな。その者に免じて、今回のことは多めに見てやろう」

「で、では、不敬罪《ふけいざい》は」

「無罪放免だ。ただし、『燎史演義』の封面と牌記が黒塗りのままではあらぬ疑いを招く恐れがある。どちらも作りかえ、魚尾《ぎょび》を白く塗り、刊行年を光順年間として製本し直せ」

午亮は放心して巴享王の宝座を振り仰《あお》いだ。

「方どの、巴享王殿下にお礼を申し上げなければ」

隣から鴬氏がそっと語りかけてくる。彼女と目を合わせると、少年のように胸が高鳴った。

「し、しかし、鴬どのはそれでいいのか？　すでにご夫君がいるんじゃ」

「結婚はしていません。あなた以外の殿方《とのがた》には嫁ぎたくなくて」

「……俺はもう翰林院の官吏《かんり》じゃない。おんぼろ書坊の主人だぞ」

「素敵だわ。私ちょうど、おんぼろ書坊の奥方になりたいと思っていたところなのです」

はにかむ鴬氏の細面《ほそおもて》があふれてくる熱い感情でいびつに歪む。

「あなたは……私のような行き遅れの女でもよいとおっしゃってくださるかしら」

「そんなことは言わない！」

午亮は鴬氏の手を握った。長年焦がれ続けたぬくもりを掌《てのひら》で感じる。

「鴬どのがいい！　あなたが欲しいんだ！」

二十年前には口に出せなかった本心がとうとう言葉になった。

「俺は豪邸を持ってないし、稼《かせ》ぎも悪い。花婿としては年を食いすぎてる。だが、鴬どのに何か困ったことが起きたら、どんなことをしても助けるよ。初めて会ったときみたいに」

こみ上げる恋情で喉《のど》が詰まりそうになりながら、午亮は鴬氏を見つめた。

「だからどうか、あなたを俺の妻と呼ばせてくれ」

鴬氏は「はい」とうなずいた。やんわりと手を握り返してくれる。

「では私にも、あなたを私の夫と呼ばせてくださいね」

午亮は夢中で鴬氏を抱きしめた。ここがどこであるかも忘れ、彼女の香りに酔いしれる。信じられない。夢でしか抱きしめられなかった愛しい女が今、自分の腕の中にいるのだ。

「方午亮、鴬冷娟」

御簾の向こうで、面白がるような声音が響いた。

「末永く仲睦《なかむつ》まじく暮らせ。それが何よりの償《つぐな》いとなろう」

「見事な大団円でしたわね」

方午亮と鴬司籍が連れ立って帰った後、玉兎は巴享王と内院《なかにわ》に出た。

小雨が上がった内院では、ほんのり色づいた酔芙蓉《すいふよう》が夕日を浴びてきらきらと輝いている。

「想い合う男女が紆余曲折《うよきょくせつ》を経て結ばれる。恋物語の王道だな」

巴享王は満足そうに夕焼け空を見やる。

鴬司籍が捕らえられたという嘘で方午亮を試してはどうかと提案したのは、巴享王だ。午亮がひたむきに彼女を想っているなら、必ず救いにやってくるだろうと。

果たして、巴享王の筋書き通りに事が運んだ。午亮は鴬司籍への恋慕《れんぼ》を打ち明け、鴬司籍は彼に嫁ぐことを決めたのだ。

「感動しました。まるで『秋江記《しゅうこうき》』の主人公たちが結ばれる場面のようで」

若霖がうっとりとつぶやく。『秋江記』は有名な恋愛小説だ。若霖の愛読書である。

「おまえも『秋江記』を読んでいるのか」

「七十回は読みました。読みすぎて文章を全部丸暗記したほどです」

「若霖は恋物語に目がないのですわ。わたくしより詳しいですわよ」

「へえ、珍しいな。男なのに、恋愛ものが好きとは」

「えっ⁉　男⁉」

玉兎は驚いて若霖と顔を見合わせた。

「何をおっしゃいますの。若霖は女人ですわよ」

「……は⁉　女⁉」

巴享王はかっと目を見開いて、若霖のほうを向いた。

「おまえ……女なのか⁉　なんでだ⁉」

「失礼ですわね！　女人だから女人なのです。おかしなことをおっしゃらないで」

「いつ見ても男の恰好《かっこう》をしてるじゃないか」

「襦裙《じゅくん》姿ではいざというときに動きにくいですから。休日以外は男装しています」

若霖が生真面目《きまじめ》に返答すると、巴享王はますます目を丸くした。

「若霖という名も紛《まぎ》らわしいぞ。男にもつける名だ」

「先代の旦那《だんな》さまが孤児だった私につけてくださった名です」

若霖は誇らしげに胸を張る。亡き父は彼女を我が娘のように可愛《かわい》がっていた。姉妹同然に育ったので、玉兎にとって若霖は護衛というより家族だ。

「そうか……。女人だから念氏の寝間《ねま》に出入りしていたのか……」

巴享王がしみじみと言うと、益雁が大笑いした。

「こんな美人を野郎と間違えるなんてどうかしてますよ」

「おまえは知っていたのか⁉」

「一目で分かりましたよ。俺好みの男装の麗人《れいじん》だってね」

「知っていたなら早く教えろ！」

「殿下の勘違いが面白かったんで黙ってました。おかしかったなあ。殿下ってば、若霖どのは王妃さまとひどく親しそうだから、王妃さまの間男《まおとこ》に違いないって騒いでたんですよ」

「まあ！　若霖がわたくしの間男⁉」

玉兎は目を真ん丸にした。思わず、ぷっと噴き出す。

「以前、お二人を尾行したんですよ。お二人がたびたびお出かけになっているので、どこで逢《おう》瀬《せ》を楽しんでいるのか確かめたいと殿下が。行きついた先は東夢堂だったんですけどね」

「逢瀬ではなくて残念でしたわね！」

玉兎はおなかを抱えて笑った。若霖も堪《こら》え切れずに肩を揺らしている。

「……笑うな！」

巴享王が怒鳴った。恥ずかしさを大声でごまかしているらしいと知ると、なおさらおかしくなってしまう。三人の笑い声に耐えられなくなったのか、巴享王は忌々《いまいま》しそうに衣をひるがえした。酔芙蓉に彩《いろど》られた小道をずんずん進んでいく。

お待ちくださいませ、と玉兎は彼を追いかけた。あと少しで追いつくというところで、蹴躓《けつまず》いてしまう。彼の背中にぽんとぶつかり、さーっと青ざめた。振り払われると身構えた。またねんざをしてしまうと。しかし、予期したことは起きなかった。

「……君はよく転ぶな」

ぽつりとつぶやかれた言葉に苛立《いらだ》ちはにじんでいなかった。

「ごめんなさい。お痛みがあるなら、お薬をお持ちしますわ」

ぶつかった衝撃で、右肩の古傷が疼《うず》いただろうか。

「痛いものか。花がぶつかってきたみたいだ」

巴享王が振り返った。頰《ほお》が赤いのは、先ほどの怒りのせいかもしれない。

「君は足元がおぼつかないようだ。しょっちゅう転んでばかりいる。少しは注意したほうがいいぞ。私の背中がいつも都合よく目の前にあるわけじゃないんだからな」

そっけない口ぶりに彼の心遣いがにじむ。それが嬉しくもあり、つらくもある。

（……殿下を好きになったら、一生片想いね）

巴享王は女人嫌いだ。玉兎が彼に恋をしたとしても、想いが叶うことはない。巴享王と愛し愛される夫婦になるのは不可能なのだ。

（伯母《おば》さまのように恋に苦しみたくないから……入宮《にゅうきゅう》を避けたのに）

心がきしんだ。報われない恋を嘆《なげ》く伯母の横顔が思い出される。

「なっ、何だ⁉　そんなに強く叱《しか》ったつもりはないぞ！」

玉兎が切なく眉《まゆ》を引き絞《しぼ》ったせいか、巴享王がおろおろした。

「何でもありませんわ。それより、こちらをどうぞ。『金蘭伝』の見本ができましたの」

胸の痛みを押し隠し、冊子《さっし》本になった『金蘭伝』を手渡す。

「これが私の本か……！」

巴享王は興奮気味に受け取り、まじまじと書衣を見つめた。そのままの姿勢で固まる。

「中をご覧にならないのですか？」

「あ、ああ、そうだな。中を見てみよう」

重要な政務を処理するかのように真剣な面持《おもも》ちで、慎重に本を開く。

「君が描いた金蘭の絵が封面《ふうめん》にも載っているんだな」

「お気に召しまして？」

「悪くない。挿絵もいいな。虎の姿の選勇が今にも飛び出してきそうだ」

上機嫌で頁《ページ》をめくっていたかと思うと、何かに気づいたのか、手を止めた。

「いや、違う。これは私の本じゃない」

巴享王がこちらを向いた。夕日を背にして、朗らかに目元を和《なご》ませる。

「君と私の本だ」

初めて見る巴享王の笑顔に、何かがざわめいた。

（……これは罰なのかしら）

胸騒ぎがした。死ぬまで叶わない恋に——遠からず落ちてしまいそうな。

第二回

禽獣の恋

崇成《すうせい》二十三年八月、巴享王《はきようおう》・高秀麒《こうしゅうき》は双非龍《そうひりゅう》の筆名で白話《はくわ》小説『金蘭伝《きんらんでん》』を上梓《じょうし》した。

「俺が束夢堂《そくぼうどう》を継いで以来の快挙だ！　発売からたった四日で初版二百部が売り切れた！」

方午亮《ほうごりょう》が体当たりするような勢いで秀麒に抱きついてきた。

「ありがとう、非龍どの!!　ありがとう、芳杏《ほうあん》どの!!　あんたたちのおかげだ!!」

「どうでもいいが、離れろ。暑苦しい。あと、芳杏になれなれしく触るな」

午亮が念氏《ねんし》にも熱い抱擁《ほうよう》をするので、秀麒はしっしっと野良犬よろしく追い払った。

「旦那《だんな》ぁ、俺たちにも感謝してくれよぉ。お嬢に尻叩かれて死ぬ思いで彫ったんだぜ」

「そうだそうだー。百字二十文の安工賃でこき使われてる刻工《こくこう》にも感謝しろー」

「ありがとう、刻工ども!!　よし、今夜は祝杯だ!!　俺のおごりだぞ!!」

飛び上がって喜ぶ刻工たちを横目に、秀麒は念氏の隣に腰かける。

「二百部というのが多いのか少ないのか分からないな」

「多くはありません。通俗小説の初版部数としては最低ですね。束夢堂は経営状態がよくないので、初版部数は抑えましたの。翠春堂《すいしゅんどう》なら少なくとも六百部は刷ったでしょう。でも、初版が調子よく売れましたから、版を重ねていけば早晩、千部に手が届きますわよ」

念氏は算盤《そろばん》を弾きながら帳簿《ちょうぼ》をつけている。

「実は曲酔《きょくすい》の妓女《ぎじょ》に火付け役になっていただきましたの」

「妓女に知り合いがいるのか？」

「書坊《しょぼう》街で出会ったのですわ。その方も流行小説がお好きなのです。彼女に『金蘭伝』のことを話したら、ぜひ読んでみたいとおっしゃったので、発売前に見本を差し上げたのです。見本が花街《かがい》で評判になって、売り上げにつながったのでしょう。ご存じですか？　妓女たちは同じ小説を数冊買います。それに文《ふみ》をそえて馴染《なじ》み客に贈りますの。曲酔の遊客《ゆうかく》は士大夫《したいふ》や書生《しょせい》ですわ。その方たちが作品を気に入ってくだされば、またたく間に都中に広がります」

楽しそうに話しながらも、念氏は算盤を弾く手を止めない。

「都で流行した小説はいずれ地方に広がっていきます。各地から都の書坊街に集まってくる書籍商は都人の……非龍どの？　ひょっとして、妓女に貴著を送ったことをお怒りですか」

秀麒が黙っていたせいか、念氏は不安げに眉を曇らせた。

「いや、妓女を題材にした小説を書いてみたいなと考えていたんだ」

「素敵ですわね！　妓女の恋は人気の題材ですわよ」

ぱあっと華やいだ花顔に、我知らず視線が引き寄せられる。

「さて、帳簿は片づいたわ。みんな、重版の準備を始めて」

帳簿を閉じて、念氏は席を立った。刻工たちが不満げな声を上げる。

「えー……今日はこれから飲みに行くところなのに」

「飲みに行く前にさっと印刷しちゃえばいいじゃない。あ、そうだわ。いくつか誤字を見つけたのよ。はい、これ。書き出しておいたから、修正してね」

「うわっ、百字以上ありそう……」

「九十七字よ。急ごしらえでやったわりには少なかったわ。みんな、腕を上げたわね」

「おだてられたくらいじゃ、やる気は出ねえよ」

「働きたくねえ。今日はもう紙にも墨《すみ》にも刻刀《こくとう》にも触らねえぞ」

「あのー、帰っていいですか？　親父《おやじ》が危篤《きとく》になったような気がするんで」

「そうそう、嬌月《きょうげつ》さんが刻工さんたちによろしくっておっしゃっていたわよ。近いうちに東夢堂に寄りますって。工房を見てみたいのですって」

「なんかやる気出てきた」

「俺も。急に刻刀に触りたくなってきた」

「そういえば俺の親父、死ぬほど元気だわ。さあて、仕事仕事」

にわかにやる気を出した刻工たちが重版の準備に取りかかる。

「嫣月というのは誰だ?」

「先ほどお話した妓女ですわ。『曲酔八艶図詠《きよくすいはちえんずえい》』にも載っていますわよ」

「向嫣月《しょう》か? 都で五本の指に入る名妓だな。いつも宣伝してもらってるのか」

「いつも宣伝してくださっていれば、東夢堂は今頃、翠春堂に並ぶ大手になっていますわ」

念氏は書棚《しょだな》から手稿本《しゅこうぼん》をどっさり取り出し、机に広げた。

「見本はお送りしていますが、お気に召さなければ突き返されますの。でも、『金蘭伝』は十数冊買いたいとおっしゃいましたわ。とても面白かったからって。嬉しい誤算でしたわ。嫣月さんの心をつかむなんて、なかなかできないことですわよ」

朱墨《しゅずみ》をすって筆をとり、戯曲《ぎきょく》の手稿本に書きこみをしていく。

小説に限らず、画本、詩集、偉人伝など、彼女はさまざまな稿本を同時に処理している。何しろ、東夢堂には彼女以外に刊工がいないのだ。目の回るような仕事量である。

「非龍どのは、短編の直しをなさっていてくださいませ」

秀麒は手稿本を机に広げた。怪奇ものの短編だ。だいぶ前に書いたものを念氏に見せたところ、赤字だらけになって返ってきた。

『短編なら葉数が少ないので、値段も安く抑えられます。双非龍どのの作品をよりたくさんの読者に手に取っていただく好機ですわ』

第二作として出版を目指している小説だ。しばらく黙々と書き直しをした。

十葉ほど見直した後、顔を上げて念氏を見る。

丹桂《きんもくせい》の花刺繍《はなししゅう》が散る筒袖《つつそで》の上襦《じょうじゅ》と、胡蝶《こちょう》が舞う薄物の半臂《はんぴ》、たっぷりとひだを寄せた銀朱色の裙《くん》。癖《くせ》のない黒髪は清楚《せぃそ》な垂鬟分肖髻《すぃかんぶんしょうけい》に結われている。王府にいるときとは比べ物にならないほど質素な装いだが、仕事に打ちこむ彼女にはとても似合っていた。

（水を得た魚のようだな）

山積みの手稿本を丁寧《てぃねぃ》に読んで、朱筆で修正点を書きこんでいく念氏はひときわ生き生きとしている。入宮《にゅうきゅう》をいやがるわけだ。彼女はこれほど刊工の仕事に夢中なのだから。

「非龍どの、手が止まっていますわよ？」

念氏が顔を上げずに言う。ほっそりとした手は朱筆を動かしている。

「刊工として働いている君は、雨上がりの花のように輝いているな」

ふっと心の声が外にもれてしまい、秀麒は狼狽《ろうばぃ》した。

「いっ、今のは何でもない。独《ひと》り言《ごと》だ」

まったくごまかせていないと我ながら呆《あき》れる。気恥ずかしさを紛《まぎ》らわすために目の前の作業に戻ると、念氏の手が止まっていることに気づいた。

「どうしたんだ!?　なんで泣く!?」

念氏の瞳からぽろぽろと涙があふれている。秀麒は面食らった。朝から晩まで笑っているような底抜けに明るい彼女がはらはらと落涙するところなど、初めて見た。

「気に障《さわ》るようなことを言ったか？　もしそうなら、悪かった」

　おろおろと視線を泳がせる。女好きの益雁《えきがん》ならば、泣き出した女人《にょにん》の扱い方を千通りは知っているだろうが、あいにく秀麒は一通りも知らない。

「こ、これで涙を拭け。あ、だめだこれは稿本だった。じゃあ、これだ！　ばかめ、墨じゃないか！　筆も硯《すずり》も使えないし、他に何か……何かないか……」

　きょろきょろした。机の端に布切れを見つけて、右手で引っつかむ。

「ほら、涙を拭くんだ。仕事中にめそめそするな。……違う、泣かないでくれ、頼むから」

　気の利《き》いた慰めの言葉が思いつかなくて、狼狽が加速する。

「お嬢が泣いてる！」

　刻工たちがどやどやと集まってきた。非難がましい視線がいっせいに秀麒に向かう。

「おいあんた、お嬢に何したんだよ？」

「何もしてない。話をしていたら、勝手に泣き出したんだ」

「ひどいこと言ったんだろ」

「言ってない」

「じゃあ、なんでお嬢が泣いてるんだよ？」

　こっちが訊きたいと言い返したとき、大柄な刻工が秀麒の手の中の布切れを指さした。

「あーこんなところにあったのか、雑巾」

「雑巾⁉」

「何だと思ったんだよ？　ちなみにもともとは俺らの褌《ふんどし》だぞ」

「捨てるのはもったいないからって、お嬢が雑巾にしてくれたんだ」

「墨汚れを拭いてたら、雑巾なんてすぐに使えなくなっちまうからな。節約だ」

……右手を煮沸《しゃふつ》消毒したい。一刻も早く。

「みんな、心配しないで。大丈夫だから。ちょっと目にゴミが入ったの」

秀麒が褌製の雑巾を握ったまま固まっていると、念氏が明るい声を上げた。

「本当か？　こいつにひどいこと言われたんじゃねえのか？」

違うわ、と念氏は首を横に振った。手巾で目元を拭き、笑顔を作る。

「わたくしのことより、印刷に取りかかって。飲みに行く時間が遅くなるわよ」

「うえっ、もしかして終わらないと帰れないとか？」

「今日の仕事は今日のうちに終わらせるものよ。そのほうが明日、楽できるわ」

刻工たちは文句を言いながらも仕事に戻る。

「ゴミは取れたのか？」

「はい、すっかり」

念氏は普段通りの能天気な調子で笑う。先ほどまでの涙が嘘のようだ。

「突然、泣き出したから肝《きも》を冷やしたぞ。私のせいじゃなくてよかった」

「非龍どののせいですわよ」

「どういう意味だ？」

返答はない。念氏は花のように微笑《ほほえ》んでいるばかりだった。

九月に入ると、後宮では色とりどりの菊花がほころび始める。妃嬪《ひひん》たちはおのおのの菊を育てて、九月九日の重陽節《ちょうようせつ》の宴《うたげ》で皇帝に献上するのだ。

「今年は喜容菊《きようきく》を育ててみたのよ」

念麗妃《れいひ》が鉢《はち》植えに咲いた大きな純白の菊を指し示した。

「李貴妃《りきひ》さまが金鈴菊《きんれいきく》を育てていらっしゃるから。金菊と白菊。並ぶと色が映えるわ。尹荘妃《いんそうひ》は丹菊《たんきく》、呉敬妃《ごけいひ》は紫菊《しぎく》、程順妃《ていじゅんひ》は桃花菊《とうかきく》、染柔妃《せんじゅうひ》は碧菊《へききく》、条寧妃《じょうねいひ》は臙脂菊《えんじきく》……色が重ならないように妃嬪全員で相談したのよ。主上《しゅじょう》は色彩が豊かなものがお好きだから」

上機嫌で話す伯母《おば》に笑顔を向けながら、玉兎《ぎょくと》は鬱々《うつうつ》とした気持ちを押し隠していた。

（……また、菊の季節が来たのね）

毎年、この時期になると憂鬱《ゆううつ》の虫が騒ぎ出す。菊の花は正直、好きではない。

念麗妃と一緒に瑶扇宮《ようせんきゅう》（麗妃の宮）の内院《なかにわ》を散策していると、麗妃付きの宦官《かんがん》が李貴妃の来訪を告げに来た。ほどなくして、側仕《そばづか》えの宦官や女官を連れた李貴妃が現れる。

寵幸《ちょうこう》をほしいままにする李貴妃は、佳麗《かれい》が集まる後宮では、さして目立つほどの美人ではない。単純に容貌《ようぼう》を比較すれば、念麗妃のほうが勝っている。

ただ彼女がまとう冷ややかな威厳は、美貌《びぼう》を誇る他の妃嬪たちの誰にもないものだ。

「綺麗《きれい》に咲いたわね。まるで雪の花だわ」

「わらわの菊が雪の花なら、あなたの菊は月の花ね。満月のような色だもの」

談笑する貴妃と麗妃のそばで、李貴妃の三女、蛍霞公主《けいかこうしゅ》がうつむいていた。

蛍霞公主――高蛍霞は御年十九。

皇帝譲《ゆず》りの容色《ようしょく》に恵まれた美姫《びき》だ。身にまとう極彩色《ごくさいしき》の衣は艶《あで》やかだが、彼女自身は儚《はかな》げで、霞《かすみ》のようにふっと消えてしまいそうな雰囲気《ふんいき》である。

「蛍霞公主、こちらは巷《ちまた》で流行《はや》っている恋物語ですの」

玉兎は『金蘭伝』を蛍霞に勧めた。蛍霞は本好き公主として知られている。文蒼閣《ぶんそうかく》で会うことも多く、顔を合わせれば面白かった小説の話をする仲だ。

「……蛍霞公主？　ご興味がありませんか？」

蛍霞が何の反応も示さないので、玉兎は『金蘭伝』を引っこめた。

「えっ？　あっ、ええと……何のお話だったかしら」

「蛍霞ったら、またぼんやりしていたのね」

李貴妃が絹団扇《きぬうちわ》の陰で優しく目元を緩《ゆる》めた。

「頭がぼうっとしてるみたい。きっと昨夜、遅くまで本を読んでいたせいだわ」

蛍霞はか細い声で言い、何かをごまかすように微笑した。

「読書が楽しいのは分かるけれど、ほどほどになさいね。寝不足のままで婚礼を迎えたら、祝宴の最中に花嫁が舟をこぐことになるわ」

「蛍霞公主が居眠りなさっても、懐和侯《かいわこう》はお怒りにならないでしょう。蛍霞公主に首ったけでいらっしゃるから。可愛《かわい》らしいと、かえってお喜びになるかもしれません」

懐和侯は蛍霞の許嫁《いいなずけ》だ。建国以来の名門宰《さい》家の御曹司《おんぞうし》である。

「そうね。懐和侯なら蛍霞公主が何をなさっても、ニコニコ笑っていらっしゃるわ」

「だからって、華燭《かしょく》の典で居眠りしてはだめよ。主上が御出座なさるんだから」

「ええ、心得ておりますわ、お母さま。夜更かしは控えます」

たおやかに微笑んではいるが、蛍霞の表情はそこはかとなく暗さを帯びている。

(ご結婚が嬉しくないのかしら)

婚儀は今年十一月。花婿の懐和侯は文武両道の美男子で、令嬢たちの憧れの的《まと》なのに。

瑶扇宮を辞した後、玉兎は鶯司籍《おうしせき》とばったり出会った。

鶯司籍は先日の件について懇《ねん》ごろに礼を言い、方午亮と婚約したことを話した。

「年明けに婚儀を挙げることになっていますの。仲人《なこうど》さんは慣例通りに婚約から婚儀まで半年明けるべきではとおっしゃったのですが、方どのがそんなに長く待てないと……」

「方さんだけでなく、鴬司籍も待ちきれないのでは？　二十年越しの恋ですからね」

実はそうです、と鴬司籍ははにかんだ。上気した細面《ほそおもて》は年頃の娘のようだ。

「楽しみですわね。お祝いにまいりますわ」

「この年で花嫁衣装なんて恥ずかしいですが……」

「恥ずかしいものですか。きっと綺麗だわ。わたくしの髪飾りを差し上げましょう。お兄さまからいただいたものなのですが、大人びていてわたくしには似合わないのです」

鴬司籍は恐縮したが、玉兎はぜひにと勧めた。幸せな花嫁へのはなむけになればいい。

（蛍霞公主は懐和侯に嫁ぎたくないみたい）

心から望んで恋しい人に嫁ぐのなら、鴬司籍のように華やいだ顔をするはずだ。

（他に好きな方がいるのかしら？）

恋しい男性がいるのなら、そう言えばいい。皇帝は数多くの公主の中でも李貴妃が産んだ公主たちを溺愛《できあい》している。愛娘《まなむすめ》が望む相手と結婚させてくれるはず。

（もしかして、道ならぬ恋？）

玉兎は苦笑した。何でも小説のように考えてしまうのは悪い癖だ。

重陽節。皇帝は都の蘭翠池《らんすいち》にて菊見の宴を催《もよお》す。

　宴席には着飾った雲上人《うんじょうびと》が勢ぞろいした。菊花文の錦をまとった太上皇と栄太后《えいたいこう》をはじめとして、目も綾《あや》な盛装の皇族たちはさながら神仙のよう、華麗《かれい》に妍《けん》を競う妃嬪たちは天女のごとく、黄金の玉座に腰かけた皇帝は天帝《てんてい》にも劣らぬまばゆさだ。

　薫《かお》り高き菊花酒に始まり、最上の羊肉や蟹《かに》をふんだんに使った美食、木の実をちりばめた花糕《カステラ》、菊にちなんだ宮廷菓子が雲上人の舌を楽しませ、風雅《ふうが》な歌舞音曲《かぶおんぎょく》が耳をくすぐり、曲芸や幻術等の百戯《ひゃくぎ》、宮妓《きゅうぎ》たちによる雑劇《ざつげき》、禁衛軍《きんえいぐん》の馬術が目を喜ばせる。

「今日は余《よ》の姪《めい》、玉兎の誕生日だ」

　皇帝が朗々とした声を響かせた。側仕えの宦官に目配せする。

「今年も贈り物を用意したぞ。気に入るといいが」

　宦官が玉兎に巻物状の目録を差し出した。玉兎は畏《かしこ》まってそれを受け取る。

「司礼監《しれいかん》刊の『南澄詩選《なんちょうしせん》』『明紅集《めいこうしゅう》』、国子監《こくしかん》刊の『九貞記《きゅうていき》』『芙蓉解字《ふようかいじ》』、都察院《とさついん》刊の『燎史演義《りょうしえんぎ》』『四美伝《しびでん》』……貴重な官刻本がこんなに！　夢みたいだわ！」

「夢ではないわよ。早く主上にお礼を申し上げなさい」

　念麗妃が宝座から微笑みかける。玉兎は御前に進み出て拝礼《はいれい》した。

「皇恩《こうおん》に心より感謝いたします。一生の宝物ですわ」

「一生の宝物は夫からの贈り物だろう。秀麒はもっと特別なものを用意しているはずだ」

　皇帝が水を向けると、巴享王ははっとして表情を強張らせた。

「父上の下賜品《かしひん》とは比べるべくもないものです。この場ではとてもお見せできません」

「では、二人きりのときに贈るがいい。新婚夫婦の邪魔をするのはよそう」

皇帝は心得顔で念麗妃と視線を交わし合った。


再び雑劇が始まる頃、玉兎は若霖《じゃくりん》を連れて宴席を離れた。

晩秋の陽光に照らされた白菊を眺めていると、巴享王がやってきた。

「すまない、念氏」

若霖を下がらせ、巴享王は玉兎の隣に並んだ。

銀糸で四爪《しそう》の龍と菊花文が織《お》り出された宝石藍《ほうせきらん》の上衣《じょうい》、赤橙色《せきとうしょく》の下裳《かしょう》、青龍が飛翔する膝蔽《ひざおお》い。親王の位を示す赤瑪瑙《あかめのう》が象嵌《ぞうがん》された冠をつけ、錦の大帯と瑠璃《るり》の革帯を締めて、吉祥獣《きつしょうじゅう》の玉佩を下げた盛装姿は、きらきらしい皇族たちの中でもひときわ目立っていた。

「贈り物は用意してないんだ。今日が君の誕生日だと知らなかったから……。父上が君に贈りものをしていることも今日初めて知った始末だ。贈り物は後日……」

巴享王の声が耳に入らない。玉兎は無言で白菊を見つめていた。

「やけに無口だな。おしゃべりな君らしくもない。具合でも悪いのか?」

「いいえ、元気ですわよ」

「宴が始まったときから思っていたが、今日の君は変だ。どこか上の空で、うつろな顔をして

いる。そのくせ、人前では不自然なくらいにはしゃいでみせる。本当は楽しくないのに、楽しそうにふるまっているみたいだ。何かを隠しているな」

どきりとした。完璧《かんぺき》に押し隠してきた本心を、巴享王に見抜かれるなんて。

「どうして……そうお思いになるのです？」

「益雁に似ているからだ。あいつは十月が近づくと妙に浮かれ騒ぐようになる」

宴席でも、益雁はいつも以上に騒がしかった。

「……古傷の痛みを隠すためだろう。本人は認めないがな」

「古傷……ですか」

「あいつには仲のいい従兄《いとこ》がいた。十人の姉妹の中で育ったから、男の兄弟に憧れていたらしい。本当の兄のように慕《した》っていたと、いつだったか話していた」

巴享王は痛ましげな眼差《まなざ》しで白菊を見下ろした。

「その従兄というのが栄家の人間だった。しかも当時十五……」

栄家の成人男子はすべて処刑された。凱《がい》では十五以上を成人と定めている。

「若輩ゆえ、父上の恩情で凌遅刑《りょうちけい》をまぬかれ、斬首《ざんしゅ》になった。益雁が十のときだ。姉妹の制止を振り切って、あいつは処刑を見にいったらしい」

刑場には多くの民が押し寄せた。外戚《がいせき》として朝廷を壟断《ろうだん》し、傲岸不遜《ごうがんふそん》なふるまいで民を虐《しいた》げてきた栄家は怨憎《えんぞう》の的《まと》だった。人々は罪人に石を投げ、地獄に落ちろと口汚く罵《ののし》った。

「益雁の従兄自身は温和な人物だったそうだが、その父親は悪辣《あくらつ》で傲慢《ごうまん》、民を虫けらのように扱い、未婚の娘や身重の婦人をさらっては乱暴狼藉《ろうぜき》を働いていた。益雁の従兄は父親の罪業まで背負ったんだな……。処刑が始まる前に、血まみれになっていたそうだ」

怒れる民はひっきりなしに石を投げた。憎むべき男とその息子に、等しく牙をむいて。

「益雁は恨みに我を忘れた者たちを止めようとした。従兄は人を苦しめたことなどないと、必死で訴えた。……たった一人の子どもに群衆を止める力はない。降り注ぐ悪罵《あくば》の中、処刑が行われ、益雁は慕っていた従兄を喪《うしな》った。十三年前の十月のことだ」

罪人の首が飛ぶなり、民は快哉《かいさい》を叫んだ。慟哭《どうこく》する少年をよそに。

「十五だったのが運のつきだ。十四だったら、子ども扱いされて命は助かっただろうに」

栄家の婦女子は減刑され、十四以下の男子は宦官になり、女子は官婢《かんぴ》に落とされた。

「……いや違うな。栄家に生まれたのが不運の始まりだったんだ。栄一族は私の母の凶行で族《ぞく》滅《めつ》を言い渡される定めだったんだから……」

宴席の賑《にぎ》わいは遠い。茂みでは蟋蟀《こおろぎ》が鳴いている。

「口には出さないが、益雁は私を恨んでいるだろうな。当然だ。私の母がしたことだから」

「殿下のせいではないのに……。むしろ、あなたは被害者だわ」

「人の恨みは、生者に向かうものだ。死者ではなく」

巴享王は白菊に触れようとしてためらった。まるでそれを禁じられているみたいに。

「今日の君は、益雁と同じように空々《そらぞら》しい笑顔を見せていた。君も誰かを喪ったのか」

「……いいえ。わたくしは喪ったのではなく――」

白菊の白は弔《とむら》いの色。誰かの死を嘆《なげ》き悲しむ色だ。

「殺《あや》めたのです。……実の母を」

自分の言葉が刃になって喉《のど》を切り裂いた。

「どういうことだ？　君の母上は確か、君を産んですぐに亡くなったと聞いたが」

「ええ。十八年前の今日……わたくしは、母の命と引きかえに生まれてしまったのです」

母は玉兎を産んだ直後に亡くなった。難産の末に産み落とした我が子を胸に抱くこともできなかった。愛妻を亡くした父は身も世もなく泣きわめいたと祖母から聞いた。

「君のせいじゃない。きっと……悲運だったんだ」

悲運。便利な単語だ。この世のすべての不幸は悲運の一言で片づけられる。

「九月九日になると、わたくしの誕生日を祝った後で、父は必ず家廟《かびょう》に行くのです。何をしているのか気になってあとをつけたら、父は祭壇《さいだん》の前で痛哭《つうこく》していました。大の大人が子どものように泣きじゃくるのです。不思議でしたわ。なぜ、おめでたい日なのに泣くのか分からなくて、兄に尋ねました。……それがどれほど愚かな問いだったか、今なら分かります」

まだ四つになったばかりの玉兎には分からなかった。

『ねえ、お兄さま。どうしてお父さまは泣いているの？　今日はわたくしの誕生日なのに』

六つ年上の同腹兄は、顔中に怒気をみなぎらせた。

『おまえが母上を殺した日だからだ！』

怒りを滾《たぎ》らせた兄の目。その根底にあるものは、際限のない悲痛ではなかったか。

『おまえなんか、生まれてこなければよかった‼』

兄に突き飛ばされ、玉兎は池に落ちた。

「水が冷たくて、足がつかなくて、恐ろしさでいっぱいでした。どうしてお兄さまはわたくしを突き飛ばしたのかしらって……混乱するばかりで。通りかかった使用人に引き上げられ、介抱されて人心地ついた後、やっと兄の気持ちを理解しましたの」

玉兎は母を知らないから、母を恋しく思ったこともない。けれど、兄は母に愛され、慈《いつく》しまれていたのだ。玉兎が生まれるその日まで。

「わたくしは兄から母を、父から妻を奪いました。九月九日はわたくしが母を殺めた日なのです。おめでたい日などではありません。本来なら、一日中喪服《もふく》を着て、母に経《きょう》を上げなければならないのですわ。綺麗《きれい》な服を着て、菊見の宴に出るわけには……」

深緑の生地に大輪《たいりん》の黄菊が咲き乱れる大袖《おおそで》の上襦《じょうじゅ》、繊細な花刺繍《はなししゅう》がちりばめられた薄紫の被《ひ》帛《はく》、白鷺《しらさぎ》が牡丹《ぼたん》と戯《たわむ》れる珊瑚《さんご》色の裙《くん》。結い髪には芙蓉《ふよう》石《せき》の金歩揺《きんほよう》を挿し、銀襴《ぎんらん》の帯には寿桃《じゅとう》をかたどった紅水晶《べにずいしょう》の帯留めをつけて、腰帯からは金線細工の香入れを提げている。

きらびやかな菊見の宴にふさわしい美麗《びれい》な装いだけれど、今日ばかりは心が躍らない。

「誕生日を祝っていただくたびに、罪を重ねている心地がします。母の死を軽んじているような……。もちろん、祝ってくださる方たちには何の非もないのです。ご厚意で祝福してくださっているのですもの。罪深いのはわたくしですわ。わたくしが生まれなければ、母は死なずに済みました。父と兄は大切な人を喪わずに済んだはずで……」

くどくどしい口ぶりに、我ながら嫌気がさす。

「聞き苦しい話でしたわね。どうぞお忘れくださいませ」

玉兎は笑顔を作った。無理やりにでも笑わなければ。皇帝の宴で涙は見せられない。

「宴席に戻りましょう。雑劇の次は、簡巡王《かんじゅんおう》が剣舞を披露なさるとか」

踵《きびす》を返そうとした瞬間、ぐいと腕を引っ張られた。はたと我に返ったときには、巴享王の両腕の中にいた。思いのほか強い力で、閉じこめられている。

「君の泣き顔を見ると、私は混乱してしまうから……こうしておく」

巴享王の声がいまだかつてないほど近くで響いた。

「わたくし、泣いてなんていませんわ」

「嘘をつくな。本当は泣いているくせに」

言い返そうとしたが、声は喉の奥でわだかまっている。

「『生まれてしまった』なんて言うな。まるで君が生まれたのが間違いだったというような言い方じゃないか。君が生まれたことが間違いなら、私はどうなる？　君に口説《くど》かれて『金蘭伝』を出版したことも間違いか？　君に稿本《こうほん》をゆだねた私の決断すら君は否定するのか？」

震える唇を嚙《か》んで、玉兎は両手を握りしめた。

「私だけじゃない。君の手で世に送り出されたすべての作品も、その書き手たちも、全部否定することになる。それを分かった上で、『自分が生まれなければ』と言っているのか」

鼓動が乱れた。叱責《しっせき》のような声音《こわね》が続く。

「君が生まれたからこそ、本になった作品がある。君が生まれたからこそ、人々に読まれた作品がある。君が生まれたからこそ、誰かの心を揺さぶった作品がある。君がいなければ存在しなかった作品が確かにあるのに、君は彼らさえも否定するのか。彼らも間違いだったというのか。それは自ら生み出したものを、自らの手で殺すことだぞ。——私の母みたいに」

悲憤《ひふん》まじりの吐息が首筋を焼いた。

「させはしない。そんなことは、絶対に」

「……殿下」

「今日は君が生まれた日だ。君の兄が何と言おうと知ったことか。今日は楊《よう》芳杏が——念玉兎が生まれた日だ。君に稿本をゆだねた私が、そう決めた」

どくどくと感情が脈打っている。その高ぶりを表す単語が見つからない。

「君は私が『金蘭伝』を〈こんなもの〉と言ったらひどく腹を立てた。『金蘭伝』が粗末にされることは、『金蘭伝』を素晴らしいと思った君の心が踏みにじられることだと。今こそ、あの言葉を返してやる。自分を粗末にするな。君を信頼して稿本をゆだねた私の心を踏みにじるな。君の母が亡くなったことと、君が生まれたことは、つながってはいても同一じゃない。亡き母を悼《いた》むことと、君の誕生日を祝うことは、どちらも矛盾《むじゅん》せずに成立するんだ」

心臓を直接叩かれたような衝撃を受けた。舌先がまごついて、何も話せない。

「私は、心から君を祝福する」

力強い返答と彼の両腕が玉兎を包んでくれている。

「誕生日おめでとう、玉兎」

瞳からこぼれる涙を閉じこめるかのように、玉兎はまぶたをおろした。

『刊工として働いている君は、雨上がりの花のように輝いているな』

以前、巴享王の前で泣いてしまったときと同じくらい、いやそれ以上に胸が熱い。

優しかった父が亡くなってから、玉兎は翠春堂の工房に立ち入ることを禁じられた。

『おまえは皇太子妃になり、いずれは後宮に入る。花嫁修業以外のことはするな』

兄は玉兎から朱筆や刻刀などの仕事道具を取り上げた。

『皇太子さまに嫁ぐとしても、ずっと先のことだわ。せめてそれまでは』

『だめだ。工房には男が多すぎる。変な虫がついてからでは遅い』

『わたくしは恋をするために工房に行きたいのではないわ。印本を作りたいだけよ』

『くだらない。戯言《ざれごと》を書いた二束三文《にそくさんもん》の本にいったいどれほどの価値があるんだ？　そんな無意味なことより、皇太子さまの気を惹《ひ》く努力をしろ。念家がおまえに望むことは皇太子さまに嫁ぎ、誰よりも早く男子を産むことだ。他には何も望まない』

『……でも、お父さまはわたくしの夢を応援してくださっていたわ。いつか、刊工に』

『父上は死んだ。おまえが殺したようなものだぞ。母上亡き後、父上は病がちだったからな』

母の死を持ち出されると、首を絞《し》められたように何も言えなくなった。

『今や念家の主人は私だ。私の命令に従え。それがおまえの罪滅ぼしになる』

十三のときに父が亡くなり、十六までは父の喪に服しておとなしくしていた。

けれど、どうしても我慢できなくなって書坊《しょぼう》街に飛びこんだ。最初は翠春堂に並ぶ大手書坊として有名な香景堂《こうけいどう》の門を叩いたが、丁重に追い払われた。刊工や刻工《こくこう》には女性も少なくないので、女人《にょにん》であることが問題だったのではない。兄が裏で手を回していたのだ。いろんな偽名を使って大小の書坊を訪ね、門前払いされながらたどりついた先が東夢堂だった。

方午亮は玉兎に事情があることを見抜いていたようだが、何も言わず拾ってくれた。

もっとも当時、玉兎は巴享王と婚約したばかりで、兄の監視が緩《ゆる》んでいた。皇帝が念玉兎を巴享王に嫁がせると勅命《ちょくめい》を出した以上、妹の入宮《にゅうきゅう》は潰《つい》えたと兄も諦めたのだろう。

『母を殺してまで生まれてきたのに、おまえは念家のために何ひとつ貢献しないんだな』

婚礼の日、花嫁衣装に身を包んだ玉兎を、兄は侮蔑《ぶべつ》の眼差《まなざ》しで射貫《いぬ》いた。

兄の悪罵が血潮《ちしお》に溶けて全身を蝕《むしば》んでいた。印本を作りたいという自分の夢は叶えてはいけないものだと、後ろめたい思いを抱えながら出版にかかわってきた。

それゆえに巴享王の何気ない一言が身に染みたのだ。夢を追いかけていいと、好きな道を歩んでいいと、背中を押してもらえたようで。

「ありがとうございます」

玉兎は彼の背中に腕を回した。男性にしては細い体がひどく頼もしい。

「殿下……秀麒さま」

秀麒が名を呼んでくれたから、玉兎も彼の名を呼ぶ。

生涯《しょうがい》をともにすることになる男性の名を、胸に刻みつけておきたい。


秀麒の腕の中でひとしきり泣くと、急に笑いがこみ上げてきた。

「今度は何だ？　なぜ笑う？」

「思い出してしまいましたの。秀麒さまが雑巾を持っておろおろなさっていたことを」

刻工たちの褌《ふんどし》から作られた雑巾だと知って、顔を引きつらせていた。

「……君は男の内衣《したぎ》に触って平気なのか」

「平気ですわよ。ちゃんと洗ったものですから」

「そういう問題じゃない」

怒ったような口調で言い、秀麒は玉兎の顔をのぞきこんだ。

「節約だか何だか知らないが、褌で雑巾を作るのはやめろ。使い古しの布くらい、王府にもある。足りなければ皇宮からもらってきてもいい。とにかく男の内衣には触るな」

「どうしてですの？　使えるものは使わないと、もったいないのに」

「もったいないかどうかはどうでもいい。私がいやなんだ」

声を荒らげた後で、秀麒ははっとして視線をそらした。

「私がいやだというのは、先日のような〈事故〉が起きかねないからだぞ。他意はない」

釈然としなかったが、褌にこだわっているわけではないので、承諾《しょうだく》することにした。

「涙を拭け。宴席に戻るぞ」

玉兎は秀麒が差し出してくれた手巾で目元を拭《ぬぐ》った。彼の手巾からはほのかに墨《すみ》の香りがする。好ましい匂《にお》いだった。甘やかな安堵《あんど》が胸ににじむような。

「ようやく戻ったな」

秀麒と並んで宴席に戻ると、皇帝が二人に笑顔を向けてきた。

「夫からの贈り物は何だったのかな」

「素晴らしいものでしたわ」

玉兎は秀麒をちらりと見た。それだけで唇から微笑があふれてくる。

「来世までの宝物です」

重陽の翌日、九月十日は小重陽《しょうちょうよう》という。宮中では再び菊見の宴《うたげ》が催《もよお》される。外朝《がいちょう》では男性たちが、後宮では女性たちがささやかな宴を楽しむ。玉兎は外朝で秀麒と別れて後宮に入った。宴が催される綺羅園《きらえん》へ向かう道すがら、秋柳の下で一冊の本を拾った。

「『蝶星縁《ちょうせいえん》』……蛍霞公主の本だわ」

最近、蛍霞が読んでいた恋愛小説だ。蛍霞は小説に評釈を書き加えるのが好きなので、辺欄《へんらん》（印刷部分を取り囲む四周の枠組《わくぐ》み）の外に彼女のたおやかな筆跡が残っている。

宴の前に届けようと、瑞明宮《ずいめいきゅう》に行くことにした。瑞明宮は李貴妃の宮だが、蛍霞と妹公主たちの部屋もある。

後宮は徒歩で移動するには広すぎるため、身分に応じて乗り物を使う。

皇帝の輿《こし》は龍輦《りゅうれん》、皇后の輿は鳳輦《ほうれん》、妃嬪《ひひん》の輿は華輦《かれん》という。どれも大型で八名から二十数名の宦官《かんがん》が担《かつ》ぎ手になる。皇族と皇族夫人は轎子《きょうし》と呼ばれる小型の輿に乗る。担ぎ手は最大で十六名、少なければ四名。王妃の乗り物は担ぎ手が八名の轎子だ。

玉兎は轎子に乗って瑞明宮に向かった。途中、司礼監掌印太監《しれいかんしょういんたいかん》の因太監《いん》に出会う。

「巴享王妃さまにご挨拶《あいさつ》申し上げます」

あまたの配下を従えた因太監が蟒服《ぼうふく》の裾《すそ》を払って拝礼《はいれい》した。

太監は高級宦官の最高位。各役所の長官や、皇帝や皇后以上の貴人《きじん》に仕える主席宦官を指す。彼らの多くは内書堂《ないしょどう》と呼ばれる宦官学校出身の秀才なので、雅言《がげん》も挙措《きょそ》も完璧《かんぺき》だ。

「どちらへいらっしゃるのです？　綺羅園はこちらではありませんが」

「瑞明宮にまいるところですの。蛍霞公主に落としものを届けたくて」

玉兎は秋柳の下で蛍霞の本を拾ったことを話した。

「私が代わりに届けましょう」

「まあ、申し訳ありませんわ。お忙しい因太監をわずらわせてしまうなんて」

司礼監掌印太監は事実上の宰相《さいしょう》たる内閣大学士《ないかくだいがくし》に匹敵《ひってき》する位だ。影の宰相とも呼ばれ、政《まつりごと》にも深くかかわっている。むろん、多忙なので、忘れ物を届ける用事など頼めない。

「かまいませんよ。ちょうど今から李貴妃さまのご機嫌うかがいにまいるところですので。巴享王妃さまはお早く綺羅園へお運びくださいませ。念麗妃さまがお待ちです」

因太監は終始にこやかだったが、なんとなく有無を言わせぬ口ぶりだった。

「それでは、お預けいたしますわ」

引っかかりを覚えつつも、玉兎は『蝶星縁』を因太監に手渡した。


「怪しいな」

秀麒は寝床に腰かけて眉《まゆ》をひそめた。

「いくら姉上の本とはいえ、たかが恋愛小説だ。因太監が直々に届けるほどのものではない。

君が届けたって何の問題もないはずだ。それなのに、わざわざ因太監が横取りしたとなると、事件かもしれないな。たとえば、実は『蝶星縁』は姉上の持ち物ではなく、因太監のものだったとか。どこかの頁《ページ》に因太監のよからぬ企《たくら》みが記されているんだ」

「書きこみは蛍霞公主の手蹟でしたわよ」

「手蹟なんて偽造するのは簡単だ」

桶《おけ》に湯をはる玉兎を横目に、秀麒は腕組みをして考えこんだ。

「先代の掌印太監を処刑場に追いやったのは因太監だ。因太監を司礼監の要職につけたのは、まさに彼だったのにな。恩人をも卑劣《ひれつ》な罠《わな》にはめる冷酷《れいこく》無比な大悪党の因太監なら、国を揺るがしかねない巨大な陰謀《いんぼう》を――」

「秀麒さま。今日くらいは妄想をおやすみになってくださいませ。お体に障《さわ》りますわよ」

根をつめて新作の執筆をしていたせいか、昨日、小重陽の宴の後で発熱した。単なる疲労と診断され、大事には至らなかったが、安静にするよう太医に命じられた。

(……まるで本物の妻みたいだな)

昨夜から、玉兎はつきっきりで看病してくれた。食事のときも眠るときも目覚めたときも、彼女がそばにいる。そのことが嬉しくも、照れくさい。

「おやすみ前にお体を拭いて差し上げますわ」

「……は⁉　い、いや、いい！　結構だ！」

「いけませんわ。微熱があって湯浴みできないのですから、お体を拭かなければ。清潔にすれば心地よく眠れますわよ。さあ、お召し物を脱いでくださいませ」

「いやだと言っている！」

「もう、恥ずかしがらないでくださいませ」

「君は少し恥ずかしがれ！」

玉兎はぐいぐい迫ってくる。牀榻《しんだい》の上でもみ合っているうちに帯を解かれそうになり、秀麒はとっさに彼女の腕をつかんで敷布に組み伏せた。朱赤の褥《しとね》につややかな黒髪が散る。薄明かりの下で見る玉兎はひどく頼りなげだった。恥じらいに染まった目元のせいだろうか。口づけを期待するような、花色の唇のせいだろうか。

「秀麒さまは……そんなにわたくしがお嫌いですか？」

「なんでそうなる」

「だって、お体を拭かせてくださらないから」

「別に……君のことが嫌いなわけじゃない。女人に素肌を見られるのがいやだからだ」

身の回りの世話は侍従《じじゅう》に任せている。女人に触れられることが嫌いだからだ。

「……わたくしが触れるのも、ご不快なのでしょうか？」

玉兎はつらそうに眉を引き絞《しぼ》った。今にも泣き出しそうな表情をされると弱ってしまう。

「……いやじゃないぞ。君に触れられるのは」

嘘はついていない。不思議なことに、彼女に触れられるのは不快ではないのだ。

「そうですの！　よかったわ！」

玉兎は勢いよく飛び起きた。布を湯に浸してしっかり絞り、くるりとこちらを向く。

「さあ、拭いて差し上げますわ」

善意に満ちあふれた笑顔に根負けして、秀麒は帯を緩《ゆる》めた。脱がされるよりはましだろう。しぶしぶ両肩をあらわにして、ふいとそっぽを向く。

「では、拭きますわよ」

玉兎は腕まくりをした。両手で布を持ち、秀麒の左肩にあてがう。そしてかたまった。

「……拭くんじゃなかったのか？」

「あっ、ええ、拭きますわ。こ、こうかしら」

「私は工房の床じゃないんだぞ。ごしごし拭くな」

「ま、まあ、ごめんなさい。これくらいの強さでよいでしょうか」

玉兎が気遣わしげにゆるゆると拭いてくれる。華奢《きゃしゃ》な体からはふうわりと甘い香りがした。羞恥《しゅうち》のせいか、彼女の頬《ほお》は熟れた李《すもも》のようになっている。秀麒はにやりとした。

「恥ずかしいんだろう？」

「は、恥ずかしくありませんわ。病気の夫のお世話をしているだけですもの」

と言いつつ、耳まで真っ赤だ。

「顔が赤いぞ。熱があるんじゃないか？」

秀麒がひたいに掌《てのひら》をあてると、玉兎は頭から湯気を出しそうなほど赤くなった。

「……ぬ、布が冷めてしまったわ！　もう一度、湯に浸してきますわね！」

慌てて牀榻から飛び出していくのが可愛《かわい》らしくて、つい口元が緩んでしまう。

「次は背中を拭きましょう」

戻ってきた玉兎が秀麒の後ろに回る。ためらいが頭をもたげた。

背中に触れられるのは嫌いだ。ましてや、女人には。

拒むか否《いな》か決めかねているうちに、玉兎があたたかい布で背中を拭き始めた。振り払いたいような、このままでいたいような、どっちつかずの感情が胸の奥でくすぶっている。

「……せめて戦場で負った傷だったら、恰好《かっこう》がついたのにな」

玉兎が右肩の傷痕にそっと布を押し当てるので、秀麒はうつむいた。

「実際には戦場になんて行くこともできないんだが。それどころか、都からも出られない始末だ。知っているだろう？　地方に潜伏しているという栄一族の残党に旗印として利用されかねないから、私は父上の許可なしに都から出ることができない。もし、一歩でも外城《がいじょう》の向こうへ行こうものなら、その時点で謀反人《むほんにん》の汚名を着ることになる」

ごくつぶしの六皇子は、京師《けいし》という檻《おり》の中で、無為に生きて、老いて、死ぬのだ。

「不思議なものだな。私がごくつぶしの六皇子だったからこそ、君が嫁いできた。もし、私がまっとうな皇子だったら、君はここにはいなかっただろう。これも奇縁《きえん》というやつか」

もしも、十三年前に母が事件を起こさず、秀麒がごくつぶしの六皇子にならなかったら、こうして世話をしてくれた妃は誰だったのだろう。

想像してみたら真っ先に玉兎の顔が浮かんできて、秀麒は誰にともなく苦笑した。彼女以外の誰かが自分に寄り添ってくれるところを想像できないみたいだ。

「私の世話はもういいから、君も休め。昨夜はずっと付き添っていてくれたんだし、ろくに寝ていないだろう。今夜は自分の部屋に戻って……」

刃物で断ち切られたように言葉が途切れた。玉兎が裸の背中にしがみついてきたからだ。

「ごくつぶしではありませんわ」

やわらかな腕が胸に絡みつき、甘い吐息が肩にかかる。

「あなたはお役立ちです」

「……お役立ち？」

「はい。だって、あんなに素敵な物語をお書きになるのですもの。本当に骨の髄《ずい》まで役立たずでへっぽこで能無しで米食い虫だったら、美しい恋物語で世の女性たちをうっとりさせることなんてできるはずがありませんわ。ですから、秀麒さまは十分、役に立っています」

単語の選択がところどころ引っかかるが、励《はげ》ましてくれているらしい。

「少なくとも、君の役には立っているだろうか」

「もちろんですわ。わたくし、秀麒さまがお書きになる作品を楽しみにしているのですもの。でも、わたくしだけではありませんわよ。世の中の人々にとっても」

「世の中の人々なんかどうでもいい。君の役に立っているなら、それで満足だ」

秀麒は左胸に置かれた小さな手を掌で包んだ。じんわりと染みる人肌のぬくもりが積もりに積もった鬱屈《うっくつ》を溶かしてくれる。

誰にも心を許さずに生きてきた。弱さを押し隠そうとして不機嫌や怒りで武装した。他者から見れば失笑を誘うほど不様《ぶざま》な生き方だと知りながら、他になすすべがなかった。

そろそろ――ひと休みしてもいいだろうか。月の名を冠した娘の腕の中で。

「君の手は、こんなにあたたかいんだな」

たおやかな掌が素肌越しに心臓を包んでくれている。今日までくすぶり続けてきた悪感情が徐々に和《やわ》らぎ、恋しさにも似た安堵《あんど》が胸を満たしていく。

「あなたもあたたかいですわ、秀麒さま」

玉兎が肩に頬を寄せてきた。とろけるような熱がむき出しの皮膚《ひふ》を惑わす。

「鼓動を感じます。少し、早いみたい……」

「きっと君のせいだ」

このままでいたいような、この先に進みたいような、あやふやな情動でめまいがする。

「君が……可愛い顔をしているから」

「……背中越しなのに、わたくしがどんな顔をしているかお分かりになるのですか？」

「分かるぞ。君は頬を染めているな。食べ頃の李みたいに……」

何気なく顔を上げ、秀麒はぎょっとした。牀榻《しんだい》のそばに益雁がしゃがみこんでいるのだ。

「なっ、何してるんだ益雁⁉　そんなところで！」

「見れば分かるでしょ。殿下と王妃さまの床入《とこい》りを見届けようとしてるんですよ」

益雁は頬杖をついてニヤニヤしていた。

「ささ、続きをどうぞ。俺のことは家具だと思ってくだされればいいので」

「にやついた家具など気色悪いわ！」

「お二人がとうとう契《ちぎ》りを結ばれるんです。にやにやするなって言うほうが無理な話ですよ」

「ち、契りなど結ばない！　そ、そうだな、玉兎」

「え……ええ、秀麒さまはご病気なのですから、お体をやすめなければ」

互いに慌てて体を離すと、益雁がすっとんきょうな声を上げた。

「あれぇ？　いつの間に名前で呼び合う仲におなりになったんで？」

玉兎と顔を見合わせ、秀麒はうろたえて目をそらした。

「さっそく主上《しゆじよう》にご報告しようっと。じきに王妃さまご懐妊《かいにん》のお知らせができそうですって」

「く、くだらないことを言ってないで出ていけ！」

大声で益雁を追い払う。益雁は「ごゆっくり」とにやけながら出ていった。

溜息をついて夜着の袖《そで》に腕を通そうとしたとき、玉兎が秀麒の肩に手をそえてきた。

「お手伝いいたしますわ」

ほっそりとした手で夜着の袖を引き上げ、襟元《えりもと》を整えてくれる。

(……まるで本当の妻みたいだ)

もう一度、そう思った。たおやかに微笑《ほほえ》む彼女が――愛《いと》おしく感じられたから。


後宮の綺羅園には見事な楓林《ふうりん》がある。晩秋の空を覆《おお》い尽くす濃艶《のうえん》な赤。それはさながら天がまとった婚礼衣装のようで、玉兎はしばし言葉を忘れた。

「金蘭と選勇《せんゆう》が出会った場所のようですわね」

はらりはらりと舞い散る紅の葉が秋光を弾いて美しくきらめいている。

栄太后のご機嫌うかがいをした帰りだ。時間が余ったので紅葉見物に立ち寄ってみた。

「秀麒さま?　楓をご覧にならないのですか?」

「見ているぞ」

秀麒はこちらを向いていた。優しげに目を細め、玉兎の結い髪にそっと触れる。

「君の髪で輝く楓を見ている」

髪に楓の葉がくっついていたらしい。秀麒が取ってくれた。

「秀麒さまの御髪《おぐし》にも楓がついていますわ」

玉兎は秀麒の結い髪から楓を取る。視線を交わせば、どちらともなく微笑みがこぼれた。

(いつか……本当の夫婦になれたらいいのに)

はじまりは入宮を避けるための婚姻だった。割り切った関係になれればいいと考えていた。けれど今は、もっと彼と近づきたくなっている。もっと秀麒のことを知りたいし、彼のそばにいたい。形だけの妻ではなく、本当の妻として――。

「……お、おやめください、皇太子妃さま！」

「お黙り！」

突然、甲高《かんだか》い女の声が響き渡り、玉兎は秀麒と顔を見合わせた。

「皇太子妃さまが声を荒らげていらっしゃるなんて、珍しいですわね」

「ああ、初めて聞いたな」

玉兎が皇太子の花嫁選びから抜けた後、皇太子妃は呉《ご》家と縁が深い名門夾《きょう》家の令嬢に決まった。夾氏は才色兼備《さいしょくけんび》であるばかりでなく、おっとりとした人柄で慎《つつし》み深く、虫も殺さぬ深窓の令嬢だ。大声でわめいているところなど、想像もつかない。

「許せない許せない許せない……!!　こんなもの、破り捨ててやる!!」

気になってしまい、二人で声のするほうへ行く。紅の落ち葉で染まった池のほとりに、二つの人影があった。一つは皇太子妃、夾氏。もう一つは側仕《そばづか》えの女官だ。

「皇太子妃さま！　それは皇太子殿下が蛍霞公主さまからお借りになったもので……」

「だから破り捨てるのよ！　あの女の持ち物が殿下のおそばにあってはいけないの！」

夾妃は冊子《さっし》本の頁《ページ》をびりびりと引きちぎっていた。

「どうかお気を鎮《しず》めてくださいませ！　蛍霞公主さまは皇太子殿下の妹君であらせられます。仲の良い兄妹なら、本の貸し借りなど普通のことですわ」

「普通のことですって⁉　わたくしはこの目で見たのよ！　殿下があの女と抱き合っていらっしゃるのを‼　それだけじゃないわ！　口づけさえなさっていた‼　仲の良い兄妹ですむものですか‼　殿下とあの女は、人の道にもとる汚らわしい関係なんだわ‼」

「こ、皇太子妃さま！　そのようなお話を誰かに聞かれでもしたら……」

「聞かれてもかまわないわ‼　皇宮中に言いふらしてやりたいわよ‼　皇太子殿下は異母妹の蛍霞公主と禽獣《きんじゅう》の契《ちぎ》りを結んでいるって‼」

「聞き捨てならない妄言《もうげん》だな、夾妃」

秀麒は木陰から出て二人に声をかけた。

「は、巴享王殿下……」

夾妃と女官は喉笛《のどぶえ》に刃を突きつけられたかのように青ざめた。

「皇族を侮辱《ぶじょく》すれば不敬罪《ふけいざい》に問われる。あなただけでなく、夾家も」

「……わ、わたくしは……」

「分別《ふんべつ》のある行いをするべきだ。少なくとも皇宮では」

「え、ええ……おっしゃる通りですわ。気が動転していて取り乱してしまいましたの」

ちぎった頁を拾い集めようとした夾妃を、秀麒が止めた。

「そちらは私から善契《ぜんけい》兄上にお渡ししよう」

「いっ、いえっ、結構ですわ！　わたくしが皇太子殿下に」

「あなたに任せると本当に善契兄上の手に渡るか分からない」

夾妃と女官は強い口調にびくっとした。慌ただしい拝礼《はいれい》をしてそそくさと立ち去る。

「ひどいですわね……」

玉兎は池のほとりに散らばった本の残骸《ざんがい》を拾い集めた。刊工として出版にかかわっているだけに、無惨《むざん》に引き裂かれ、打ち捨てられた書籍の痛ましい姿には胸が悪くなる。

「夾妃め、とんでもないことを言っていたな」

隣にしゃがみこんだ秀麒が忌々《いまいま》しそうに顔をしかめた。

「善契兄上と蛍霞姉上が……ありえないことだ。お二人はとても親しくなさっているが、あくまで兄妹としてだし、そもそも実の兄妹で恋仲になるなど、小説じゃあるまいし……」

ありえないとは言えないかも、と玉兎は思っていた。

（蛍霞公主は道ならぬ恋をしていらっしゃるのかもしれないわ）

憂《うれ》いに沈んだ蛍霞の横顔を思い出す。

「あっ……」

ちぎられた数枚の紙が風にさらわれ、池の水面に落ちた。秀麒と手分けして拾う。

「ん？　襯紙《しんし》に何か書いてあるぞ」

通俗小説のような安価な本では、薄い竹紙《ちくし》が使われることが多い。

竹紙は破れやすいので厚さを補《おぎな》うため、袋とじにした頁の内側に一枚の紙を貼りつける。そうすることで、それぞれの頁の文字が鮮やかに浮かび上がるのだ。

むろん、襯紙には何の文字も印刷されない。ただの白紙だ。ところが、池の水で濡れた襯紙にはうっすらと文字が浮き上がっていた。

「こちらの襯紙にも文字が表れていますわ」

玉兎が拾い上げた紙の中にも、薄く文字が浮かび上がる襯紙が数枚あった。

「墨《すみ》の文字ではありません。明礬液《みょうばんえき》を使ったものではないかしら？　明礬液で書いた文字は乾いた紙の上では見えず、水に浸すと見えるようになると書物で読んだことがあります」

「誰かに宛《あ》てた文のようだな……」

ぼんやりとした手蹟は読みにくいが、少しずつ文字を拾っていく。

寸刻の後、玉兎は頬《ほお》が強張《こわば》るのを感じた。おそるおそる顔を上げると、秀麒も険しい表情をしている。金風と戯《たわむ》れる落葉の音色が互いの沈黙を埋めていった。

「他言無用だぞ、玉兎」

「はい、心得ております」

玉兎はうなずいて、集めた紙切れを秀麒に手渡した。

襯紙に淡く浮かび上がる流麗《りゅうれい》な手蹟が語るのは、綺羅園の楓のように燃える恋情。

それは決して許されないものだ。兄が腹違いの妹へ向ける情としては。


「──取引の条件は？」

秀麒が本の残骸と隠されていた恋文を返すと、皇太子・高善契はかたい声音《こわね》で問うた。

四爪《しそう》の龍が織《お》り出された金襴の長衣《ちょうい》に、麒麟《きりん》の襟飾《えりかざ》りがついた孔雀藍《くじゃくらん》の外衣《うわぎ》。五彩玉珠《ごさいぎょくじゅ》をちりばめた冠、大帯《だいたい》から垂らされた翡翠《ひすい》の組玉佩《そぎょくはい》、勇ましい龍が飛翔する膝蔽《ひざおお》い。

華麗《かれい》な装いにも引けを取らない整った顔立ちは母妃の念麗妃譲《ゆず》りだ。垂れ気味の目元には温《おん》柔《じゅう》な人柄が表れているが、明礬液の文を目にしたせいか、わずかに苦みがあった。

「のめる条件ならのもう。それ以外のものは検討《けんとう》する」

人払いをした東宮《とうぐう》の一室。閉め切られた格子窓《こうしまど》から、物憂《ものう》い夕陽が忍びこんでくる。

「取引をするつもりはありません。私はこちらを返しに来ただけです」

「私に返す前に父上に見せればよかったんじゃないかい？　そうすれば、私は廃嫡《はいちゃく》だ。東宮には主人がいなくなり、再び皇太子争いが始まる」

「そんなことをして私に何の利益があると？　私は罪人の子です。天地が逆さまにならない限り、皇位につくことなどありえない。宮中で騒ぎを起こしても得るものがありません」

「自分が皇位につく可能性がなくても、誰かを至尊《しそん》の位に押し上げることはできるじゃないか。この醜聞《しゅうぶん》を利用して私を退けた後、おまえが後見になって新たな皇太子を誕生させれば、次代皇帝の天下では、特別の恩恵を受けられるかもしれない」

「皇宮で他人を信じるほど愚かではないつもりです。私が力添えしても、即位してから掌《てのひら》を返されればそれまでだ。わざわざ裏切るかもしれない相手に協力したくはないですよ」

一年前の秀麒なら、善契が言った通りのことをしたかもしれない。政《まつりごと》に直接かかわることができないのなら、間接的に政を引っかき回してやれと、やけを起こしたかも。

生きることに執着していなかったのだ。どうせ死ぬまで飼い殺しにされるのだから、生かされているうちに騒ぎのひとつくらい起こすのも一興だと考えていた。

しかし、今は違う。秀麒は玉兎を娶《めと》った。形ばかりとはいえ、夫婦は夫婦だ。

秀麒が宮中で騒動を起こせば、その余波は玉兎に及ぶ。宮中では何事も計画通りに進むとは限らない。余計な手出しをしたせいで、かえって災難を被《こうむ》ることも少なくない。

政にかかわりさえしなければ、平穏無事に暮らせるのだ。自ら進んで政争に身を投じるなど、愚かなこと。これまで通り、傍観者《ぼうかんしゃ》のままでいるほうがいい。

「おまえは味方だと解釈してよいのだろうか」

「敵ではありません」

秀麒がはっきり答えると、善契は長椅子《ながいす》の背にもたれて目を閉じた。

「……幼い頃から気が合ったんだ」

積もり積もった疲れを吐き出すような声音が豪奢《ごうしゃ》な室内に響く。

「蛍霞と私は書物の好みが似ていてね。母同士が友人だからともに過ごすことも多くて、時間があれば、いつも蛍霞と本の話をしていた」

「お二人は仲睦《なかむつ》まじいご兄妹だと思っていました」

「私も長い間、そのつもりだったんだがな。気づいたときには……手遅れだった」

夕映えのきらめきが兄の細面《ほそおもて》に複雑な影を落とした。

「私は凡庸《ぼんよう》な人間だ。とても皇帝の器《うつわ》じゃない。そう思うだろう？」

急な話題の変化についていけず、秀麒は戸惑った。

「皇子として生まれ、父上や母上の期待にこたえようと努力を重ねてきた。六芸《りくげい》を修め、経学《けいがく》と歴史を学び、官吏《かんり》たちと議論を交わし……将来、玉座にのぼって天下を治めるため、精進《しょうじん》してきたつもりだ。だが、私は凡才の域を出ない。名君となるほどの才覚はないんだ」

「決してそのようなことは……」

「建前《たてまえ》で話すのはよそう、秀麒。私は最大の秘密をおまえに知られてしまった。今更、世辞《せじ》を聞かされたところで虚《むな》しいだけだ」

善契は静謐《せいひつ》な眼差《まなざ》しで秀麒を射貫《いぬ》いた。

「私が立太子された理由は、私が皇長子《こうちょうし》であり、父上の手足となって働く念家ゆかりの皇子で、飛び抜けた悪い特徴がないからだ。断じて、私が優秀だからではない」

それは事実だ。善契は当人が言うように凡庸《ぼんよう》な人物である。学問や武芸では及第点を取るが、非凡な才能があるわけではない。人当たりがよく温厚だが、優しすぎて覇気《はき》に乏《とぼ》しい。氷の威厳で百官を従える崇成帝の後継者としては、いささか頼りないといえた。

「自分が大器でないことは、私自身が一番よく知っている。東宮の主になれと父上に命じられたとき、恐ろしさで手足が震えたよ。皇子と皇太子とでは責任の重さが桁違《けたちが》いだ。失態を演じれば母上や念家まで道連れにしてしまう。私にはそんな重責は負えないと思った。辞退したいと言いたかったが、言えるはずもなかった。すでに勅令が下された後だったし……」

「念麗妃さまは大変お喜びになっていました」

「ああ……そうだ。母上の喜ぶ顔を見ると、何も言えなくなった。かといって、立太子への恐れが消えたわけじゃない。逃げ出したくてたまらなかったよ。皇宮から飛び出してしまいたかった。……もちろん、母上や念家のことを考えればできるはずもないが。私にできたことは、立太子式の前日に寝殿《しんでん》に帰らず、綺羅園の四阿《あずまや》で一晩過ごすことだった」

雷雨だった。礫《つぶて》のような雨が情け容赦《ようしゃ》なく地面を叩き、天を引き裂く稲光がほの暗い視界を不気味に彩《いろど》る中、十五になったばかりの善契は四阿の隅にうずくまっていた。

「夜が明けないことを願った。あるいは雷に打たれて、一思いに死ぬことを」

そこに現れたのが、当時十四の蛍霞だ。

「蛍霞は傘をさしていたが、ほとんどずぶ濡れだった。今にも泣き出しそうな顔をしていたよ。雷が大の苦手なのに、私を心配して後宮中を歩き回ったんだ」

蛍霞は曇天がごろごろ鳴り出したくらいでも卒倒しそうなほど青くなる。雷雨の中をさ迷い歩くのは、生きた心地もしなかっただろう。

「私は彼女の衣を絞《しぼ》って、自分の外衣《うわぎ》を着せてやった。少しでもあたたかくなればと」

善契は胸の内を蛍霞に吐露した。母妃には言えないことも、蛍霞になら打ち明けることができた。善契の外衣にくるまれた蛍霞は、考えこんだ後で慎重に口を開いた。

『大切なものを作ればいいと思うわ』

雷鳴がとどろくと、外衣の襟元《えりもと》をかき合わせた蛍霞の白い指がかたかたと震えた。

『私、お兄さまを見つけるためなら、雷の下を歩くのも怖くなかった。……いいえ、本当は怖かったけど、耐えられた。普段なら雷が少し鳴り出すだけで外を歩けなくなるのに。お兄さまを探し出すためだと思えば、雷に立ち向かえたの。だからお兄さまも、大切なものを見つけて。どんなことをしても守りたいと思えるものを』

蛍霞は冷え切った両手で善契の手をぎゅっと握った。

『それさえあれば、どんな重責にも耐えられる。弱虫の私が雷に打ち勝ったみたいに』

内気で遠慮《えんりょ》がちな蛍霞の瞳がいつになく力強く輝いていた。

ふいに、ひときわ大きな雷鳴がとどろく。蛍霞は悲鳴を上げて兄に抱きついた。

「震える体が愛《いと》おしく思えた。妹としてではなく……」

二人は蛍霞が持ってきた包子《まんじゅう》を半分にして食べた。とっくに冷えていたが、十五年の生涯《しょうがい》でこれほど美味なものを食べたことはなかったと、善契は語る。

「蛍霞が持ってきてくれた包子だからだ。私のために雷の中、ずぶ濡れになりながら」

善契は大切なものを見つけた。どんなことをしても守りたいと思える女人《にょにん》を。

「私は予定通り立太子式に臨んだ。国を背負うことへの畏怖《いふ》は、蛍霞を想うことで和《やわ》らいだ。皇太子となり、いつか皇位につけば蛍霞から危険や苦難を遠ざけてやれる。……天下万民には顔向けできないな。私は大義など持ち合わせていないんだ。あくまで蛍霞のために、皇太子の位を拝命した。たとえ、兄という立場を越えられなくても、蛍霞を守っていこうと」

「しかし、恋情は捨てられなかったのですね」

「……愚かなことにな。私たちは同じ父を持つ兄妹。結ばれることなどありえない。人の道から外れた禽獣《きんじゅう》の恋だ。絶対に叶わないし、叶えてはいけない」

善契は苦々しく長息《ちょうそく》した。

「理屈では分かっているのに、恋心は止められなかった。蛍霞に会えば抱きしめたくなり、会えない時間は彼女のことばかり考えてしまう……」

唾棄《だき》すべき邪恋は、自分ひとりのもの。蛍霞は純粋に兄を慕《した》っているだけだ。想いを封じなければならない。過ちを犯して、大事な妹を傷つけてしまう前に。

「邪恋を断ち切るため、徹底的に会わないようにしたよ。それくらいしか思いつかなかった」

「そういえば、今年の初め頃、お二人は疎遠《そえん》になっていらっしゃいましたね」

喧嘩《けんか》をしたのだろうかと、周囲はいぶかしんでいた。

「私が一方的に蛍霞を避けていたんだ。彼女には何の理由も告げずに。……告げられるはずもないが。おまえが恋しくてたまらないから、会いたくないのだとは、とても」

今年初めの嵐の夜だった。蛍霞が瑞明宮に帰らず、行方《ゆくえ》をくらませた。李貴妃の命令で宦官《かんがん》や女官が手分けして探し回ったが、いっこうに見つからない。

「母上を訪ねて後宮に来ていた私は、蛍霞が行方不明だと聞いて瑶扇宮《ようせんきゅう》を飛び出した」

傘が役に立たないどしゃ降りだった。稲光が辺りを照らす中、雨礫に全身をさらしながら探し回り、善契は綺羅園の四阿で、とうとう彼女を見つけだした。

『待っていたのよ。お兄さまなら、ここに来てくださると思って』

そこは立太子式の前日、善契が身を隠していた四阿だった。

『どうして私を避けるの？　私、お兄さまに嫌われるようなことをした？』

蛍霞は涙をいっぱいためた目で善契を見上げた。

『……お兄さまのことが好き』

抱きついてきた蛍霞を、善契は突き放すことができなかった。

『知っているよ。おまえは昔から私を慕ってくれて——』

『違うわ！　そうじゃない！』

常になく声を荒らげ、蛍霞は濡れた瞳で善契をとらえた。

『妹としてじゃない。女としてお兄さまのことが好きなのよ』

雨音も雷鳴も風音も消えた。

『ずっと想いを隠してきたわ。こんなことを言ったら、お兄さまに軽蔑《けいべつ》されてしまうから……。だけど、もう隠せないの。お兄さまの花嫁は決まってしまった。半年後の婚儀で夾氏はお兄さまと結ばれる。そのことを考えるだけで私、嫉妬《しっと》で体が燃え尽きてしまいそう……』

泣き濡れた花顔が壊れそうなほどにゆがめられた。

『私、どうしてお兄さまの妹に生まれたのかしら。どうして高家に生まれたのかしら。他家の娘だったら、お兄さまに嫁ぐことができたのに、どうして、私は公主なの……』

白い頬《ほお》を伝う玉の涙。雷光を弾いて、真珠《しんじゅ》のようにきらめく。

『じきに懐和侯と私の縁組がまとまるわ。これまでは何とかかわしてきたけど、私も今年で十九だもの。お父さまとお母さまに強く勧められたら断れない』

建国以来続く名門宰家の令息、懐和侯は文武両道の美男子。容姿のみならず人柄も秀でており、父帝の覚えめでたく、公主の花婿としてこれ以上はないという良縁である。

　しかも懐和侯はかねてから蛍霞に想いを寄せており、降嫁は先方の強い希望だった。

『……懐和侯に嫁ぐ前に、私の気持ちをお兄さまに打ち明けたかった。たとえ軽蔑されるとしても、何も言わないまま一生後悔するよりは、ましだと思ったの』

　善契が愕然《がくぜん》として立ち尽くしていると、蛍霞は静かに体を離した。

『汚らわしい恋だと分かっているわ。何度も忘れようとした。でも……できなくて』

　うなだれた蛍霞の横顔を稲光が冷たく照らした。

『……ごめんなさい。驚かせてしまったわよね。今日のことは、なかったことにして。もう二度と忌《い》まわしい想いは口にしないから……』

　善契は雨の中に飛び出そうとした蛍霞の腕をつかんだ。

『私もだ』

　恋情を自覚してから、蛍霞に触れることを恐れていた。ひとたび触れてしまえば、歯止めがきかなくなりそうで。だが、このときばかりは、恐れを上回る情動に逆らえなかった。

『おまえを愛しく想っている。兄としてではなく、男として』

　蛍霞も許されない想いに苦しんでいた。この邪《よこしま》な恋は、善契ひとりのものではなかった。

　その事実を噛《か》みしめるように、善契は蛍霞を抱きしめた。

「……まさか、お二人は」

「一線は越えていない。蛍霞は宰家に降嫁《こうか》する身だ。間違いがあってはいけない。もし、過ちを犯してしまったら、私たちだけの問題ではなくなり、政《まつりごと》を乱してしまう。禽獣の恋は実を結んではいけない。よくよく話し合って、互いに最後の分別《ふんべつ》を忘れないと決めた」

降嫁する前に蛍霞が身籠《みご も》りでもしたら、宰家の面目が丸つぶれになる。太祖《たいそ》の時代から皇家を支えてきた忠臣一族をむげに扱えば、朝政の混乱は避けられない。

「もともと期限つきの恋なんだ。蛍霞が嫁ぐ日までの関係でいようと約束した」

「夾妃はお二人の関係を勘繰っていますす。ご降嫁までの期限付きでも危険かと」

「分かっている。今までにも危ない場面があった。特に因太監《たいかん》に二人のことを知られたときには、全身の血が凍りついたよ」

「もしかして、脅迫《きようはく》されているのですか⁉」

「いや、その逆だ」

善契は破れた恋文を手に取った。

「本の貸し借りをするふりをして恋文のやり取りをしてはどうかと、提案してくれた。その代わり、二人きりで会う機会を極力減らすべきだと忠告してくれてね」

「なぜ因太監がそんなことを」

「因太監は昔、李貴妃さまに仕えていた。蛍霞のことは赤子の頃から知っているし、蛍霞も慕っている。かつての女主人の娘だから情けをかけてくれたんだろう」

果たしてそうだろうかと、秀麒はいぶかしんだ。

因太監は怜悧《れいり》狡猾《こうかつ》な宦官だ。賄賂《わいろ》で私腹を肥《こ》やし、外朝の高官を顎《あご》で使い、政敵を排除するためには手段をえらばない。また、冷酷《れいこく》で奸智《かんち》にたけていなければ、五万人を超える宦官の頂点に立つことはできない。情けをかけるなど、因太監らしくもない所業だ。

「……潮時《しおどき》だな。おまえにまで知られてしまったからには」

善契は恋文を机に置いた。苦悩がにじんだ面《おもて》を伏せ、肘掛けにもたれる。

（……何か、私にできることがあればいいんだが）

善契とことさら親しくしているわけではない。他の兄弟姉妹ともそうだ。あえて避けていたというより、罪人の母を持つ身でどのように付き合えばいいか分からなかった。あからさまに蔑《さげす》みの目を向けてくる者もいたし、かかわりたくないと遠巻きにしている者もいた。

中でも、次兄の簡巡王・高垂峰は明らかに秀麒を蔑んでいた。条寧妃が産んだ皇子で、武芸学芸ともに優れ、皇位への野心を隠しもしない垂峰は、秀麒にごくつぶしの六皇子という不名誉な通り名をつけた人物でもあり、事あるごとに秀麒を邪険にしてきた。

十二の冬だったと思う。父帝から誕生日の贈り物として賜《たまわ》った十数冊の官刻本が書斎からごっそりなくなった。寝殿内を探し回っても見つからず、困り果てた。

父帝の下賜品《かしひん》を紛失したとあれば、素知らぬふりはできない。謝罪するため父帝に謁見《えつけん》しようとしたとき、後宮の池に放りこまれていた官刻本を見つけた。小雪がちらつく中、秀麒は氷水のような池に入って必死で本を拾った。こういうことは、初めてではなかった。

買ったばかりの書籍が汚物まみれにされていたり、気に入っていた墨《すみ》が粉々に打ち砕《くだ》かれていたり、好物の菓子に針が仕込まれていたり……。叔父《おじ》の整斗王から話し相手にと贈られた白《しろ》鸚鵡《おうむ》が惨殺《ざんさつ》されていたこともあった。いずれも陰湿ないやがらせには違いないが、後宮では珍しいことではなく、大騒ぎするほどの事件ではなかった。

栄家が族滅《ぞくめつ》された今も、栄家を恨む人間は多い。それほどに栄家は人々を虐《しいた》げてきたのだ。人の恨みは、歳月では洗い流せない。栄氏一門で生き残ったのは栄太后と秀麒のみ。天子の母である栄太后よりも、非力で役立たずの秀麒のほうが恨みの的《まと》になりやすいのだろう。

秀麒とて、好き好んで栄氏の母のもとに生まれたわけではない。生まれゆえ身に覚えのない怨憎《えんぞう》を受けることは苦々しく思っていたが、これも因果《いんが》だと半ば諦めていた。

どれほど出自《しゅつじ》を嫌悪しようと、生まれは変えられない。恨まれようが憎まれようがかまうものかと自暴自棄になり、事件をいちいち父帝に訴えることはしなかった。

『どうしたんだ秀麒⁉　そこで何をしている⁉』

偶然通りかかった善契が、池に入って本を拾う秀麒を見て血相を変えた。不注意で父帝から賜った本を池に落としてしまったと秀麒が言うと、善契は外套《がいとう》を脱いで池に入った。

当時、善契は十四。第一皇子が早世して以来、東宮に最も近いといわれる皇子だった。

『これで全部だな』

身も凍るような寒さだったにもかかわらず、善契は本を拾うのを手伝ってくれた。

『ここからなら、私の寝殿が近い。湯あみをしてあたたまろう』

長兄の寝殿で世話になり、ほっと一息つくと、疑問がわき出てきた。

『どうして私なんかを助けてくださったんですか？　私はごくつぶしの六皇子です。恩情をかけていただいても、善契兄上には何ひとつお返しできません』

思えば、善契はいつも秀麒を気にかけてくれていた。宴席で垂峰に嘲笑《あざわら》われたときはかばってくれたし、身の回りのものがいやがらせでなくなったときは新しいものを贈ってくれた。可愛《かわい》がっていた白鸚鵡が死んで落ちこむ秀麒のもとに、見舞いに来てくれたこともある。

もっとも、善契は秀麒だけを特別に目にかけてくれていたわけではない。彼は親切で情け深く、誰に対しても心配りを忘れないのだ。

『返礼など期待していないよ。兄が弟を助けるのは、当たり前のことだからね』

十四の善契は穏やかに微笑した。同情されているのだと分かっていても、好感を抱いた。人付き合いが苦手な秀麒は兄の慕い方というものがいまひとつ分からず、善契とうまく打ち解けることはできなかったが、慈悲《じひ》深い長兄を嫌いにはなれなかった。

玉兎が善契を慕っているのではないかと早合点《はやがてん》したのも、善契が敬愛に値する人間だと思えばこそだ。善契のためにできることがあるのなら、力を尽くしたい。言うまでもなく、善契と蛍霞が結ばれるように取り計らうことは不可能だ。父帝が認めるはずはないし、駆け落ちを勧めたところで、皇族の責任と義務を自覚している二人は承知しないだろう。

受けた恩を返す好機だというのに、何もできない。もどかしい気持ちを引きずりながら退室する。回廊《かいろう》に出ると、寂しげな金風が公孫樹《いちょう》の枝を揺らしていた。

「秀麒さま！」

回廊の向こう側から、玉兎がぱたぱたと駆けてくる。足元まで垂れた上襦《じょうじゅ》の袖《そで》には純白の玉《ぎょく》簪花《しんか》が咲き、長い裙《くん》には深紅の楓と漆黒《しっこく》の燕《つばめ》が躍っている。秋風を孕《はら》む披帛《ひはく》は流蛍《りゅうけい》を模した金《きん》刺繍《ししゅう》で彩《いろど》られ、丹桂が縫《ぬ》い取られた小さな絹靴《きんもくせい》が裳裾《もすそ》からちらりとのぞいた。

まさしく百花仙子《ひゃっかせんし》だ。彼女が現れるや否《いな》や、視界が光で満ち満ちる。

「お話はつつがなくお済みになりまして？」

「ああ、本は善契兄上にお返しした」

「それでは、早く帰って東夢堂へ行きましょう。そろそろ第二作の試し刷りが出来上がりますの。夕刻には仕上がる予定ですから……」

生き生きと話す玉兎の顔を見ていると、さーっと霧が開けるような感じがした。

「ここで待っていてくれ。善契兄上に許可をいただいてくる」

「いったい何の許可です？」

玉兎が袖を引っ張ってきた。秀麒は思わず彼女をぎゅっと抱きしめる。

「ありがとう、玉兎。君のおかげで私にできることが見つかった」

「え？」

「さっそく今日から始める。忙しくなるぞ」

顔をのぞきこむと、玉兎は兎のように真ん丸な目をぱちくりさせた。

「なんだかよく分かりませんが、わたくしがお役に立てることなら協力しますわ」

「ああ、頼む。君の力が必要だ」

いったん玉兎と別れ、秀麒は善契のもとへ急いだ。

期限は十一月末。残された時間は、あとわずかだ。


冬至《とうじ》は別名を亜歳《あさい》（準正月）という。冬至の前夜は大晦日《おおみそか》の夜同様に除夜《じょや》と呼ばれ、天下の人々は沐浴《もくよく》して身を清め、親族で集まって眠らずに夜を明かす。

皇帝は冬至の三日前から大徽殿《だいきでん》にて斎宿《さいしゅく》する。大徽殿は皇宮の正門、景赫楼《けいかくろう》を入ってすぐの場所に位置し、大礼の際は天子の物忌《ものい》みが行われる。

皇族と百官は皇帝の御斎宿に随従《ずいじゅう》し、爆竹を鳴らして邪気を払う。

崇成二十三年十一月冬至除夜、大徽殿の外院《まえにわ》はかがり火で明々と照らされていた。

「花火が始まったみたいね」

玉兎は格子窓《こうしまど》を見やった。外院のほうから、花火の音と歓声が聞こえる。

冬至除夜の目玉は花火だ。紙筒から火炎が噴き出す花火や、地上で火を噴きながら飛びはねる花火。水平に張った紐の上を炎が走ったり、屏風《びょうぶ》に絵を描き出したりする大掛かりな仕掛け花火。とりわけ夜空に咲く打ち上げ花火は、天子の膝元で暮らす民の楽しみである。

「見物にいかなくてよいのですか？」

玉兎に蜂蜜《はちみつ》茶を勧めた若霖は、珍しく女物の装いだ。

朱子織の襖《おう》（裏地のついた上着）に、両側に切れこみが入った白梅模様の背子《はいし》を着て、金泥で百蝶文があらわされた天鵞絨《ビロード》の裙《くん》をまとっている。黒髪は法螺貝《ほらがい》のような単螺髻《たんらけい》に結い、銀歩揺《ほよう》で飾っていた。冬至除夜は重要な節日なので、異性装は許されないのだ。

「いいわ。花火を見逃すのは残念だけど、秀麒さまのおそばにいなくちゃ」

ここは巴享王夫妻にあてがわれた大徽殿の一室だ。

三日間に渡る皇帝の御斎宿では、皇族も大徽殿に部屋を賜ることになっている。

この二か月間、根をつめて執筆していたせいか、宴《うたげ》の間中、秀麒はうとうとしていた。あまりにも眠たそうなので、皇帝の許しを得て、部屋に引き上げたのだ。

毛織物の褥《しとね》に体を横たえるなり、秀麒はすやすやと眠りこんでしまった。よほど疲れているのだろう。こんこんと眠る端整な横顔はあどけなくさえあった。

「お嬢さま、蛍霞公主がお見えになっています」

「隣室にお通しして」

蛍霞がなぜ訪ねてきたのか察しはついている。玉兎は身なりを整えて隣室に向かった。

「秀麒はまだ寝ているの？」

「ええ。お話がおありでしたら、起こしてきましょうか」

「いいえ。せっかくやすんでいるんですもの、そのまま寝かせてあげて」

所在無げに長椅子《ながいす》に腰かけた蛍霞は、力なく微笑《ほほえ》んだ。

白藤色から藍紫色へといくえにも重ねられた大袖《おおそで》の上襦《じょうじゅ》、清楚《せいそ》な水仙と五彩の霊鳥が縫《ぬ》い取られた外衣、紅水晶《べにずいしょう》を並べた玉革帯《ぎょくかくたい》、細やかなひだをつけた金地天鵞絨の裙。高く結い上げた黒髪には、粒真珠《つぶしんじゅ》の垂れ飾りが優美な翟冠《てきかん》をかぶっている。

艶麗《えんれい》な礼装姿にもかかわらず、花のかんばせは悲しげに曇っていた。

「『翠雪香《すいせつこう》』を読んだわ」

蛍霞は蜂蜜茶に口をつけてうつむいた。膝の上に『翠雪香』を置いている。

「一晩で読んだの。二人の恋がどうなるのか気になって」

『翠雪香』は双非龍の第三作目。異母兄妹の二人が互いに惹《ひ》かれ合うも、許されない恋に悩み苦しむ恋物語だ。善契と蛍霞の恋を下敷きにして書かれた中編小説である。

『現実では叶わぬ恋でも、小説の中なら叶えられる』

秀麒が善契と蛍霞の恋を主題にした小説を書くと言い出したときには、少し不安だった。主題にされた二人が不快に思うのではと懸念《けねん》したのだ。秀麒は二人の許可を取ってから執筆に取りかかったが、作品の内容しだいでは、兄弟の仲にひびが入る恐れもある。

玉兎ははらはらしながら手稿本《しゅこうぼん》を待っていたが、書き上がった作品を真っ先に読んで、不安は霧のように消えた。それは誠実につむがれたまっすぐな物語だった。善契と蛍霞の体面を傷つけるところはなく、二人が胸を焦がす実らぬ恋に小さな救いをもたらすものだった。

『翠雪香』の後半で、主役二人は異母兄妹ではなく、赤の他人であったことが発覚する。周囲の人々に祝福され、二人は晴れて結ばれる。現実の善契と蛍霞は間違いなく母親違いの兄妹だから、せめて小説の中では二人の想いが叶うように、秀麒が工夫《くふう》をこらしたのだ。

(……お気に召さなかったのかしら)

蛍霞がうつむいているので、玉兎は心配になってきた。

数日前、製本したばかりの『翠雪香』を善契と蛍霞にそれぞれ届けた。

『この作品は坊刻《ぼうこく》ではなく、家刻《かこく》(自費出版)扱いにしてくれ』

秀麒の申し出に、方午亮は首をかしげた。「売れる作品なのに、もったいないぞ」と渋っていたが、秀麒が強く訴えたので、最終的には承知してくれた。刷ったのはわずかに二部だ。版木は処分し、善契と蛍霞の物語が市井《しせい》に出回らないよう配慮《はいりょ》した。秀麒は天下の読者のために『翠雪香』を書いたのではない。兄と姉のために、筆をとったのだ。

「いかがでしたか?」

「素敵な結末だったわ。二人の恋が叶って嬉しかったの。自分のことみたいに」

「でも……蛍霞公主のお顔は、悲しみに曇っていますわね」

そうかしら、と蛍霞は無理やり笑顔を作った。

「冬至が明ければ、婚儀だもの。悲しんではいられないわ。お父さまもお母さまも、私の花嫁姿を楽しみにしてくださっているから……」

弱々しげな声を花火の音がかき消した。

「懐和侯は立派な御方よ。文武に優れ、人柄も秀でていて、姿かたちは画聖《がせい》が描いた美男子そのもので……天下の娘たちが夢見る理想の花婿だわ。きっと……お慕《した》いできると思う。すぐには難しくても、恋をすることはできなくても、心を通わせることは……できるはず」

蛍霞は『翠雪香』の背をきつく握りしめる。

「懐和侯に尽くして、良き妻になるわ。公主として嫁ぐからには、宗室の恥《はじ》にならないよう心掛けなくてはね。懐和侯妃になったら、善契お兄さまとお会いすることも控えて、あらぬ誤解をされないように注意するつもり。〈お兄さま〉とお呼びすることもやめたほうがいいわね。人の妻になるんだもの、いつまでも子どもじゃないんだから……」

翟冠の垂れ飾りが小刻みに震えた。

「……だめね。私、この世で自分が一番不幸だという顔をしているでしょう？　幸せな顔をしなくちゃいけないのに。恋しい殿方《とのがた》に嫁ぐことができない女人《にょにん》なんて、天下にはごまんといるわ。私は幸福な花嫁なのよ。誰もがうらやむ素晴らしい花婿と結ばれるんだもの。もっと喜ばなくちゃ……幸せな顔で、嫁がな、ければ……」

ひときわ大きな花火とともに、人々の歓声がとどろいた。

（……ずいぶん無理をなさっているわね）

蛍霞はまだ恋心に別れを告げていないのだろう。それほどに離れがたい恋なのだ。

「いつから皇太子殿下をお慕いなさっていたのですか」

「……お母さまの事件が起きた頃からよ。意識し始めたのは……」

蛍霞が二歳の頃、李貴妃――当時は李昭儀――毒殺未遂《みすい》事件が起きた。

毒は李氏が食べた菓子に盛られていたという。

「公《おおやけ》にはされていないけれど、あのお菓子を作ったのは私。もちろん、毒なんて入れていないわ。栄太后さまに食譜《レシピ》を習って、一生懸命に作ったの。たくさんの失敗作の中から一番出来のいいものをお母さまに差し上げた。一口食べるなり、お母さまは眉《まゆ》をひそめられたわ」

幼い蛍霞はおいしくなかったのだろうかと不安になった。

「お母さまはおいしいっておっしゃってくださったけど、なんだか様子が変だった。無理をなさっているようで……。やっぱりおいしくないんですねって、私は涙ぐんでうつむいた」

李氏は「おいしいわよ」と微笑み、喉《のど》に押しこむようにして菓子を食べた。

その直後だ。李氏が血を吐いて倒れたのは。

太医《たいい》たちがせわしなく立ち回る中、蛍霞は自分が毒を飲んだみたいにがたがた震えていた。

「泣き叫んだわ……。お母さま、ごめんなさいって」

李氏は懐妊《かいにん》中だった。

「お母さまは死産なさった。無事に生まれていれば皇子だった。私にとっては、初めての同腹の弟だったの……。なのに、死んでしまった。いいえ、殺したのよ。私が」

「事件の首謀者《しゆぼうしや》は栄堂宴《えいどうえん》でしたわ。蛍霞公主には何の非もありません」

李昭儀の毒殺未遂事件から四年後、栄家当主・栄堂宴が犯行を自白した。栄堂宴はある宮女をそそのかし、蛍霞手製の菓子に毒を盛らせた。李氏に皇子を産ませないためであった。

李氏が皇子を産めば即座に立太子しかねないほど、皇帝は彼女を寵愛《ちようあい》していた。外戚《がいせき》の筆頭として権勢を誇る栄家は、その座を李家に奪われることを恐れ、先手を打ったのだ。

「首謀者は栄堂宴だとしても、私だって無実ではないわ。私は毒入りのお菓子をお母さまに勧めた。おいしいならもっと食べてください、とさえ言ったのよ。私が泣きそうな顔で見上げるから、お母さまは無理にでもお召し上がりになった。……私のせいだわ。私がお母さまに毒を食べさせ、弟を……殺したのよ」

立て続けに打ち上げられる花火が格子窓《こうしまど》の玻璃《はり》を極彩色《ごくさいしき》に染めている。

「死産なさってから、お母さまはみるみる痩《や》せ細ってしまわれた。毎晩泣いていらっしゃったの。お父さまは恐ろしいくらいに激昂《げつこう》なさっていたわ。使用人たちは次々に拷問《ごうもん》にかけられ、私と一緒にお菓子作りをした女官も厳しい取り調べを受けて床《とこ》に臥《ふ》せった」

愛妃を害した者を見つけ出すため、皇帝は疑わしい人間を片っ端から投獄《とうごく》した。

「自分を責めたわ。お菓子なんて作らなければよかったのに……って。私が余計なことをしたばかりに、たくさんの人たちが苦しむことになってしまった。お姉さまたちはお母さまを心配しておそばにいたけれど、私はお母さまのお顔を見る勇気がなくて会いに行かなかった。お母さまに嫌われてしまったんじゃないかって……怖くてたまらなかったから」

事件から一年が経ち、蛍霞は宮女たちの噂話《うわさばなし》を聞いた。

――後宮内のある池に身を投じれば、死んだ人を生き返らせることができる。

「私はその池に飛びこんだわ。弟を生き返らせるために」

十二月末のことだ。蛍霞は薄氷が張った池に身を沈めた。

「溺《おぼ》れかかっていた私を、善契お兄さまが助けてくださった。どうしてこんなことをしたのかと、お兄さまはものすごい剣幕でお怒りになって……」

亡き弟を生き返らせるためだと蛍霞が言うと、善契は大声で怒鳴りつけた。

『死んだ者はどんなことをしても生き返らないんだ！』

『でも……お母さまに元気になってほしくて』

『だったら、おまえは生きなければならない！　おまえまでいなくなったら、李昭儀さまはいっそう悲しまれる！　そんなことも分からないのか！』

罪滅ぼしをしたかった。母に元気になってほしかった。そのためなら、池に身を投げるしかないと思った。自分が死ねば弟が生き返り、母は喜んでくれるはずだと。

「生きているのが申し訳ないような気持ちがしていたのよ。弟は死んでしまったのに、私は生きている……。それがひどく罪深いことに思えて」

玉兎にも覚えがある。自分が誰かを害してしまったという事実が毒のように体を蝕《むしば》むのだ。

『生まれなかった弟が生き返ることよりも』

善契は冷え切った蛍霞の体を抱きしめた。命を分け与えるように強く。

『おまえが今、生きていることのほうが嬉しい』

涙を堪《こら》え切れなくなり、蛍霞は兄にしがみついて泣きじゃくった。

「生きていていいと言われた気がしたの。まるで、何もかも許されたような……」

それまで以上に、蛍霞は善契を慕うようになった。兄を見るたびに抱くあたたかい想いや、たわいない言葉を交わすたびに胸に灯る熱、ほんの少し体が触れ合ったときの鼓動の高鳴りが兄妹の情を越えるものであることには、長らく気づかなかった。

「いつ気づいてしまったのか、自分でも分からないのよ。お兄さまと二人きりで雨宿りしたときかもしれないし、面白かった本について夜通し話していたときかもしれない。突然の雷に驚いてめまいを起こしたとき、お兄さまに抱きしめられて……これが恋だと知ったのかも。きっかけは何だったのか覚えていないけれど、自覚してからはつらいばかりだったわ」

「皇太子殿下もお悩みになったのでしょうね」

「ええ……そう聞いたわ。間違いを犯さないために、あえて私と距離を置いたのだと。私ったら、お兄さまの真意を察することもできずに、自分の恋心を抑えきれなくて……」

握りしめられた白いこぶしに、ぽたぽたと涙の雨が降る。

「叶わない恋だと分かっていた。たとえ心が通っても、いつかは想いを断ち切らなければならない日がくるって。懐和侯に嫁ぐのだから、お兄さまのことは忘れなくては……」

「忘れなくても、よいのではないですか?」

玉兎は蛍霞のそばに跪《ひざまず》いた。絹の手巾を差し出す。

「思い出として、御心の片隅にしまっておくという道もありますわ」

「因太監《たいかん》も同じことを言っていたわ。骨まで燃やし尽くすような激しい恋も、時が経てば、心を照らす灯になると」

「意外に詩的なことおっしゃるのですね。因太監にも叶わぬ恋の経験がおありなのかしら」

「かもしれないわね。後宮勤めが長いから」

誰だって一度は、報われない恋をするのかもしれない。

(……入宮を避けたわたくしさえも、叶わない恋をしているのだもの)

秀麒と玉兎は、夫婦でありながら夫婦ではない。おそらく、これから先もずっと。

「思い出にできるかしら」

蛍霞は手巾で目元を拭《ぬぐ》い、『翠雪香』の書衣《しょい》をそっと撫《な》でた。

「いいえ。もう思い出になっていますわ」

「……もう、なっている？」

「『翠雪香』がその証《あかし》です。これは皇太子殿下と蛍霞公主の物語。恋に限らず、すべての事柄は書き記されれば記録になります。お二人の恋はすでに双非龍が書き記しました。『翠雪香』が語るのは、お二人の恋に起こったかもしれない、もうひとつの結末。虚構ではありますが、蛍霞公主が頁《ページ》をめくるたびに、鮮やかに命を燃やします」

「小説が命を燃やすなんて、あなたこそ詩的なことを言うのね」

「事実ですもの。小説に命を吹きこむのは作者ですが、小説の命に火をつけるのは読者ですわ。誰かが夢中になり、胸を熱くし、涙を流すとき、小説は確かに生きているのです」

玉兎は『翠雪香』にのせられた蛍霞の手に自分の手を重ねた。

「思い出を抱いたまま、ご降嫁《こうか》なさいませ。因太監がおっしゃるように、いつの日かそれが、蛍霞公主の御心を照らす灯になるでしょう」

小説は所詮《しょせん》、作り事。ひとときの夢でしかなく、現実を変える力はない。けれども、その作り事こそが、悲しみに沈んだ人の心をときほぐすことができる。

「秀麒が目覚めたら、伝えてちょうだい」

蛍霞は玉兎の手をやんわりと握り返した。

「『翠雪香』、とても気に入ったわ。ありがとうって」

明後日には懐和侯に降嫁する公主の笑顔が、花火に照らされて美しく輝いていた。

「まあ、秀麒さま。お目覚めでしたの」

蛍霞が部屋を出ていくと、入れかわりに秀麒が寝間《ねま》から出てきた。すらりとした長身を包む金襴《きんらん》の上衣《うわぎ》には、珠と戯《たわむ》れる四匹の龍が織《お》り出されている。色彩豊かな天鵞絨錦《ビロードにしき》の外衣と相まって、持って生まれた麗《うるわ》しい容姿が貴《あて》やかに華やいでいた。

「君が出ていった辺りから起きていた」

蛍霞が座っていた長椅子《ながいす》に、秀麒は腰をおろした。

「姉上は『翠雪香』をお気に召してくださったようだな」

「はい。明後日には『翠雪香』とともに皇宮をご出立《しゅったつ》なさるそうですわ」

「私にできることは、せいぜいこれくらいか。他に方法がないとはいえ、歯がゆいものだな」

かすかに揺れる火影が優美な横顔に物憂《ものう》げな影を落とす。

「秀麒さまは十分に手を尽くされましたわ」

寝起きのために乱れた秀麒の結い髪を、玉兎は銀の櫛《くし》で整えた。

「あとはご婚儀を祝福するだけです。懐和侯は人品骨柄卑《じんぴつこつがらいや》しからぬ快男子。ご降嫁なさる蛍霞公主を天から授かった宝珠のように大切にしてくださるでしょう」

「……ずいぶん懐和侯を買っているんだな」

秀麒は不機嫌そうに眉をひそめた。

「君は懐和侯のような雄々《おお》しくて頼もしい男が好きなのか」

「なぜ急にそんなことをお尋ねになるのです？」

「別に深い意味はない。ただの雑談だ」

「すべての女人は頼もしい殿方《とのがた》が好きですわ」

「他の女人の気持ちなんかどうでもいい。私は君がどんな男を好むのか知りたいんだ」

射貫《いぬ》くような眼差《まなざ》しにどきりとして、玉兎は視線をそらした。

「どうしてそのようなことをお知りになりたいのでしょう？」

まるで玉兎に関心があるかのような言い方だ。彼は女人嫌いなのに。

「……もういい。宴席に戻るぞ。――益雁！　外套《がいとう》を持ってこい！」

秀麒が大声で呼ぶと、控えの間から武官の礼装に身を包んだ益雁が現れた。

「おやぁ？　もうお召し物を着こんでしまわれたんですか。寝物語はお済みになったんで？」

「ねっ、寝物語だと⁉　そんなことはしてない！」

「なあんだ。お二人で宴席を退座なさって臥室《しんしつ》に入ってしまわれたから、てっきりご夫婦の親《しん》睦《ぼく》を深めていらっしゃるのかと思ってたんですけどねえ」

「私は疲れてやすんでいただけだ！　妙な勘繰りをするな！」

「せっかく二人きりになったのに何もしてないとは……殿下、もしかしてやり方が分からないんですか？　あんなに勉強なさってたのに。必要なら、俺の愛読書をお貸ししますよ」

「おまえの愛読書は艶本《えんぽん》だろう！　いかがわしい本なんかいらない！」

「いかがわしいとは心外な。艶本は実用書ですよ。いろんな意味で」

もはや、おなじみになった親密な主従のやり取りが玉兎の胸にちくりと棘《とげ》を突き刺した。

（……秀麒さまは男の人がお好きなのかしら）

異性に恋情を抱けないということは、同性に恋情を感じるということだろうか。

（……ひょっとして、益雁どのと……）

振り返ってみれば、いくら主従とはいえ距離が近すぎる気がする。

食事時も、執筆中も、散歩中も、就寝中も、およそ益雁が秀麒のそばにいないということがない。女人嫌いの秀麒にとって、彼はそれほどに特別な存在なのだろうか。

「どうした、玉兎。具合でも悪いのか？」

玉兎が苦しげに眉をひそめていたせいか、秀麒が心配そうに駆け寄ってきた。

女人嫌いなら、もっと冷たくしてくれればいいのに。優しくされると勘違いしそうになる。

「花火を見逃してしまいましたわね」

管弦の調べは今もなお続いているが、花火の音は途絶えてしまった。

「花火なら、新年の宴《うたげ》で見ればいい」

秀麒は白貂《しろてん》の毛皮で縁取られた外套を玉兎に着せかけた。

「そうだ、危うく忘れるところだった」

再び益雁を呼び、何事か耳打ちする。二人の親しげな様子を見れば見るほど胸が重くなる。

しばらくして、益雁が螺鈿《らでん》細工の小箱を持って戻ってきた。

「すっかり遅くなってしまったが、私から君への誕生日の贈《おく》り物だ」

秀麒は小箱から白玉の腕輪を取り出した。月のかけらを削り出して作ったような腕輪だ。小さな菊の花が精緻《せいち》に彫りこまれ、金象嵌《ぞうがん》できらびやかに彩《いろど》られている。

「これを見るたび、九月九日を思い出してほしい」

秀麒が玉兎の左手首に白玉の腕輪をつけてくれる。

「君がいなければ、双非龍は生まれなかった。いわば君は、私の生みの親だ」

宴席の喧騒《けんそう》は消え去り、いまや秀麒の声しか聞こえない。

「菊見の宴で、私は君の誕生日を祝福すると言ったが、祝福だけではなく、感謝したい」

「……感謝？」

「君がこの世に生まれてきたことと、今日まで生きていてくれたことに」

かすかに歪む視界に、はにかむような笑顔がにじんだ。

「それから、君が——私に嫁《とつ》いでくれたことに。入宮《にゅうきゅう》を避けるためだったとしても、君が私との結婚を父上に申し出てくれたから、『金蘭伝』を書き上げられたし、作品の出版に踏み切ることができた。もし、君が私に嫁いでくれなければ、双非龍は生まれなかったし、私は稿本《こうほん》を途中で投げ出して『金蘭伝』は未完のままだっただろう」

私は飽きっぽいんだ、と秀麒はきまり悪そうに笑った。

「新作を書き始めても、すぐに飽きて放り出してしまう。書き始めた小説は山ほどあるが、書き上げた小説はほんの数作しかない。でも、君に読んでもらうようになってから、最後まで書けるようになった。君が続きを読ませろとしきりに急《せ》かすから」

「だって、非龍どのの小説は、続きが読みたくなるのですもの」

あたたかい気持ちがあふれてきて、言葉が途切れ途切れになる。

「君がそう言ってくれるから、ひとりで書いていたときよりも書くことが楽しいんだ」

秀麒は玉兎の左手を自分の掌《てのひら》で包んだ。

「私は君という人が生きていることが嬉しい。この腕輪はその証だ」

左手を包んでくれる確かなぬくもりが心にまで染みこんでいく。

入宮を避けるために嫁いできた事実ごと、秀麒は玉兎を受け入れてくれる。熱を帯びた感情が胸をつまらせ、目尻から涙がこぼれそうになった。

「こんな素敵な贈り物をいただいて……どのようにお礼をすればよいのでしょう」

「返礼は体で支払ってくれればいい」

「えっ……ど、どういう意味ですの……!?」

玉兎がどぎまぎすると、なぜか秀麒もおろおろした。

「なっ、なんだ今のは!?　そんな台詞《せりふ》を言った覚えはないぞ！」

「俺が殿下の心の声を代弁したんですよ」

　秀麒の後ろから益雁がひょいと顔を出す。

「なにが心の声だっ！　私の心情を捏造《ねつぞう》するな！」

「長い付き合いですから、殿下の御心はよーく分かってますよ。本当は宴席になんて戻りたくないんでしょう？　王妃さまと臥室に入って夫婦の契《ちぎ》りを結びたいんですよねぇ？」

「ふ、夫婦の契りのことなんか考えていない！」

「そうですわよね……。秀麒さまは女人《にょにん》嫌いですもの」

　秀麒に妻として求められることはないのだ。承知していても、心がきしむ。

「私は女人嫌いだが……君は例外だ」

「どうしてわたくしは例外なのです？」

「君のことが好きだからだ」

「益雁！　私の声色をまねるな！」

「別にいいじゃないですか。殿下の本音を言っただけなんですから」

「秀麒さまの……本音なのですか？　わたくしのことが……好き、というのは」

「違う！　いや、全然違うわけじゃないが、表現として適切ではないというか……」

「ごまかさずに、はっきり言っちゃいましょうよ。殿下は王妃さまのことが」

「おまえは外で待て！　私は玉兎と二人きりで話したいんだ！」

益雁を追い出した後、秀麒は若霖に目配せした。若霖は主人の意を悟って退室する。

二人きりになると、室内の静けさが際立《きわだ》つ。羞恥《しゅうち》のせいか、気まずさのせいか、互いに視線のやり場に困り、それぞれ下を向くことになってしまった。

「君が例外だと言ったのは……君のことを、好ましく思っているからだ」

好ましい、という単語が甘く響いた。

「たぶん……私が今まで出会ってきた女人の中で、一番好ましい」

「わたくしが一番？」

「君は従順じゃないし、人使いは荒いし、強引な女だが、どういうわけか……嫌いになれないんだ。ええと、つまり言い方を変えれば……私は君に好感を抱いている」

ふうわりと舞い上がりそうになった心が、にわかに重くなる。

「女人ではわたくしが一番なら、殿方で一番好ましい方は益雁どのですか？」

「冗談じゃない。あいつの好感度は後ろから二番目だぞ」

傷つくなあー、と扉の向こうから益雁の声が聞こえる。

「あえて一番を決めるなら来隼《らいしゅん》叔父上《おじうえ》かな。話しやすいし、趣味も合うし、境遇も似ている」

秀麒同様、整斗王も封土《ほうど》を持たない親王だ。

「整斗王ですか……。わたくしでは勝ち目がありませんわね」

「勝ち目？　何の話だ？」

「そ、そろそろ宴席に戻りましょう。主上《しゅじょう》に冬至《とうじ》のご挨拶《あいさつ》を申し上げなければ」

　彼と並んで歩き出し、ふと立ち止まる。左手首におさまった白玉の腕輪。金色の菊が燭火《しょっか》を弾くから、天女の装身具のようにきらきらと輝いている。

「本当に素敵な腕輪だわ」

「君は腕輪なんか腐るほど持っているだろう」

「これは特別ですわ。あなたにいただいた誕生日の贈り物ですから」

　玉兎が微笑《ほほえ》むと、秀麒も笑顔を返した。

「実は腕輪と髪飾りでかなり迷ったんだ。九月九日にちなんで菊の意匠《いしょう》にすることは決めていたんだが、髪飾りだと君自身は見られない。その点、腕輪なら……」

　秀麒の横顔に見入っていたせいか、部屋の敷居をまたぐ際、玉兎はうっかりつまずいた。体がぐらりと傾いて、秀麒に抱きつく格好になってしまう。

「……妙だな」

　玉兎を抱きとめた秀麒は熱っぽく囁《ささや》いた。

「冬至の夜だというのに、君を抱いていると春のようにあたたかい」

　どちらのものか分からない鼓動に耳を傾け、玉兎は彼の胸に頬《ほお》を寄せた。

「わたくしも……不思議な心地です。あなたの腕の中は春のようで」

　十一月末の真夜中。吐息が白く濁《にご》るほど外気は冷えているのに、少しも寒くない。

むしろ、熱いくらいだ。広い胸に埋めた顔が焼けるようで。

「殿下に王妃さま、抱き合うなら臥室の中のほうがいいですよ。いろいろとはかどるし」

「はっ、はかどる⁉　変な言い方をするな！」

益雁にからかわれ、秀麒は慌てて体を離した。慕わしい腕が離れてしまい、落胆《らくたん》する。

（……益雁どのって、いつもわたくしと秀麒さまの邪魔をしてくるわね）

いい雰囲気《ふんいき》になると必ず益雁が茶々《ちゃちゃ》を入れてくる。やはり、彼こそが恋敵《こいがたき》なのか。

「玉兎？　なんで益雁をじっと見ているんだ？」

益雁を睨《にら》んでいたせいか、秀麒に不審がられた。

「まさか君は、あんな男が好みなのか？　四六時中、艶本《えんぽん》を読んでいるようなやつが」

「誤解ですわ。益雁どのはわたくしの好みの殿方ではありません」

「じゃあ、どういう男が君の好みなんだ？」

真剣な表情で見つめられて、玉兎は火照《ほて》りが残る面《おもて》を伏せた。

あなたです、と――言えないのはきっと、聞きたくないからだ。この恋が、玻璃《はり》のようにもろく壊れてしまう音を。

第三回

生生世世　君を愛す

宮中には宴《うたげ》が絶えない。冬至《とうじ》の御宴が終われば、雪見の宴である。

宴席は瑠璃瓦《るりがわら》がふかれた金殿《きんでん》に用意された。開け放たれた格子窓《こうしまど》の向こうには、一面の銀世界が広がっている。可憐《かれん》な花をつけた蠟梅《ろうばい》は純白の薄絹をかぶって宵闇《よいやみ》に浮かび上がり、無数の雪灯籠《ゆきどうろう》がさながら星屑《ほしくず》を散らしたようにきらめき渡る。

金殿をぐるりと囲む回廊《かいろう》の一角で、秀麒《しゅうき》は雪染めの景色を眺めていた。百花《ひゃっか》文様の絨毯《じゅうたん》の上に立ち、銀象嵌《ぞうがん》で瑞獣《ずいじゅう》が表された欄干《らんかん》に腕を置き、七宝の絵灯籠に照らされながら、みじんも心が躍らない。

理由は分かっている。隣に玉兎《ぎょくと》がいないからだ。

（私も欠席すればよかったかな）

玉兎は今頃、王府の臥室《しんしつ》で眠っている。徹夜して新作の挿絵を描いていたせいで寝不足だったのだ。ふらふらしながらも皇宮に行こうとしていたので、王府に置いてきた。

（結局、玉兎の好みはどういう男なんだろう）

本人には「秘密ですわ」と笑顔ではぐらかされてしまった。玉兎と付き合いの長い若霖《じゃくりん》に尋ねてみても、「さあ、存じません」とまったく参考にならない答えしか返ってこなかった。

結婚当初は若霖を玉兎の恋人と疑ったが、彼女は女人《にょにん》だった。玉兎が善契《ぜんけい》と親しいのも、従兄妹《いとこ》同士だからで、それ以上ではない。どうやら現在、玉兎には好きな男がいないらしいのだ。ということは、夫婦として関係を進展させても支障はないということだ。

形だけの婚姻でいいと思っていたのに、この頃は彼女ともっと近づきたくなっている。作者と刊工《かんこう》という関係も好きだが、それだけでは物足りない。たくさん言葉を交わして、互いのことを深く知り合って――いつの日か、本物の夫婦になる。そんな未来も悪くないと考え始めていることに、我ながら驚いている。

飼い殺しにされるだけの人生だと思っていた。何もかも諦めていた。愚《ぐ》にもつかない小説を書きながら、ごくつぶしとして無為に老いていくのだと、やけになっていた。

けれど、玉兎が現れた。彼女は秀麒の小説を面白いと言ってくれた。出版するべきだと言ってくれた。ともに千里を駆ける物語を作らないかと誘ってくれた。

あの日から、何かが変わった。

やりたいことができた。次から次に書きたいものが出てきた。多くの小説を書いて世に送り出したくなった。屍《しかばね》のように惰性《だせい》で命を浪費するのではなく、自分にできる限りのことをしながら前を向いて歩いていきたい。誰かに生かされるのではなく、自らの意志で生きたい。どうせ生きるなら、何かを成し遂《と》げたい。

その名の通り、玉兎は夜陰を照らす月みたいな娘だ。彼女がそばにいてくれれば、秀麒の視界は光で満ち満ちる。長らく暗がりの中をさまよってきた反動だろうか、いったん明かりを見てしまうと、光に焦がれる気持ちを抑えきれなくなった。

胸に芽生《めば》えたこの想いを独《ひと》りよがりなもので終わらせたくない。彼女に好かれたい。だから知りたいのだ。玉兎がどんな男に心惹《ひ》かれるのか。知ったからといって、彼女の理想通りになれるとは限らないけれど、努力をしてみる価値はあるはずだ。

「久しぶりだな、秀麒」

物思いにふけっていると、今しがた階《きざはし》をのぼってきたばかりの洪列王に声をかけられた。

洪列王・高元炯《こうげんけい》は父帝の従弟《いとこ》で、秀麒の従弟叔父である。齢《よわい》三十三の筋骨隆々たる体軀《たいく》は、歴戦の勇士そのものだ。九梁冠《きゆうりようかん》をつけた礼装姿も堂に入《い》っている。

「叔父上、予定より早く帰京なさったのですね」

「彩媚《さいび》どのが早産したと聞いたので、いてもたってもいられなくなったんだ。俺が留守の間、おまえが見舞ってくれたそうだな。彩媚どのが喜んでいたぞ」

「思いのほか、お加減がよいようで安心しましたよ。小さな再従妹《またいとこ》も元気そうでした」

今年の五月から、洪列王は任国に赴《おもむ》いていた。来月帰る予定だったが、第三子を懐妊中だった王妃の祝《しゆく》彩媚が早産したと聞いて、帰京を早めたらしい。

　今月の初め、秀麒は洪列王妃を見舞った。洪列王夫妻とは、あまたの皇族の中でもとりわけ親しく付き合っている。十三年前、母に刺されて血まみれになっていた秀麒を救ってくれたのは、他ならぬ洪列王夫妻なのだ。朗らかで親しみやすい洪列王と、明るくたおやかな洪列王妃は秀麒の命の恩人であり、親代わりのような存在だった。

「見事な雪景色だ。彩娟どのも連れてきたかったが、まだ体が本調子ではないからな」

　体が本調子ではないため、洪列王妃は宴を欠席するそうだ。

「叔父上は洪列王妃がおそばにいらっしゃらないと寂しそうですね」

「寂しいとも。彩娟どのと離れていると、一日が千年のように感じる」

　大げさな、とかつては言い返していたが、今夜は黙っていた。

「念妃《ねんひ》はなぜ来ていないんだ？　具合でも悪いのか？」

「体調を崩して、王府でやすんでいるんです」

　単なる寝不足というわけにはいかないので、適当な言い訳をしておく。

「心配だな。太医《たいい》は何と？」

「大事ありません。疲れがたまっているだけですよ」

「ははあ、原因はおまえだな」

　洪列王は満面の笑みでうんうんとうなずいた。

「おまえの気持ちはよーく分かる。何を隠そう、俺もそうだった。彩娟どのと結ばれて間もない頃は、ついつい彩媚どのに無理をさせてしまったものだ」

「へえ、叔父上も小説の挿絵を叔母上にお任せになったことが?」

「は?　小説の挿絵?」

「……あ、いえ。他の話と勘違いしてしまいました」

ようやく言われている意味を悟り、秀麒は動揺《どうよう》をはぐらかした。

「新妻が可愛《かわい》くて仕方ないんだろうが、ほどほどにしておけ。婦人は男と違ってか弱いんだ。夫のほうはまだ物足りなくても、妻は疲れ果てているということもある」

「……肝《きも》に銘《めい》じておきます」

「しかし、感慨《かんがい》深いな。俺の腕にすっぽりおさまっていたおまえが一人前の男になり、妻を娶《めと》って子作りに励《はげ》むようになるとは。光陰矢のごとしだ」

洪列王はしみじみと言い、秀麒の肩をがっとつかんだ。

「懐妊が分かったら、真っ先に俺に知らせるんだぞ。祝いを持って駆けつけるからな」

「はあ……。当分、先のことですよ」

「もしかしたら今年中には朗報が聞けるかもしれない。あっ、今日臥《ふ》せっているというのも、懐妊の兆候じゃないか?　婦人は身籠《みご》ると疲れやすくなるぞ」

秀麒は苦笑いして、「太医に診《み》せておきます」と返事をした。

「何やら楽しそうな話をしているな」

「私たちも混ぜてちょうだい」

「太上皇陛下、皇太后陛下」

寄りそって階をのぼってきたのは、太上皇・高圭鷹《けいよう》と皇太后・栄鈴霞《えいりんか》だった。

太上皇は今上、崇成帝《すうせいてい》の父であり、秀麒の祖父だ。五十代半ばで譲位《じょうい》してからは皇宮内の錦河宮《きんがきゅう》に住まいを移し、皇太子時代から寵愛《ちょうあい》する栄鈴霞と余生を楽しんでいる。

「秀麒が新妻を可愛がりすぎていることについて、叱っていたんですよ」

洪列王が朗《ほが》らかな笑顔を向けると、太上皇はからからと笑った。

「自分のことを棚《たな》に上げてよく言う。おまえこそ、新妻を猫可愛がりしていたではないか。いや、違うな。今でもしている。おまえの愛妻家ぶりは宮中の語り草だぞ」

「伯父上に言われたくないな。栄太后さまを西王母《せいおうぼ》のように崇《あが》めていらっしゃるくせに」

「西王母そのものだとさえ思っている。六十年近く連れ添っているのに、美しさが少しも衰えないんだ。不老不死の霊薬を飲んでいるに違いない」

「いやだわ、圭鷹さまったら。私だってちゃんと年をとっていますよ」

絹団扇《きぬうちわ》で口元を隠して笑う栄太后は、七十を過ぎた老婦人だ。若かりし頃の美貌《びぼう》を思わせる面差《おもざ》しは年相応の歴史を刻んでいるものの、潑剌《はつらつ》とした輝きはいまだ消えていない。

「いつお目にかかっても、太上皇さまと栄太后さまは仲睦《なかむつ》まじくていらっしゃいますね」

秀麒は幾分の羨望《せんぼう》をこめて言った。

「おまえと念妃もだろう？　冬至除夜《とうじじょや》には二人で宴席を抜け出したと聞いたぞ」

「あれは……私が疲れていたからで」

「ごまかすことはないだろう。私にも覚えがある。皇太子時代を思い出すな。覚えているか、鈴霞。こっそり宴席を抜け出して、二人きりで花火を見物したことを」

「圭鷹さまは花火なんてちっともご覧になっていませんでしたよ」

「伯父上は伯母上《おばうえ》に見惚《みと》れるので手いっぱいだったんでしょう」

「その通りだ。雪景色の中で見る鈴霞は、千両の花火よりも輝いていた」

愛《いと》しげに微笑《ほほえ》み合う祖父と祖母が、秀麒の目にはいたくまぶしく映る。

（私と玉兎も……いつか、祖父上と祖母上のような夫婦になれるだろうか）

今はただ希望を持つことにしよう。いつの日か、心が通い合う夫婦になると。


雪にちなんだ歌舞音曲《かぶおんぎょく》、摩訶《まか》不思議な幻術、宮妓たちの雑劇《ざつげき》、国中から集められた山海珍味。宴《うたげ》の楽しみが出尽くす前に、秀麒は因太監《いんたいかん》に呼ばれて再び回廊《かいろう》に出た。

「こちらがご所望《しょもう》の書籍です」

「感謝する。これで新作用の資料がそろった」

次作は歴史小説にしようと思っている。参考になりそうな書籍を集めていたが、その中でも特に気になるものが司礼監の書庫にしかなかった。しかも司礼監掌印太監の許可がいるので、因太監に頼んでおいたのだ。

「次回作は前王朝が舞台なのですか？」

「前王朝末期の動乱を主題にしようと考えているんだ。沈みゆく王朝に生まれた皇子と、新時代を担《にな》うことになる将軍の愛娘《まなむすめ》が互いに……」

すっと血の気が引いていくのを感じた。

「……かまをかけたな」

「とんでもない。純粋な興味からお尋ねしたのですよ。新進気鋭の文士、双非龍《そうひりゅう》どのの新作を今か今かと楽しみにしておりますので」

因太監は年齢不詳の美貌に人好きのしそうな笑みを浮かべた。

（……東廠《とうしょう》だな）

東廠は第三代皇帝が創設した秘密警察である。

国内外のいたるところに密偵をもぐりこませ、不穏分子の摘発を目的に、市場の価格から城門ごとの通行者数、都の火災や民のささいなもめ事にまで監視の目を光らせている。

東廠の長は司礼監の次席宦官《かんがん》、秉筆《へいひつ》太監。司礼監の首たる因太監の耳に、東廠からの情報が入ってこないはずはない。

「貴公が知っているということは、父上もご存じなんだろうな？」

「この天下に主上《しゅじょう》がご存じないことはございません」

父帝も『金蘭伝《きんらんでん》』を読んだのだろうか。羞恥《しゅうち》がこみ上げてきて、秀麒は視線を伏せた。

「……父上は呆《あき》れていらっしゃっただろう」

「いいえ、大変お喜びでした。殿下がご自身の道を見出《みいだ》されたようだと」

「自分の道……?」

「恐れながら殿下は、親王としては難しい立場にいらっしゃいます。後ろ盾がなく、他の諸侯《しょこう》王と違って封土《ほうど》もお持ちでない。日ごろから主上はそれが気がかりだとおっしゃって、殿下がご自身の進むべき道を見出《みいだ》されるよう願っていらっしゃったのです」

皇位につく未来はない。皇族として政《まつりごと》にかかわる未来もない。しかし、だからといって、すべての可能性が閉ざされているわけではない。

(文筆家として後世に名を遺《のこ》す道があったか)

政の世界には何の功績も遺《い》せなくても、双非龍の作品がのちのちまで読み継がれるのなら、今まで罪人の子として生き恥《はじ》をさらしてきた甲斐《かい》があるというものだ。

「ひょっとして……玉兎を私にくださったのも、何らかの意図が?」

この天下に皇帝が知らないことはない。ならば父帝は、玉兎が入宮逃れのために巴享王《はきょうおう》に一目惚《ひとめぼ》れしたと偽ったことを承知の上で、秀麒に嫁《とつ》がせたのだろうか。

(……玉兎が刊工志望だったから?)

皇太子妃候補だった玉兎は、身上をつぶさに調査されている。彼女が何よりも印本を好み、刊工の仕事に憧れていたことは、父帝の知るところだろう。秀麒が手慰《てなぐさ》みに白話《はくわ》小説を書いていたことも父帝が知らないはずはないから、この婚姻はそもそも偶然ではなく――。

「男女の縁は月下老人《げっかろうじん》（縁結びの神）がお決めになることですよ」

因太監は意味深な微笑みを見せた後、蟒服《ぼうふく》の裾《すそ》を払ってうやうやしく暇乞《いとまご》いをした。

「貴公は宴に出ないのか？」

雪見の宴は、冬至の宴とは違って内輪の催《もよお》しだ。特別に皇帝からお声がかりがあった皇族や高官のみが出席を許される。父帝は因太監を重用しているから、雪見の宴にも顔を出すものと思っていたが、因太監は金殿から立ち去ろうとした。

「光栄にも主上にお招きいただきましたが」

月影が照らす雪景色を見やり、因太監は昔日《せきじつ》を懐かしむように目を細めた。

「あいにく、古傷が痛むので、今夜は御前を拝辞いたします」

「古傷？　怪我《けが》をしたことがあるのか？」

「昔のことです。寄る年波には勝てませんね。寒さがこたえます」

「年寄りくさいことを言うわりに、花街《かがい》では派手に遊んでいるそうだな」

妓女を題材にした第五作を書くため花街に取材に行ったとき、都で五本の指に入る名妓・向《しょう》嬌月《きょうげつ》に会った。彼女によれば、因太監が一晩で使う金子《きんす》は銀五百両を下らないとか。

「殿下もご一緒にいかがですか。曲酔《きょくすい》の門をくぐれば、天界の夢が見られますよ」

「わ、私は曲酔通いなどしない！」

「そうでしょうとも。殿下には、月にも勝る麗《うるわ》しい王妃さまがいらっしゃいますからね」

「貴公には妻妾がいないそうだな。女嫌いでもないのに、なぜ独り身でいるんだ？」

高級宦官ともなれば、都に豪邸を建てて大勢の美女を囲うのが通例だ。しかし、因太監が住まう京師《けいし》有数の大邸宅には、妻妾が一人もいないらしい。

「ずいぶん私にご興味がおありのようで」

「あるとも。貴公は光順帝《こうじゅんてい》、崇成帝に仕え、数々の政敵を蹴落《けお》としながら宦官の頂点にのぼりつめた陰の実力者だ。小説のネタになりそうな話をたくさん持っているだろう？」

「私の経歴をお知りになりたければ、敬事房《けいじぼう》の記録をご覧くださいませ」

敬事房は皇帝の夜の生活を管理する官府だ。宦官の人事もつかさどっている。

「記録に残っていないことが知りたいんだ。たとえば、若い頃の恋の話とか」

秀麒が携帯している筆と帳面を取り出すと、因太監は肩を揺らして笑った。

「小説のネタにされるのではたまりません。早々に退散いたしましょう」

「何の密談をしていたんだ？」

因太監を見送った秀麒は、後ろから声をかけられた。声の主は簡巡王《かんじゅんおう》・高垂峰《すいほう》だ。

金襴の上衣は四爪《しそう》の龍と五色の瑞雲《ずいうん》を織《お》り出したもの、朱赤の膝蔽《ひざおお》いは銀糸の刺繍《ししゅう》で縁取られたもの、天鵞絨《ビロード》の外套《がいとう》は黒貂《くろてん》の毛皮で裏打ちされたもの。九梁冠をかぶり、獅子の佩玉《はいぎょく》を腰帯からさげた美麗な礼装姿で、煙管《きせる》を片手に紫煙《しえん》をくゆらせていた。

「親王ともあろう御方が盗み聞きですか」

「気になったんだよ。司礼監の長とごくつぶしの六皇子に共通の話題があったかなと」

気だるそうに紫煙を吐き、垂峰は端整な目元に嘲笑《ちょうしょう》をにじませた。

毎度のことながら、いやみな兄だ。益雁《えきがん》よりも好感度が低い人物とはまさに彼である。

垂峰は会うたびに秀麒を貶《おとし》める。子どもの頃から、足を引っかけられて転ばされたり、公《おおやけ》の場で恥をかかされたり、持ち物を隠されたり、卑劣《ひれつ》な嘘で騙《だま》されて嘲笑《あざわら》われたりしてきた。整斗王から贈られた白鸚鵡《しろおうむ》を殺したのも次兄の仕業《しわざ》に違いない。

だが、秀麒自身が殴《なぐ》られたり、毒を盛られたりしたことはない。それは垂峰が弟に一抹《いちまつ》の情を抱いているからではなく、単に事を荒立てたくないからだ。秀麒の命を脅《おびや》かす事件が起きれば、父帝が手出ししてくる。だからこそ、垂峰のいやがらせはささやかで、くだらなくて、陰湿で、そのくせ秀麒を苛立《いらだ》たせるには十分すぎるほど効果的なのだ。

「ただの世間話ですよ」

「世間話？　念妃のことを話していたようだったが？」

「いずれにせよ、垂峰兄上にお聞かせするほどのことではありません」

「念妃の話題なら、俺も混ぜてほしかったな。とっておきの話を持っていたのに」

「残念でしたね。では、私は宴席に戻ります」

一礼して踵《きびす》を返そうとすると、垂峰に右腕をつかまれた。反射的に振り払おうとすれば、いっそう強くつかまれる。鈍い痛みがじくじくと肩の古傷を疼かせた。

「念妃が今どこにいるか知っているか?」

「王府にいますよ」

「哀れだな。娶《めと》ったばかりの妻に騙されるとは」

垂峰は小ばかにしたふうに鼻先で笑った。

「参内《さんだい》する道すがら、鶯水観《おうすいかん》の近くで男と親しげに話す念妃を見たぞ」

「玉兎は王府でやすんでいるはずですが、もし出かけたのなら、護衛の侍女《じじょ》を連れて行ったんでしょう。侍女の若霖はいつも男装していますので、男と見間違えられたのかと」

「あれが男装した女だと?　武骨な男だったぞ。元炯叔父上《おじうえ》くらいの背丈で、武人のような屈強そうな体つきをしていた」

方午亮《ほうごりょう》の顔が思い浮かんだ。束夢堂《そくぼうどう》で何かあったのだろうか。

「おそらく、私の知り合いです。急用ができたんでしょう」

「やけにのんきじゃないか。新妻が男と密会していたというのに」

「ですから、相手は私も知っている者で」

「二人は抱き合っていた。はた目には恋人にしか見えなかったよ」

「ばかな。いかがわしい仲ではありませんよ。友人です」

「友人が抱き合って口づけするか？」

冷笑まじりの声音《こわね》が耳に突き刺さった。

「おまえが不憫《ふびん》でならないよ。ふしだらな妻を持つと苦労するな」

「何かの間違いです。玉兎はふしだらな女人《にょにん》ではありません」

「ごくつぶしの六皇子に進んで嫁いできた変わり者だ。まともではないだろうよ。大方、恋人と密通し続けるためにおまえと結婚したんじゃないのか？　皇太子妃になれば、気軽に出歩けなくなる。おまえの妃なら密会し放題だ。巴享王妃の不貞《ふてい》など、話題にもならないからな」

でたらめだ。玉兎は王府でやすんでいる。男と密会などしていない。

「念玉兎は立派なあばずれだよ。今頃は愛しい男と褥《しとね》をあたためている最中だろう」

「憶測で玉兎を貶めないでいただきたい」

湧き起こった激情を堪《こら》えつつ、秀麒は兄の手を振り払った。

「因果《いんが》なものだな。おまえの母親も、入宮前に恋人がいた。しかも息子までもうけていたそうじゃないか。おまえにとっては異父兄か。異父兄。野蛮《やばん》な響きの言葉だ」

「兄上、宴の席でそのようなお話は」

「隠すことはないだろう？　宮中の誰もが知っている事実さ。おまえの母親はすでに夫と子がある身でありながら、生娘《きむすめ》と偽って入宮した。生まれながらに身持ちの悪い女だったんだ。入宮が決まっていたのに、自ら望んでならず者に身を任せたんだから。そう考えると、おまえだって本当に皇子なのか怪しいな。淫婦《いんぷ》の子は父親の名を知らぬと、昔から――」

「口を慎《つつし》んでいただきたい」

秀麒は左手で力任せに兄の胸ぐらをつかんだ。

「今の発言は父上への侮辱《ぶじょく》とも取れます」

怒鳴らなかったのは奇跡だ。煮え滾《たぎ》る感情がずたずたに喉《のど》を引き裂いているのに。

「父上を侮辱するなど恐れ多い。俺はおまえを哀れんでいるんだよ。母親が姦婦であるだけでなく、妃まであばずれとはね。気の毒で見ていられないな」

秀麒が右のこぶしを振り上げると、垂峰は面白がるように肩をすくめた。

「不幸な弟に同情する兄を殴ろうというのか？　いいだろう。それでおまえのみじめな気持ちが少しでも和《やわ》らぐのなら、役立たずの右手で兄を殴るがいい」

振り上げた右手が小刻みに震えた。突き上げるような激憤とわずかな分別《ふんべつ》がせめぎ合う。

「どうした？　おまえはごくつぶしであるだけでなく、意気地なしなのか？」

安っぽい挑発だ。乗ってやるな、冷静になれと、もう一人の自分が言う。

「腑抜《ふぬ》けめ。そんなざまだから、妻を寝取られるんだよ」

垂峰は口元を歪めた。侮蔑《ぶべつ》もあらわに。

「十三年前、なんで栄氏はおまえを一思いに殺してしまわなかったんだろうな？　あのときと

どめを刺しておいてくれれば、ここまで不様に生《い》き恥《はじ》をさらすこともなかったのに」

憤激《ふんげき》が大きく脈打ち、なけなしの理性が吹き飛んだ。

「――それくらいにしておけ」

垂峰の顔面に叩きつけようとしたこぶしを、誰かに力強くつかまれた。そちらを見ると、整斗王・高来隼が呆《あき》れたような面持《おもも》ちをしていた。

「お互い、餓鬼《がき》じゃないんだ。時と場所をわきまえろ」

整斗王は静謐《せいひつ》な目で二人を交互に睨《にら》む。垂峰はわざとらしく困り顔を作った。

「世間話をしていたら、いきなり秀麒がつかみかかってきたんですよ」

「話なら宴席ですればいいだろう。それとも、みなに聞かれてはまずい話題だったのか？　まさかとは思うが、主上《しゅじょう》を侮辱する話をしていたんじゃないだろうな？」

「滅相《めっそう》もない。尊敬する父上を侮辱するなど、決してありえません」

「不敬罪《ふけいざい》が皇族にも適用されることを知っているならば結構。さて、俺はこれから秀麒と書物を肴《さかな》に美酒を酌《く》み交わそうと思うんだが、垂峰、おまえも参加するか？」

「せっかくですが、遠慮します。俺はお二人ほど書物に造詣《ぞうけい》が深くありませんので」

垂峰が慇懃《いんぎん》に一礼して宴席に戻っていく。整斗王はその背中を鋭く見やった。

「やつの腐った性根は母親譲《ゆず》りだ。いちいち相手にするなよ、秀麒」

「ご忠告痛み入ります、来隼叔父上」

秀麒は両手を握りしめた。行き場をなくした憤怒《ふんぬ》が骨ごと焼き尽くそうとしている。

「止めてくださってありがとうございました」

父帝の宴席で騒動を起こせば厳罰を受ける。整斗王が止めてくれなかったら危なかった。

「皇族ほど窮屈《きゅうくつ》なものはいない。市井《しせい》には挨拶《あいさつ》代わりに殴り合う兄弟もいるのにな」

整斗王は煙管《きせる》をくわえ、苦笑とともに紫煙《しえん》を吐く。

「憂《う》さ晴らしに飲みなおそう。新作の構想について聞かせてくれ」

「申し訳ありませんが、そろそろ父上に暇乞《いとまご》いをしなければ」

「まだいいじゃないか。宴は始まったばかりだぞ」

「宴席で垂峰兄上の顔を見ると、何かしでかしてしまいそうなので帰ります」

一言でも毒を吐かれたら、今度こそ殴りかかってしまうだろう。

「そうか。じゃあ、新作についてはまたの機会でいい。王妃によろしくな」

整斗王と別れ、秀麒は父帝に暇乞いをして金殿をあとにした。

十二月朔日《さくじつ》の夜。辺りはしんしんと冷え、真珠《しんじゅ》を砕《くだ》いたような粉雪がちらついている。

「あーあ。残念だなあ。これから宮妓たちの雑劇が始まるってのに」

ぶうぶう文句を垂れる益雁を無視して、雪灯籠が照らす小道を足早に進んでいく。

『十三年前、なんで栄氏はおまえを一思いに殺してしまわなかったんだろうな？』

垂峰の悪罵《あくば》が毒気をまき散らしながら耳元で胎動《たいどう》する。

「銀蓉《ぎんよう》公主の月琴《げっきん》も、春娥《しゅんが》公主の歌声も聞きそびれたし、雨香《うか》公主の舞も拝み損ねて――殿下、いきなり立ち止まらないでくださいよ。ぶつかるところでしたよ」

ぼんやりと光る雪灯籠が照らし出す小道。それはさながら冥府への下り坂のようだ。

「宴席に戻るんですか？　よかった、殿下も公主さまたちをご覧になりたいんですね」

「李貴妃《りきひ》さまにお預けしているものを受け取りに行くんだ」

「へえ、李貴妃さま？　いったい何をお預けしているんで？」

外套《がいとう》の裾《すそ》をひるがえした秀麒を、益雁が追いかけてくる。

「罪人の遺書だ」

「秀麒さまがお帰りになったの？　では、おやすみのご挨拶をしなければね」

若霖の手を借りて、玉兎は牀榻《しんだい》から出た。夜着の上に外套をはおって臥室《しんしつ》をあとにする。益雁が秀麒は内院《なかにわ》にいるというので、そちらに足を運んだ。

先代の巴享王が派手好みだったため、巴享王府は装飾過多である。

反り返った屋根では金塗りの霊鳥が両翼を広げ、梁《はり》という梁は極彩色《ごくさいしき》の神仙図で埋め尽くされており、回廊《かいろう》の欄干《らんかん》は最高級の香木で作られ、漏窓《ろうそう》には珠玉がちりばめられている。内院には白水晶の瑞獣や紅玉の馬、奇岩怪石《きがんかいせき》の築山《つきやま》、湖と見紛《みまが》う大きな池には宝船《ほうせん》（大型船）をかたどった石舫《せきぼう》や蓬莱仙島《ほうらいせんとう》を模した浮島、紫微宮《しびきゅう》にかかる虹のような太鼓橋《たいこばし》……。贅沢《ぜいたく》の限りを尽くしながら、雑然とした印象がぬぐえないこの王府も、粉雪の化粧《けしょう》がほどこされると、喪服《もふく》をまとった寡婦《かふ》のようにつややかな静けさに包まれる。

時刻は深更。月は中天にのぼり、かすかな衣擦《きぬず》れの音以外は何も聞こえない。

「秀麒さま、こちらにいらっしゃったのですね」

池にかかる太鼓橋の上に秀麒を見つけた。秀麒は黒貂《くろてん》で縁取られた天鵞絨《ビロード》の外套をはおっている。九梁冠をかぶった礼装姿のままだ。

「湯浴みの支度《したく》が整っておりますわ。お部屋にお入りくださいませ」

寒緋桜《かんひざくら》が描かれた油紙傘《ゆしがさ》をさして太鼓橋を渡り、秀麒の隣に並ぶ。

「宴はいかがでしたか？　銀蓉公主の月琴の演奏はお聴きになりまして？　雨香公主の舞も素晴らしかったのでしょうね。わたくしも行きたかったわ。そういえば……」

秀麒は何も言わない。整った横顔からは表情が削《そ》ぎ落ちている。奇妙だ。いつも素直に不機嫌を面《おもて》に出す彼から、感情が読み取れないなんて。

「宴で何事かありましたか？」

答える代わりに、秀麒は一通の文《ふみ》を差し出した。

「母の遺書だ」

「栄氏の……？　何と記されていたのです？」

「読んでみればいい」

秀麒がそれきり黙るので、玉兎は雪明かりを頼りに文を読んだ。

栄玉環《ぎょくかん》は後宮の獄舎《ごくしゃ》で毒酒を賜《たまわ》ったと聞いている。これは獄中で書いた文だろう。死を目前にした者の手蹟《て》とは思えないほど、清らかな筆運びだった。

文の中で、栄氏は私怨《しえん》のために秀麒に刃を振るったことを詫《わ》び、冷血な母を恨み憎んでもかまわないから、己の生き方を見つけて幸せに暮らしてほしいと書きつづっていた。

「いっそ私が憎かったから殺そうとしたと言われたほうがましだ」

独り言めいた言葉が夜風に触れて白く濁った。

「母にとって、私は道具にすぎなかった。皇族殺しという大罪を犯すために、一番手ごろだったから私を標的に選んだ。ただそれだけだ」

粉雪は降り続ける。地上のすべてを覆《おお》い尽くすように。

「十三のとき、母の事情を父上から聞いて――頭に血がのぼった。手当たりしだいに花瓶《かびん》や茶杯《ゆのみ》を叩き割った。屛風《びょうぶ》を突き飛ばし、筆や硯《すずり》を投げ捨て、剣を振り回して内院の花を切り刻んだ。炎のような怒りに全身を焼かれていた。私は母に利用されるために生まれてきたのかと。このまま激情の炎で焼け死ぬんじゃないかと思ったほどだ」

欄干に置かれた手に雪片が落ちては消える。

「しかし今は……何もない。憤《いきどお》りも恨みも憎しみも……感じない。あるのは疑問だけだ」

秀麒は抑揚《よくよう》に乏《とぼ》しい声で続けた。

「私を踏み台にして本懐を遂《と》げた女が、なぜ私の幸せを願う？　目的のために道具として使い捨てたくせに、私の未来をめちゃくちゃにしたくせに、今更幸せに暮らせだと？　どんなつもりでそんな戯言《ざれごと》を書き遺《のこ》したんだ？　自分は復讐《ふくしゅう》を果たして満足したから、死にぞこないの息子のことを思い出して哀れんだのか？　刑死する前に母親らしいことをしようとしたのか？　いったい何のために？　すがすがしい気持ちで冥府《めいふ》へ旅立つためか？」

黙りこくった夜陰が凍える吐息を咀嚼《そしゃく》する。

「少しでも私を哀れんでいるというなら、なぜ一思いに殺してくれなかったんだ。あのとき、とどめを刺してくれていれば、私は死にぞこないの皇子にならずに済んだのに。ごくつぶしの六皇子と呼ばれることもなかったのに。なぜ右肩を刺したんだ。なぜ左胸を刺してくれなかった。あのとき、息の根を止めてくれていれば、私は無駄に生きずに済んだのに、なぜ」

言葉が途絶えた。秀麒は暗い夜空と同じ色に染まった水面を見ている。

否《いな》、本当は何も見ていない。底なしの虚《うつ》ろ以外のものは、何も。

（秀麒さまは栄氏を憎んでいらっしゃった）

憎まなければならなかった。死にぞこないの皇子と揶揄《やゆ》されながら、宮中で生きのびるために。さもなければ、とうに悲しみの淵《ふち》に引きずりこまれていただろう。

（なのに、栄氏の文は今までの憎悪を根底から覆《くつがえ》した）

鬼籍《きせき》の人となった栄氏は秀麒の幸せを願っている。普通の母親みたいに。秀麒は途方に暮れているのだ。母を恨む理由が――自分の生の根源がぐらついてしまって。

栄氏を憎むことで存在してきた彼は、栄氏を憎まずに生きるすべを知らない。ゆえに、放心している。さながら亡霊のように立ち尽くしている。恐怖がこみ上げてきた。膝が笑い、傘を持つ手が震えた。不自然に明るい薄闇が秀麒をのみこんでしまいそうで。

「……どこへも行かないでください」

油紙傘《ゆしがさ》を放って、玉兎は秀麒に抱きついた。彼の体は確かにここにあるのに、中身はがらんどうだ。衣服越しに伝わるぬくもりさえ、消えかかった蠟燭《ろうそく》のように頼りない。

「どこへ行くというんだ？　都の外城から一歩も出られない私が、いったいどこへ？」

嘲笑《ちょうしょう》まじりの声音《こわね》。それは彼の喉《のど》を引き裂いて発せられたかのように痛ましい。

「恐ろしいのです。秀麒さまが、今にも九泉《きゅうせん》へ下っていってしまいそうだから……」

栄氏には復讐せざるを得ない理由があった。愛する夫と息子を無残に奪われたのだ。

しかし、秀麒のあずかり知らぬことだった。栄堂宴が栄氏の夫と息子を殺《あや》めたとき、秀麒は生まれていなかった。栄氏の怨憎とは無関係だったのに、白刃は彼に向けられた。

（栄氏に刺されたとき、秀麒さまは極度の混乱に襲われたはずだわ）

事件当時、栄氏は秀麒を連れて舟遊びをしていた。

秀麒はその冬で五歳になるという年頃。母に背中を向けて、水面をのぞきこんでいた。そこにはわずかな警戒も不信もなかった。彼は栄氏を心から信頼していた。なぜなら、彼女は彼の母親だから。実の母に刃を向けられることなど、想像もできなかっただろう。栄氏の白い手が短刀を振り下ろし、秀麒の衣服が鮮血で真っ赤に染まる瞬間までは。

刺された直後さえ、彼は恐怖を認識できなかったかもしれない。

彼に襲いかかったのは激痛と衝撃と困惑、そして胸がつぶれるような悲傷。自分を慈《いつく》しんでくれるはずの人から敵意を向けられたときの哀絶は、いかばかりであったか。

「私が九泉へ行けば、君は悲しむか?」

「そんなこと、考えたくもありませんわ。秀麒さまがいなくなるなんて……」

「やけにいじらしいな。まるで私を恋しがっているみたいじゃないか」

「……恋しがってはいけませんか?」

秀麒を現世につなぎとめたくて、玉兎は夫にしがみつく手に力をこめた。

「はじまりは入宮逃れのための婚姻でした。形だけの結婚で十分だと思っていましたの。妻の務めを果たして、人前で夫婦を演じていれば事足りると。でも今は……それではいやです」

言ってはいけない。恋情を口にしてはいけない。どうせ受け入れてはもらえないのだから、心の奥底に隠しておかなければ。そう思うのに、恋い焦がれる気持ちを止められない。

「わたくし……秀麒さまの妻になりたいのです。形だけではなくて……」

「白々しい」

吐き捨てるように言い、秀麒は玉兎を振り払った。

「不貞《ふてい》を働いているくせに、私を好いているようなふりなどするな」

「不貞？　何のことですの？」

「鴬水観の近くで男と会っていたと聞いたぞ。疲れている様子だったから宴《うたげ》には連れて行かなかったのに、君は男と密会するために王府に残ったんだな」

「鶯水観なんて行っていませんわ。今日は王府から一歩も外に出ていないのです」

「嘘をつくな。君には恋人がいるんだ。私の目を盗んで何度も密会していたんだろう」

「わたくしが外出していないことは、王府の者にお尋ねくだされば分かりますわ」

「自信があるんだな。その分だと、とっくに口を封じているんだろう」

「本当に出かけていないのです！」

「不義を咎《とが》めはしない。私たちは形だけの夫婦だからな。密会でもなんでも好きにしろ」

秀麒は冷ややかに言い捨てた。外套《がいとう》の裾《すそ》を払って、速足で太鼓橋をおりていく。玉兎は反射的に彼を追いかけた。行く手に立ちふさがり、外套を脱ぎ捨てる。

「そこをどけ。もう話すことなどない。私は……おい！　何をしている⁉」

玉兎が夜着の合わせ目を開こうとすると、秀麒がうろたえた。

「王府の使用人の証言が信頼できないとおっしゃるなら、わたくしの体を調べてください。この体が殿方《とのがた》に身を任せているかどうか、素肌を見て調べていただきたいのです」

全身の血が煮え滾《たぎ》っている。怒りのせいか、悲しみのせいか。

「ばかなまねはよせ」

秀麒が外套を拾ってむき出しの肩に着せかける。玉兎は彼の手を振り払った。

「いいえ、やめませんわ。秀麒さまがわたくしの潔白を信じてくださるまでは」

夜着の袖《そで》を肘までおろしてあらわになった両肩が、氷の夜風にさらされる。皮膚《ひふ》を突き刺す寒さはつらいけれど、四肢《しし》が引き裂かれるような切なさはそれ以上だ。

知らなかった。恋しい人に信じてもらえないことが、こんなにも苦しいなんて。

「わたくしが殿方と共寝《ともね》したのは、婚礼の夜が最初で最後です。あの夜、何もなかったことは、秀麒さまが一番よくご存じでしょう。わたくしの体は今も、嫁《とつ》いだ日のままですわ。お疑いなら、太医《たいい》をお召しになって隅々まで検《あらた》めてくださいませ。わたくしには後ろ暗いところなどございません。他の殿方に肌を許すはずがありません。だって、わたくしは……」

想いが強すぎて言葉が続かない。涙ばかりがはらはらとあふれて頬《ほお》を濡らす。

どうしたら信じてもらえるのだろう。どうしたら心が通じるのだろう。考えても考えても分からなくて、涙に溺《おぼ》れた瞳で一心に秀麒を見つめ続けることしかできなかった。

「玉兎、もういい」

秀麒は表情を緩《ゆる》めた。あたたかい両腕で玉兎を包んでくれる。

「君の言い分は分かった」

「わたくしを信じてくださいますの？」

「ああ、君を信じる」

玉兎の髪に鼻先をうずめ、秀麒が疲れ果てたようにつぶやいた。

「私がどうかしていた。垂峰兄上の戯言を真に受けるなんて」

「簡巡王がおっしゃったのですか？　わたくしが不貞を働いていると？」

「垂峰兄上はたちの悪い嘘でしょっちゅう私をからかうんだ。子どもの頃からずっとだ。父上が私の食事に毒を盛っているとか、益雁が私を殺す機会を狙っているとか、来隼叔父上《おじうえ》が私を恨んでいるとか、善契兄上が私を疎《うと》んじているとか……」

「全部でたらめですわ」

そうだな、と秀麒は玉兎を抱く腕に力をこめた。

「私は弱い人間だ……。嘘だと分かっていても、心がざわめいてしまう。信頼が簡単に揺らいでしまうんだ。きっと、本心では誰も信じていないからだな。誰もかれもを疑ってかかっている。信じることが怖いんだ。裏切られたときの絶望が……骨身にしみているから」

彼は実の母に殺されかけた。母の腕の中こそが、この世で最も安全な場所であるはずなのに。安全な場所などなかった。常に恐怖の中にいた。生きた心地もしなかっただろう。自分に微笑《ほほえ》みかけてくれる人が、今にも悪鬼羅刹に変貌しそうで。

（……信じてほしいと願うことは、秀麒さまにとって重荷なんだわ）

信じていると言いながら、その実、半信半疑だろう。それは彼が不実だからではなく、幼き日に負った古傷がいまだ癒《い》えていないからだ。

「信じることを恐れていらっしゃるなら、無理をして信じなくてよいですわ」

厚手の外套を着こんでいるのに、秀麒はとても寒そうだった。少しでも体温を分けてあげたくて、玉兎は彼の背中に目いっぱい腕を回した。

「その代わり、疑いが生じたときは、納得なさるまで調べてください。たった一人の話だけでなく、多くの者から話をお聞きになって、真実を見極めていただきたいのです」

「今回の件でそんなことをしたら、君を傷つけてしまう」

「調べられて傷ついたりしませんわ。疑いが晴れること──秀麒さまの御心が晴れることこそが、わたくしの望みなのですもの」

「……君は強いな」

感嘆《かんたん》するふうに言い、秀麒は自分の外套を脱いで玉兎の体をすっぽりと包んだ。

「君が許してくれるなら、あとで家令と侍女《じじょ》に確認してみる。その必要はないだろうが」

「ぜひそうしてくださいませ。疑惑がなくなれば、わたくしもすっきりしますわ」

少しずつでいい。誰かを信じることを、思い出してほしい。何度疑われてもいいから、どれほど時間がかかってもいいから、ともに信じ合う関係を築いていきたい。

「いつまでも立ち話していたら、風邪《かぜ》をひいてしまう。部屋に入ってあたたまろう」

秀麒は足元に落ちていた玉兎の外套を拾った。どちらともなく手をつないで回廊《かいろう》に向かう。並んで歩く。ただそれだけのことが、ひどく愛《いと》おしい。

「栄氏がどのようなつもりであなたの右肩を刺したのか、分かりませんが――」

玉兎は雪明かりに濡れる秀麒の横顔を見上げた。

「心から感謝いたしますわ。わたくしの未来の夫を生かしてくださったことに」

栄氏は鬼女だった。なれど、骨の髄《ずい》まで鬼女にはなりきれなかった。

秀麒を復讐《ふくしゅう》の道具として使い捨てるつもりなら、殺してもかまわなかったはず。わざわざ急所を外したのは、なぜなのか。彼女にも母の情があったからではないのか。愛しい男となした子ではないとはいえ、とどめを刺すことをためらわせる何かが、そこにはあったのだ。

「いつの日か、私が母に感謝することがあるのなら――」

彼の手のぬくもりを意識すると、安堵《あんど》がこみあげてくる。彼はもう、がらんどうではない。

「私をごくつぶしの六皇子にしてくれたことに対してだろうな」

「なぜですか？」

「ごくつぶしの六皇子になったからこそ、君が私を後宮からの避難先に選んでくれた」

「避難先だなんて……意地悪なおっしゃりよう」

「言葉は悪いが、事実だろう？　君は後宮に入りたくなくて私に嫁いできた。私が皇位から最も遠い皇子だから。誤解しないでくれ。責めているわけじゃないんだ」

秀麒は玉兎の手を口元に引き寄せた。冷たくなった皮膚にそっと唇を押し当てる。

「君が私を選んでくれたことが誇らしい。まるで月を手に入れたかのようだ」

焼けるような熱が肌を伝い、心臓が早鐘を打って、頬に朱がのぼった。

「……あ、愛の告白のようなことをおっしゃるのね」

玉兎はどぎまぎした。高鳴り続ける胸を外套の上から押さえる。

「ような、じゃないぞ。実際、愛の告白だ」

「えっ⁉　まさか⁉」

「まさかってなんだ。私が君に恋を打ち明けてはおかしいのか」

秀麒は気恥ずかしそうにそっぽを向いた。寒さのせいか、彼の頬も赤らんでいる。

「で、でも……秀麒さまは殿方にしか恋情を抱かないのでは？」

「は⁉」

「だって、女人《にょにん》嫌いだとおっしゃっていたではありませんか。女人嫌いということは、男の人がお好きということでしょう？　秀麒さまは益雁どのと特別に親密でいらっしゃるから、わたくし、てっきりお二人は恋仲なのかと思っておりましたわ」

「私と益雁が恋仲だと⁉　勘弁してくれ！」

秀麒は人生の無情を嘆《なげ》くかのように回廊の格天井《ごうてんじょう》を振り仰《あお》いだ。

「益雁どのは秀麒さまの恋人ではないのですか？」

「ない!! 言っておくが、女人嫌いと男色は同義じゃないぞ!」

「まあ、そうでしたの。では、秀麒さまは男色家ではないのですね?」

「当たり前だ!! もし私が男色家だったら、君を好きになったりしない」

突然、明言されて、玉兎は目をぱちくりさせた。

「……秀麒さまは、わたくしを好いてくださっているのですか?」

「さっきからそう言ってるだろう」

回廊の途中で立ち止まり、秀麒はこちらを向いて襟《えり》を正した。

「私は君が好きだ。言うまでもなく、女人としてだぞ。いつか、君と本当の夫婦になりたいと思っている。もちろん、無理強《じ》いするつもりはない。君のことが好きだからといって、いきなり襲いかかったりはしないから、安心していてくれ。夫婦になるのは、君が私を受け入れる気になったときでいい。急ぐことではないし、無理強いするつもりは……これはすでに言ったな。君が私を受け入れる気になった……これも繰り返しになるな。ええと、つまり……」

もごもごと口ごもる秀麒に、玉兎は思いきり抱きついた。

「わたくしもあなたが好きですわ」

「……私の作品が、という意味なら――」

「作品も好きですが、秀麒さまご自身も好きです」

「ひとつだけを選べと言ったら、どちらを選ぶ? たとえば、双非龍の稿本《こうほん》と私が炎の海の中に倒れていたら、どちらを先に助けるんだ？」

「迷わず秀麒さまを助けますわ」

恋しい夫の腕に抱かれたまま、玉兎は微笑んだ。

「稿本はまた書いていただくことができますが、秀麒さまはおひとりだけですもの」

「私が生きてさえいれば、君はいくらでも稿本を書かせることができるからな」

「そういうことですわ」

微笑み合うと、胸がぽかぽかしてくる。恋とはかくも、あたたかいものなのだろうか。

「私は君が好きで、君は私が好きなんだな」

「はい」

「……言いかえれば、私たちは互いに想い合っているということか？」

「そう……ですわね」

改めて確認してみると、恥ずかしさで頬がかあっと熱くなった。

「……部屋に行こう。あっ、今のは変な意味じゃないからな！　やすもうと言っただけで」

「え、ええ、分かっていますわ。それぞれの部屋でやすむのですよね？」

「その通りだ。別々の臥室《しんしつ》で、各自の牀榻《しんだい》で、睡眠をとる。今までと何も変わらない」

秀麒も顔を赤らめてへどもどしている。

「なーにが今までと変わらないですか」

何の前触れもなく、左手側の円柱の陰から益雁がぬっと現れた。

「今夜は寝かさないとかなんとか言えないいんですかねー」

「寝かさない？　玉兎の睡眠を妨害して私に何の得が——そ、そんなこと言うかバカ！」

途中で意味が分かったらしく、秀麒は早口で言い返した。

「お嬢さまもお嬢さまです。それぞれの部屋でやすむなんて、おかしいですよ」

右手側の円柱の陰から出てきたのは、若霖だった。

「心を通じ合わせた二人はその夜、雲雨《うんう》の情を交わすのが恋愛小説の定番ですのに」

「若霖まで！　そんなところで何してるの⁉」

「お二人の床入《とこい》りを見届けようと益雁どのに誘われたので」

「とっ、床入りなど、まだ早い！」

「遅すぎるくらいですよ、殿下。婚儀からすでに半年経ってるんですから」

「た、確かに、そろそろ……頃合いかもしれませんが、こ、今夜は支度《したく》ができていませんわ。湯浴みをしていませんし、寝化粧《ねげしょう》もしていないので……」

「そ、そうだな！　女人にはいろいろと支度がいる。おいそれとは同衾《どうきん》できない」

秀麒がほっとしたふうに言うので、玉兎は不安になった。

「……もしかして、秀麒さまはわたくしと共寝なさりたくないのですか？」

「なっ、何を言う！　したいに決まっているだろう！」

大声で答え、はっとしたように視線をそらす。

「お、男にも準備があるんだ。今日は何の支度もしていないから、床入りは延期しよう」

「殿方《とのがた》の準備とは何ですの？」

「えっ、そ、そんなことまで訊くのか⁉」

「まさか、他の女人と共寝の練習をなさるおつもりではありませんね？　わたくし、それだけは絶対にいやですわ。秀麒さまがわたくし以外の女人に触れるなんて……」

秀麒が自分以外の女人を抱きしめるところを想像してしまい、胸の奥がつきんと疼いた。

「心配するな、玉兎」

うつむけていた顔を優しい掌《てのひら》に包まれる。

「私が触れたいと思うのは、君だけだ」

恋情を注ぎこむように見つめられれば、体が痺《しび》れたみたいに動かなくなる。

秀麒が顔を近づけてくるから、口づけされるのだと思ってまぶたをおろした。

視界が暗くなると、高まっていく鼓動しか聞こえなくなる。しかし、待てど暮らせど何も起こらない。どうしてだろうといぶかしんで目を開け、玉兎はきゃっと声を上げた。

益雁と若霖が両側からじーっとこちらを見つめてくる。

「どうぞどうぞ、俺たちにかまわず続けてください」

「私たちのことは円柱と思ってくださればよいですから」

「え、円柱は近づいてこないわよ！　もう、若霖ったら益雁どののまねしないで！」

「興味があるんです。恋愛小説で想い合う二人が結ばれる場面は、だいたい薄ぼんやりした書かれ方をするので、具体的にはどうなのかなと」

「ぐ、具体的って……」

わくわくした表情で迫られ、玉兎は困ってしまった。

「見せものじゃない！　おまえたちはあっちへ行ってろ！」

秀麒が怒鳴ると、益雁と若霖はいかにもしぶしぶ下がっていった。

「まったく、騒がしいやつらめ」

苛立《いらだ》たしげに言う秀麒を見上げているうちに、なぜかぽろぽろと涙がこぼれてくる。

「どうした？　なんで泣くんだ？」

「胸がいっぱいで」

秀麒と心が通じた。彼と自分は互いに恋しているのだ。その事実を嚙《か》みしめて微笑む。

「私もだ、玉兎」

目尻からこぼれる涙を、秀麒が唇で奪い取った。

「君が愛《いと》しくて胸がいっぱいだ」

雪明かりがゆっくりとかげっていく。今度は誰にも邪魔されなかった。

書坊《しょぼう》には読者からの書簡が届くことがある。書坊への要望や苦情もあるが、たいていは作者に宛《あ》てた文《ふみ》だ。双非龍宛てにも、たくさんの文が届いていた。

新作の執筆が一段落したので、秀麒は読者の文に目を通すことにした。

昨今、女子の才なきはすなわち徳などと訓戒《くんかい》をたれる学者をよそに、市井《しせい》の女人たちは老いも若きも好んで小説を読みふけっている。ことに恋愛小説は女性読者が多く、双非龍宛ての文の差出人も大半が女人だった。

「梟継《きょうけい》を気に入ったという読者が目立つな」

梟継とは双非龍の第四作目『麗春花《れいしゅんか》』に登場する盗賊《とうぞく》である。悲運の美姫《びき》をめぐって主人公の武官と恋の鞘当《さやあ》てを演じる役どころだ。

「魅力的な殿方ですもの。女性読者に人気があるのもうなずけますわ」

玉兎は茶を淹《い》れてこちらに差し出す。執筆には彼女が淹れてくれた茶が欠かせない。

「魅力的？　盗賊で、残忍で、荒っぽくて、酒癖《さけぐせ》は悪くて、強欲で女好きな遊び人だぞ」

「でも、義俠心《ぎきょうしん》の持ち主ですわ。豪放磊落《ごうほうらいらく》で、気風がよくて、情に厚くて、受けた恩は決して忘れず、虐《しいた》げられている者の味方になってくれる快男子。笑顔は少年のように無邪気でさわやか。かっこいいのにお茶目なところもあって、女人が憧れる男性像そのものです」

玉兎がうっとりと溜息をつくので、秀麒はむっとした。

「君も梟継が好きなのか？」

「好きですわ」

「私よりも？」

「比べられません。秀麒さまは絶倫《ぜつりん》ですもの」

「ぜっ、絶倫⁉」

なぜそんなことが分かるのだ。床入りもしていないのに。

「超絶のほうがいいかしら。それとも、冠絶か卓絶？　ずば抜けた、並外れた、突き抜けた、頭ひとつ抜けた、ただ者ではない、異彩を放つ、爆走する……あ、絶倫！」

「結局そこに戻るのか。なんだ、爆走する絶倫って。私は変態的な何かか」

玉兎の言葉選びはときどき奇天烈《きてれつ》だ。

「ええと、一言でまとめれば、秀麒さまはわたくしの一番ということですわ」

ぽっと頬《ほお》を赤らめて背中を向けるのが可愛《かわい》らしい。秀麒は思わず席を立って彼女を後ろから抱きしめた。玉兎からは春の花のような甘い香りがする。

「私は生まれつき頑健な男子ではないが、この頃はとりわけ具合が悪い」

「まあ、いけませんわ！　太医を呼ばなくちゃ！」

「太医はいらない。厄介《やっかい》な病だが、別に治す必要はないんだ」

「病は治さなければなりませんわ」

玉兎が体をひねって見上げてくる。心配そうに潤んだ瞳が愛らしくてたまらない。

「治らなくていいんだ。寸刻ごとに君を可愛いと思ってしまう病だから」

口づけしようとしたときだ。益雁ののんきな声が割って入った。

「うわあ、これはなかなかの美人だなあ」

「美人画集を見るのはかまわないが、私と玉兎の邪魔をするな」

「美人画集じゃありませんよ。ほらこれ、姿絵です」

いつの間にか秀麒の椅子《いす》に座っていた益雁が一幅《いっぷく》の掛《か》け軸《じく》を見せた。小雪がちらつく四阿《あずまや》で読書する楚々《そそ》とした佳人《かじん》が描かれている。

「お名前は枯綺雪《こきせつ》。殿下に心酔する麗《うるわ》しの読者ですよ。処女作の『金蘭伝』から『蟷螂新話《とうろうしんわ》』、『麗春花』、最新刊の『肖蕾記《しょうらいき》』まで殿下の作品は読破しているらしいですよ」

「へえ、『肖蕾記』は十日ほど前に出たばかりなのに、もう感想が届いたのか。熱心な読者だな。それはそうと、なぜ読者の姿絵をおまえが持っているんだ?」

「文に同封されてました。――双先生を想って胸を焦がす私をご覧になって、だそうです」

「はあ……?」

「よくあることですわ」

玉兎は秀麒の腕の中から抜け出し、机に広げられていた文に目を通した。

「読者の中には作者宛てに恋文を送ってくる方がいるのです。私と結婚してくださいとか、某《ぼう》日某所《じつぼうしょ》で会いましょうとか、あなたと駆け落ちしたいとか」

この手の読者は男女問わずいるのだという。

「どう対処すればいいんだ？」

「放っておくことですわ。間違っても返信なさいませんように。かえって勘違いさせてしまうことになりますから。相手が諦めるまで放置しておくよりほかありません」

てきぱきと読者の文に目を通していく白い横顔は、なんとなく不機嫌そうだ。

「ひょっとして……君はやきもちを焼いているのか」

「……いけませんか？」

ちらりとこちらを睨《にら》んだ目元には、可愛らしい棘《とげ》があった。

「美人から文をもらったからって浮かれないでくださいね。うかつに返事を出したり、のこのこ会いに行ったりしてはだめですわよ。読者との色恋はいざこざのもと。読者の熱い思いには作品でおこたえになってくださいませ。それが文士としての心得というもので……」

玉兎が小言《こごと》の続きを諦めたのは、秀麒が彼女を抱き寄せたからだ。

「また例の病が出てしまった」

「……わたくしを可愛いと思ってくださったのでしょうか？」

「それだけじゃない。愛しいと思った」

やきもちを焼いてくれることが嬉しくて、抱きしめずにはいられなくなる。

「秀麒さま、お体が少し熱いのではありませんか？」

「原因は君だ。愛らしいことを言って私を舞い上がらせるから」

「まあ、熱があるようですわよ。お風邪《かぜ》を召されたのでは？」

玉兎は秀麒のひたいに掌《てのひら》をあてがった。ひんやりとした手が心地よい。

「きっと先日、雪風に吹かれたのがいけなかったのだわ。お仕事は切り上げて、臥室《しんしつ》へお入りくださいませ。お召しかえをなさったほうがいいわ。今夜は湯浴みを控えて、早くおやすみにならないと。その前に滋養《じよう》のある食事を用意させなくちゃ」

侍女《じじょ》を呼んであれこれと指示を出す。秀麒はその様子を満足げに眺めていた。

「秀麒さま？　具合が悪いのに、どうしてにこにこなさっているのですか？」

「君にかまってもらうのが好きなんだ」

玉兎が自分を気遣ってくれる。得《え》も言われぬ誇らしい気持ちだ。

「今夜は君に看病してもらえるな」

「看病ついでに夜伽《よとぎ》もしてもらったらいかがで？」

「茶々を入れるな、益雁。私は玉兎と話しているんだぞ」

「お二人が今もって床入りなさらないから、気になって気になってしょうがないんですよ。いつになったら、夫婦の契《ちぎ》りを交わすんです？　今日ですか明日ですか明後日ですか？」

「き、急には決められない。とりあえずは快復に努めねば」

「そ、そうですわ。体調を整えることが先決です」

同衾《どうきん》の話題になると、二人ともどぎまぎしてしまう。

完全に時機を逸してしまった。面と向かって床入りしようと持ちかけるのは露骨すぎる気がするし、いきなり寝間《ねま》を訪ねるのは彼女の都合を無視しているようで気が引ける。自然な流れで結ばれるのが理想だが、その自然な流れとやらが難物なのだ。

「君が臥《ふ》せったときは、私が看病をしよう」

夜着に着替えて牀榻《しんだい》に腰をおろし、秀麒は玉兎の手を握った。自分を明るいほうへ導いてくれる小さな手。いつまでも握っていたい。天命が許す限り。

「お心遣いをむげにしたくはありませんが、それは結構ですわ」

「なぜだ？　夫が妻の看病をするのは不思議なことではないだろう？」

「だって……恥ずかしいでしょう。秀麒さまに……か、体を拭いていただくなんて」

恥じらいに染まった頰に、秀麒は掌をあてがった。

「私だって恥ずかしいのを我慢して君に体を拭いてもらったんだぞ。君も我慢しろ」

「……体調を崩さないように気をつけなくちゃ」

桜桃のような唇を尖らせる玉兎が可愛いので、膝の上に抱き上げた。

「よし、君に風邪をうつしてやろう。そうしたら君の看病ができる」

「ええっ……！　いやですわ！」

玉兎はじたばたと暴れたが、本気で抵抗しているわけではない。弱々しい抗《あらが》いを封じるのは容易《たやす》いことで、秀麒は覆《おお》いかぶさるようにして甘やかな唇を奪った。

(もしかすると、これが「自然な流れ」というやつじゃ……)

口づけしても玉兎はいやがっていない。このまますんなり事を運べば――。

「早く元気になって新作の続きを書いてくださいね」

「あ、ああ……うん」

玉兎の屈託のない笑顔を見ていると、不埒《ふらち》な考えは引っこんでしまった。

(何も急ぐことはない)

これから先ずっと、玉兎は秀麒の妻なのだ。「自然な流れ」で共寝《ともね》に持ちこむ機会はたくさんあるはず。急《せ》いては事を仕損じるというし、好機を待つことにしよう。


「『瓊楼花列伝《けいろうかれつでん》』の清稿本《せいこうほん》がなくなった⁉　本当ですか、方さん！」

玉兎は前のめりになって声を荒らげた。

夕映えに染まる東夢堂の工房。刻工《こくこう》たちが仕事を終えて帰った後だ。

「昨日の夕方、確認したときはちゃんと書棚《しょだな》の引き出しに入っていたんだが……今朝、開けてみると『瓊楼花列伝』だけなくなっていたんだ」

方午亮が大きな体を丸めるようにして言う。

「誰かが持ち出したのかと思って訊いてみたけど、刻工の野郎どもはみんな知らねえって言うし……。工房の戸締まりはしてたし、引き出しの鍵《かぎ》だってしっかりかかってたんだけどなあ」

『瓊楼花列伝』は双非龍の第六作目である。妓楼《ぎろう》を舞台にした恋物語で、来年二月の刊行に向けて版木作りに取りかかっていた。清稿本がない以上、版木作りは中断せざるを得ない。

「盗まれたのが『瓊楼花列伝』の清稿本だけで、工房に押し入られた形跡がないところを見ると、疑いたくはありませんが、工房に出入りできる者の仕業《しわざ》でしょうね。他の書坊が人気作家の清稿本を盗むのは、今に始まったことではありませんし……」

どこの書坊も売れる作品を欲しがっており、人気作品は必ずといっていいほど翻刻《ほんこく》（海賊版《かいぞくばん》）が出る。題名や著者名を変えたり、内容を省略したり、登場人物の名前をいじったり、あの手この手で小細工《こざいく》をして、別作品としてより安価で刊行する。多少内容が悪くても安いほうを買うという読者は少なくない。よって本家の作品が売れなくなる。

ときには印刷する直前の版木が丸ごと盗まれることさえあるし、今回のように清稿本が消えることもある。版木や清稿本が盗まれる事件は往々《おうおう》にして関係者の犯行である。競争相手の書坊が内部の人間を買収して、目当ての版木や清稿本を持ち出させるのだ。

翻刻にはさしたる罰則がないため防ぎようがない。盗難の場合は先に出版したほうが有利になるので、よく似た作品が出版された後で訴え出ても、訴えたほうが不利になる。

翻刻にしろ盗難にしろ、現状では泣き寝入りするよりほかないということだ。

「こういうときに限って写しを作っていないのよね……」

清稿本は写しを作っておくことにしているのだが、今回は時間がなくて省略したのだ。

「双先生には俺から話しておこう」

「いいえ、わたくしからお話ししますわ」

版木作りは中断し、束夢堂の関係者に探りを入れて地道に犯人捜しをするしかない。最悪の場合は――犯人が分かるより先に、どこかの書坊が『瓊楼花列伝』を刊行するだろう。


「……心からお詫びを申し上げます」

巴享王府に帰るなり、玉兎は秀麒に事情を話した。まだ微熱が続いて臥せっている彼に悪い知らせを聞かせたくはないが、事実を隠すわけにもいかない。

「清稿本がないことが分かったとき、引き出しの鍵は開いていたのか」

「方さんによれば、鍵はかかっていたそうです」

書棚の鍵は方午亮が自室に保管している。

「昨日、工房に出入りしていたのは刻工だけなんだな？」

「はい。作者は訪ねてきていませんし、通いの掃除婦は昨日やすんでいました」

「じゃあ、刻工の誰かが方午亮の部屋から鍵を盗んで引き出しを開けたんだろう。よその書坊に買収されたか、進んで売りこみに行ったか知らないが、かなりの報酬《ほうしゅう》を受け取ったはずだ。急に金回りがよくなったやつがいたら要注意だな。大金を持ち慣れない者は、大金を持ったとたん、気が大きくなる。ひけらかすような金の使い方をしてるやつが怪しい」

薬湯を飲み終えた渋い面持《おもも》ちのまま、秀麒は考えこんだ。

「偽の清稿本を使って罠《わな》を仕掛けてみようか？　犯人は一度まんまと盗みに成功して味を占《し》めているに違いない。さんざんこれは売れそうだと宣伝した清稿本を引き出しにしまい、こっそり盗み出すところを取り押さえるんだ。しらばくれるようなら、東廠に突き出すと脅《おど》してやる。東廠の名を出せば、たいていの小悪党はすくみ上がって――」

「お怒りにならないのですか？」

「怒っているぞ。盗んだやつにな」

秀麒は口直しに茶を飲んで一息ついた。

「私の作品を盗むとは許せない。必ず見つけ出して罰を受けさせてやらなければ」

「わたくしにはお怒りになりませんの？」

「なぜだ？　君が盗んだわけじゃないだろう？」

「管理が行き届いておりませんでしたわ。清稿本はもっと厳重に保管するべきでした」

「書棚そのものに細工をしたほうがいいかもしれない。あ、そうだ。李貴妃さまがからくりに詳しくていらっしゃる。貴重品を保管するのに最適なからくりがないか、尋ねてみよう」

秀麒は明るく話したが、玉兎はますます申し訳なくなってしまった。

「お詫びのしようもございませんわ。あんなに素晴らしい作品でしたのに」

「私だって悔しいが、盗まれたものはしょうがない」

秀麒は苦笑して、円卓の上で玉兎の手を握った。

「『瓊楼花列伝』より面白い作品を書こう。こっちを盗めばよかったと盗人《ぬすっと》どもが地団太《じだんだ》を踏むような小説を」

掌《てのひら》から伝わるぬくもりが頼もしくて、胸がじんと熱くなった。

「あなたはご自身を弱い人間だとおっしゃっていたけれど、それは間違いですわ」

玉兎は彼の手に自分の掌を重ねた。火鉢《ひばち》の熱よりも、互いの体温のほうがあたたかい。

「あなたはとても強い人です」

心血を注いで書き上げた大切な大切な作品を失ってしまったのに、東夢堂の落ち度だと激怒してしかるべきなのに、彼は笑って、もっと面白い小説を書くと言う。

弱い人間であるはずがない。秀麒には現実を受け止めて前進する力がある。

「君にそう言われると、自分が強い人間のような気がしてくるな」

秀麒がやわらかく微笑《ほほえ》んだときだ。円卓の下からぬうっと益雁が顔を出した。

「強いって精力のことですか？」

「えっ、益雁⁉　なんでそんなところから出てくるんだ⁉」

「お二人にお見せしたいものがあったんで、出る機会を見計らってたんですよ」

益雁は机の上で帳面を開いてみせた。

「殿下は閨房《けいぼう》のことに不慣れでいらっしゃるから、経験豊富な俺が初夜の台本を書いてみたんです。この通りに進めれば、大成功間違いなしですよ」

おおらかな文字で艶本《えんぽん》顔負けの刺激的な文章がつづられており、ご丁寧《ていねい》に詳細な挿絵まで入っている。秀麒と玉兎はそろって赤面した。

「余計なお世話だ！　台本などいらない！」

「強がり言ってる場合ですか。うかうかしてると今年が終わっちゃいますよ」

「おまえには関係ないことだ！」

秀麒が益雁と口論している間、玉兎は頰《ほお》を染めてうつむいていた。

彼と心を通わせて半月近く経つが、いまだ口づけ以上のことはされていない。それが普通なのか、普通ではないのか分からないけれど、秀麒が口づけ以上の行為を求めてこないのは、自分の魅力不足が原因なのではないかと、ちょっぴり心配している。

かといって、玉兎のほうから「口づけ以上の行為」を求めるわけにもいかない。本音を言えば一日も早く結ばれて、名実ともに夫婦となりたいのだけれど。

（……秀麒さまはお風邪《かぜ》を召されているから、そういう気持ちにはならないのよ……ね？）

風邪が治れば、臥室《しんしつ》を訪ねてきてくれるはず。今は心ひそかに期待しておこう。

秀麒が寝間に入ったのを見届けた後、玉兎は書斎に入った。

机上《きじょう》に山と積まれた読者の文《ふみ》を整理しなければならない。病床の秀麒をわずらわせないためというのが表向きの理由だが、実のところはやきもちのためである。

（恋文まがいの文が多すぎるわ）

方午亮が双非龍を「美青年文士」と封面《ふうめん》で紹介したせいか、ほとんどの文に熱烈な恋文としか思えない文章が躍っている。その数は純粋な感想文をゆうに上回る。

自分の夫に恋文が殺到するというのは、気持ちのいいものではない。秀麒が恋文に惑わされて浮気をするとは思えないけれど、心の中は複雑だ。

もやもやした感情を正直に打ち明けると、秀麒は朗《ほが》らかに笑った。

『読者の文はやきもち焼きの君に任せる。私の代わりに読んで、あとで内容を教えてくれ』

玉兎を信頼して仕事を任せてくれた秀麒のため、こうして文を整理している。小説への意見や感想を述べたものと、恋文色が強すぎるものとを選別していく。

「この人、姿絵を送ってきた人だわ」

甘ったるい香《こう》が焚《た》きしめられた文を開いた。

送り主は枯綺雪《こきせつ》。先日、姿絵を同封してきた女性読者だ。あれから数日しか経っていないのに今度は何だろうと、紙面に視線を落とす。

「ええと……先日の文に同封し忘れたものがありますので、改めてお便りいたします。恥ずかしながら私、過去に小説を上梓《じょうし》したことがございます。拙《つたな》い作品ですが、お暇なときにご覧になってくださいませ。よろしければ、双先生のご意見をうかがいたく存じます」

同封されていた冊子《さっし》は挿絵入りの恋愛小説だった。粗悪な整版印刷で、ざっと眺めただけでも誤字が目立つ。句読点《くとうてん》もかすれているし、小説の内容以前に、本としての出来が悪い。

「刊行年は崇成十年、刊行した書坊《しょぼう》は淡雲堂《たんうんどう》……」

今はなき弱小書坊から出版された本らしい。作者名はそのまま枯綺雪となっている。

出版経費が手ごろになった今日、何がしかの記念に著作を出版するという人は少なくない。

「この方、わたくしと同世代かと思っていたけれど、崇成十年に出版しているということは、若く見積もったとしても二十代後半か、三十歳以上よね……？」

姿絵に描かれていたのは十七、八の美少女だったのだが。女人《にょにん》ならば年若く見られたいだろうから、あえて少女時代の姿絵を送ってきたのだろうか。

粗雑なつくりではあったが、小説の内容には引きこまれた。

主人公は幼い頃に許嫁《いいなずけ》になった官家の令息と令嬢だ。二人はいよいよ年頃になり、初々《ういうい》しい花婿と花嫁になって婚礼を迎える。しかし、喜びに染まるまさにその日、花婿の一族が捕らえられ、冤罪《えんざい》により、族滅《ぞくめつ》されることになってしまう。花婿は刑死し、花嫁は処刑台にしがみついてむせび泣き、いつかこの恨みを晴らそうと、復讐《ふくしゅう》を誓う。

「よく見たらこれ……挖補《あつほ》？」

誤字を切り抜き、そこに正しい文字を書いた紙片を裏から貼りつけることを挖補という。

（挖補した部分が誤字だなんて、おかしいわね）

普通は誤字だから挖補するのだ。しかし、この作品の挖補はすべて誤字の部分である。

（もともとは正字だった部分にわざと誤字を貼付したってこと？　どうして？）

気になったので、挖補箇所《かしょ》を慎重に水で濡らして糊《のり》をふやかし、紙片をはがしてみた。

「瓊？」

袋とじになった頁《ページ》の内側には襯紙《しんし》が貼りつけられている。

挖補された紙片をはがすと、四角い小窓から襯紙が見えるようになるのだが、そこに印字が記されていた。おそらく、活字を印章のように捺《お》したのだろう。

「楼、花、列、伝……瓊楼花列伝？」

挖補箇所を順番にはがしていくと、『瓊楼花列伝』という文字が襯紙から出てきた。

「『瓊楼花列伝』の清稿本《せいこうほん》は私が預かっています。返してほしければ会いにきてください」

挖補された誤字をどんどんはがしていき、玉兎は青ざめた。

（この方が『瓊楼花列伝』の清稿本を盗んだの……？）

待ち合わせ場所は都の外城からほど近い神廟《しんびょう》、白雍廟《はくようびょう》。日時は明日の巳《み》の刻。

「お見えにならなければ、『瓊楼花列伝』はお返ししません」

どうかいらっしゃってください。お待ちしています——と締めくくられていた。

「とんでもない人だわ。清稿本を盗んだ上、作者を呼び出すなんて」

よほど双非龍の作品に入れこんでいるのだろう。変わった読者だが、前代未聞というほどでもない。翠春堂の工房に出入りしていた頃にも、この手の読者の文を見たことがある。

翌日の朝、秀麒がまだ寝入っている間に、玉兎は出かける支度《したく》をした。『瓊楼花列伝』の清稿本を取り戻すため、白雍廟に行くのだ。

「若霖は残って。秀麒さまのおそばにいてね」

「おひとりでいらっしゃるんですか？　危ないですよ」

「大丈夫よ。相手は女人だもの」

とはいえ用心は怠《おこた》れない。侍女《じじょ》と護衛をひとりずつ連れていくことにする。

「今日は珍しく益雁どのが王府にいないでしょ？　何もないとは思うけど、ちょっと心配なの。若霖が残ってくれれば安心できるわ」

益雁は一応、武官である。秀麒の護衛も兼ねているので四六時中そばにいるらしいが、今朝は早々に皇宮へ出かけてしまい、王府にはいない。栄家を恨む者が秀麒を害そうとしたことも過去にはあったと益雁に聞いたので、彼の不在がとても不安なのだった。

「わたくしが『瓊楼花列伝』を取り返しに行ったことは、秀麒さまには伏せていてね。先方が返してくださるか分からないから、期待させたくないの」

秀麒には東夢堂に行ったと伝えるように言いおいて、王府を出立《しゅったつ》した。

今年も残すところあとわずか。軒車《くるま》の窓から見える町並みは美しく雪化粧《ゆきげしょう》されている。

（なんとか、返していただければいいんだけど）

誕生日の贈り物として用意した硯《すずり》や筆と一緒に『瓊楼花列伝』を秀麒に渡したい。


「あれ？　なんで双先生がここにいるんだ？」

方午亮がでかい図体には不釣り合いなつぶらな瞳をぱちくりさせた。

「それはこちらの台詞《せりふ》だ。おまえこそ、何をしている」

巴享王府の回廊《かいろう》で午亮とばったり出くわし、秀麒はいぶかしんだ。

「俺は芳杏どのに頼まれた画集の試し刷りを持ってきたんだ。芳杏どのは巴享王妃と知り合いらしくてな、巴享王府にはよく立ち寄るから届け物はここにしてくれって言われてる」

「届け物？　玉……芳杏は東夢堂にいるんだろう？　自分で持って帰ればいいじゃないか」

「いや、今日はうちには来てないぞ」

「おかしいな。東夢堂に出かけると聞いていたんだが」

秀麒が視線を投げると、若霖は後ろめたそうに目をそらした。

「ところで、双先生は何してるんだ？　あっ、ひょっとしてあんた……」

「わ、私は巴享王の側仕《そばづか》えなんだ」

しどろもどろになって取り繕《つくろ》う。午亮は「ははあ」と顎《あご》を撫《な》でた。

「どうりで雅言《がげん》がうまいわけだ。宮仕えをしていたんだな。ああ、それはそうと、年明けの婚儀、双先生も来てくれよな。ただし、気をつけてくれよ。冷娟どのの花嫁姿が天女みたいに綺《き》麗《れい》でも、横恋慕《よこれんぼ》は勘弁してくれ。冷娟どのは俺の花嫁だからな」

さんざん惚気話《のろけばなし》をした後で、方午亮は帰っていった。


「いったいどういうことだ？　玉兎はどこに行った？」

秀麒が問いつめると、若霖はばつが悪そうに洗いざらい白状した。

「わざわざ嘘をついてまで、そんな変な女に会いに行かなくてもいいだろうに」

「取り返せるかどうか分からないので、殿下に期待させたくないとおっしゃっていました」

彼女の気遣いは分かるが、嘘をつかれたことにかすかにむっとした。

「で、どれなんだ？　その変な女からの文というのは？」

秀麒は書斎に入って、問題の冊子を開いた。若霖が説明する通り、挖補された紙片をはがした部分から、襯紙に捺された印字がのぞいている。それらを頭からつなぎ合わせると、双非龍を白雍廟に呼び出す文章になった。

「妙な小細工をする読者がいるんだな」

「お嬢さまによれば、謎かけや暗号を送りつける読者は少なからずいるそうです」

ご苦労なことだ、と秀麒は呆《あき》れてつぶやいた。

「この枯綺雪という女、かなり年を鯖《さば》読んでるな」

前回の文に同封されていた姿絵を広げてみる。紅葉に囲まれた四阿《あずまや》で読書する妙齢《みようれい》の佳人《かじん》。年は十七、八にしか見えないが、崇成十年に著書を出版していることを考えると、実年齢は若くても二十代後半、あるいは三十代以上だろうと思われる。

（崇成十年か）

栄玉環の事件が起きた十三年前である。秀麒にとっては思い出すのも不快な年だ。

（枯綺雪……どこかで聞いたことがあるような……）

誰かの許嫁だったような気がする。もっとも、綺雪という名はさして珍しくもないが。

「〈枯〉も挖補されているのか？」

目をこらしてみると、本文の最初の頁《ページ》、著者名の姓の部分も裏から紙片が貼りつけられている。ここも挖補されているらしい。玉兎がはがした紙片を見る限りでは、他の挖補箇所は誤字が貼られていた。だが、ここは誤字ではなく、正字の〈枯〉が貼ってある。

奇妙に思い、秀麒は水で湿らせた手巾で注意深く〈枯〉の四辺を濡らした。糊をふやかし、袋とじになった頁の内側に手を入れて、裏側から貼りつけられた紙片をはがす。

「……栄」

襯紙《しんし》から現れた手書きの文字を見るなり、血の気が引く音が聞こえた。

「栄綺雪？　栄家の令嬢なのですか？　しかし、栄家は族滅《ぞくめつ》されたはずでは……」

若霖が困惑気味にこちらを見る。秀麒の視線は〈栄〉の一字に注がれていた。

「栄綺雪は死んでいる。十三年前の冬に」

「え？　じゃあ、これは死者からの文なのですか？」

「死者が文を寄越すはずがないだろう。生きている者の仕業《しわざ》だ」

いったい何のためにこんなことを？　不穏な疑問が思考を引っかき回す。

（内容はよくある悲恋物語だ。将来を誓い合った男女が不運により引き裂かれる……）

筋運びに既視感《きしかん》があった。これは栄家の令嬢だった栄綺雪の物語ではないか。

「印字のかすれか……？　それにしては読点だけだな」

句点と読点は小さな円で表す。句点は字の右下に、読点は字と字の中間に記す決まりだ。

大半の読点は綺麗な円になっているが、いくつか上部がかすれて円になりきれていないものがある。粗悪な本なので印字がかすれているのかと思ったが、句点はどれも完全な円だ。

秀麒は帳面を取り出し、不完全な読点の直前の文字を順繰りに書き出した。

出来上がったのは、とりとめのない文字の羅列《られつ》である。それを見て考えこみ、はたと思いつくことがあった。この小説の刊行年は崇成十年。その年、栄綺雪が落命した。

どちらも十三年前のこと。十三という数字に因縁《いんねん》があるのではないかと、上から数えて十三番目の文字を別の紙に抜き出していく。

「……月を火刑に処す。綺雪と同じように。罪人の子よ、生きながらにして地獄を味わえ」

「どういう意味ですか？　月を火刑に処すって……まさか」

顔面蒼白になった若霖を置き去りにして、秀麒は書斎を飛び出した。

（……嘘だ‼　嘘であってくれ‼）

亡き母の名は玉環。玉兎と同じく——月の異称。

犯人は栄玉環を憎悪しているのだ。彼女の子である秀麒に激しい憎しみを抱いているのだ。理由は痛いほど分かる。察するに余りある。なれど、心が叫んでいる。血を吐きながら絶叫している。何かの間違いであってくれと。やがて醒《さ》める悪夢であってくれと。

秀麒にとっては、どちらもかけがえのない存在なのだ。信じたくはない。一瞬たりとも考えたくない。いずれかを、あるいは両方を失うかもしれないなんて。


鼻をつく不快な臭《にお》いに意識を揺さぶられ、玉兎はのろのろと目を開けた。

眠りすぎた後のように頭が重い。視界は薄暗く、靄《もや》がかかったようにぼんやりしている。

（……白雍廟に入って、それから）

老道士に案内されて客間に入ったところまでは覚えている。出された茶を飲んで、強烈な睡魔に襲われてからの記憶がない。

（どれくらい時間が経ったのかしら……）

燭台《しょくだい》が二つ灯っている以外は明かりがなく、窓のない室内には暗がりが沈んでいる。

（古い油みたいな、いやな臭い……。気分が悪くなりそう）

玉兎は不快感に顔をしかめつつ、椅子《いす》から立ち上がろうとした。とたん、異変に気づく。椅子の上に立っている。しかも、両腕が後ろに回ったまま動かない。

混乱して身をよじると、頭上で何かがギシギシと音を立てた。首を曲げて上を見れば、梁《はり》に縄が結びつけられている。その縄が玉兎の体を縛《いまし》め、同時につり下げているのだ。

（なにこれ……!?　どうして、こんな……）

さっきまで椅子に座っていたのに、なぜこのような事態に陥《おちい》ってしまったのか。わずかに残っていた眠気が吹き飛び、混乱がどっと押し寄せてくる。

「むやみに暴れないほうがいい」

燭台の光が及ばない暗闇から、男の声が響いた。

「首が絞《し》まって苦しむことになるぞ」

「……首？」

その単語を聞いた瞬間、首まわりに巻きついた麻縄の感触に体中の血が凍りついた。梁にくくりつけられている縄はもう一本あるのだ。それは輪になって玉兎の首にかけられていた。

「あ、あなたは、どなたですか……？　わたくしは枯綺雪さんに会いにきたのですが……」

「枯綺雪なんて女は知らないな」

「……と、とにかく、この縄を切っていただけます？」

男が近づいてくる気配がした。護衛と侍女《じじょ》はどこに行ったのだろう。老道士はどこに行ったのだろう。予想もしていなかった展開に戸惑い、疑問の洪水が思考をかき乱す。

「あ、ありがとうございます……。もう一本の縄も、切っていただけませんか」

男が背後に回り、体をつり上げている縄を切ってくれた。上に引っ張り上げられていた体重が解放されるや否《いな》や、首に巻きついている縄にかかり、うっと息がつまる。

「あ、あの……首のほうの縄も、切っていただきたいのですが……」

後ろ手に縛られたまま、玉兎は爪先《つまさき》立ちになった。そうしないと、首が絞まるのだ。

「そちらはだめだ」

男は玉兎から離れ、燭台のそばに立った。丈の長い衣服にほどこされたきらびやかな龍文の刺繍《ししゅう》が、燭光《しょっこう》に濡れてぬらぬらと不気味な輝きを放つ。

「……どうして、首の縄を切ってくださらないのです？」

「どうして？　のんきなお嬢さんだな」

茶化すように肩を揺らし、男は燭台の炎で煙管《きせる》に火をつけた。たっぷりと時間をかけて紫煙《しえん》をくゆらせ、こちらに顔を向ける。

「俺があんたを助けに来たように見えるかい？」

薄暗い部屋に見知らぬ男と二人きり。しかも玉兎は縛られていて身動きが取れない。足元から恐怖が這《は》い上がってきて、思わず総毛立《そうけだ》った。

「……あ、あなたがわたくしを呼び出したのですか？　枯綺雪と名を騙《かた》って」

件《くだん》の文はどうみても女人《にょにん》の手蹟によるものだった。相手が女人だと思えばこそ、たいして警戒もせずに呼び出しに応じてしまったのだ。

「な、何のためにこのようなことをするのです!?　わたくしは巴享王妃ですわよ！　わたくしを害すれば、大罪を犯すことになります！」

「そんなことは百も承知だよ、巴享王妃」

男は溜息とともに冷めた口調で言った。吐き出された紫煙が暗闇に溶けて消える。

「あんたには何の恨みもないが、あの死にぞこないに罰を与えるには、あんたを殺すのが一番だ。悪く思わないでくれよ。恨むなら、あいつに嫁《とつ》いだ自分を恨むんだな」

「死にぞこないって……秀麒さまのことですか？　罰って、どういう……」

言葉が死んだ。今頃になって感づいたのだ。男の声に聞き覚えがあることに。

「……その声……あなたは、もしかして……」

どくどくと鼓動が耳をつんざく。

「思い出してくれたようだな」

笑いまじりに言って、男が一歩前に進み出た。かすかに揺らいだ燭光が男の容貌《ようぼう》を照らす。

「……整斗王殿下」

秀麒が慕《した》う叔父《おじ》、高来隼が首に縄をかけられた玉兎を見上げていた。

非業の死を遂《と》げた屍《しかばね》のような、よどんだ怨憎《おんぞう》を映す双眼で。


京師《けいし》には四重の城壁がある。内側から宮城《きゅうじょう》、皇城《こうじょう》、内城《ないじょう》、外城《がいじょう》という。

宮城は皇帝の居所だ。官衙《かんが》（役所）が建ち並ぶ皇城と合わせて皇宮と呼ばれている。

内城は皇宮の外をぐるりと取り囲む。皇城からあふれた官衙をはじめとして、界身《かいしん》（銀行街）、金銀細工や漆器《しっき》、織物、香料、書画などを売る店が軒《のき》を連ねている。皇族や高官の邸宅も内城の中にあり、盛り場では酒楼《しゅろう》や飯店、劇場、妓楼《ぎろう》がにぎやかに客をもてなす。

外城は内城の周辺を囲む城壁である。道観や神廟《しんびょう》、茶館や民家などが密集している。

氷のような向かい風に襲われながら、秀麒は大道を馬で駆けていた。

すでに内城の南正門、薫林門《くんりんもん》は通過した。活気に満ちた瓦子《がし》（繁華街）を駆け抜け、行きかう車馬を避けながら、緩《ゆる》やかな黎明河《れいめいが》にかかる祥円橋《しょうえんきょう》を渡る。

茶館が並ぶ街路を通り抜ければ、外城の南側の城壁が行く手に立ちふさがった。

「お戻りください！」

同じく馬に跨《また》り追いかけてきた若霖が叫ぶ。

「御身は外城から出られないはず！　白雍廟へは私がまいりますので、どうかお戻りを！」

「出られないなどと言っている場合じゃない！　玉兎の命がかかっているんだ！」

あの文を書いたのは整斗王だと、秀麒は確信していた。

襯紙《しんし》に書かれた〈栄〉の文字はまぎれもなく叔父の手蹟だった。栄綺雪が整斗王の亡き許嫁であることを考えれば、もはや疑いようがない。

（叔父上……やはり私を憎んでいらっしゃったのか）

不思議なことに、整斗王に恨まれていることが明らかになっても、驚《あかし》いていない自分がいた。秀麒には叔父に憎まれる理由がある。この体に流れる罪人の血がその証だ。

だがしかし、玉兎には何の罪もない。彼女は罪人の子ではないのだ。

（玉兎には手を出さないでくれ!!　私の命ならいくらでもくれてやるから、玉兎だけは!!）

焦燥《しょうそう》が肺腑《はいふ》を引き裂く。鞍上《あんじょう》の激しい揺れが底なしの恐怖を加速させていった。

外城は南側の城壁にある三つの門。正門を広采門《こうさいもん》という。これは御成《おな》り道であり、皇族や高官等の貴人《きじん》しか通行を許されない。東南は景椋門《けいりょうもん》、西南は安穣門《あんじょうもん》。どちらも水門を備えているが、今から通り抜けるのは三層の門楼を持つ甕城《おうじょう》だ。

甕城は月城とも呼ばれる。外城城壁にある本門の外に、半円型の城壁を張り出し、門をもうけたものだ。敵の侵入を防ぐため、門と門は一直線上になく、通路は折れ曲がっている。

外城の門はすべて甕城である。つまり、外城から出るためには――広采門、景椋門、安穣門のうち、どれを通るにしろ――二つの門を通過しなければならないということだ。

「若霖、おまえが門衛に牌符《はいふ》（通行証）を見せろ」

天を貫くようにそびえたつ景椋門の前で、秀麒は馬を止めて下馬した。

城門を通過する際は、門衛に牌符を提示しなければならない。むろん、巴享王の牌符を見せても通してもらえない。下手《へた》をすれば、捕らえられて皇宮に連行される。

「事が露見したら、私が責を負う。おまえは私に脅《おど》されたことにすればいい」

「御身に何かあれば、お嬢さまがお苦しみになります」

「玉兎が無事に戻ればな。おまえもそれを望んでいるんだろう？　ならば、私を連れて行け。叔父上の狙いは私だ。玉兎じゃない」

下馬した若霖は思案するようにうつむき、懐《ふところ》から銅製の牌符を取り出した。武人風の身なりをしているが、凱に女武官はいないので、若霖の身分は巴享王府勤めの女官である。

「白雍廟に巴享王妃さまをお迎えにいくところだ」

若霖は門衛に牌符を見せた。門衛が秀麒にちらりと視線を投げる。

「そいつは？」

「巴享王府の下男だ」

「へえ、下男にしてはいい身なりじゃないか。俺もごくつぶしの六皇子に仕えたいぜ」

門衛はひゅうと口笛を吹き、こちらに掌《てのひら》を差し出す。

「世も末だな。景椋門の門衛が公然と賄賂《わいろ》をせがむとは」

秀麒は小銭を支払った。嘆《なげ》かわしいことに、凱では小役人までもが収賄にいそしんでいる。

「俸禄《ほうろく》が安いもんでね。さっさと通ってくれ。この時間は混むんだよ」

秀麒と若霖は追い立てられるように騎乗して、最後の城門を目指した。

三層の門楼を持つ巨大な城門。龍の口のような朱塗りの門扉《もんぴ》は大きく開かれ、外城に出入りする者たちをのみこんだり、吐き出したりしている。

「そこの二人。ちょっと待て」

先ほどと同様に小銭を支払って通過しようとすると、門衛に呼び止められた。

「これ、龍鳳銭《りゅうほうせん》じゃないか。なんでおまえがこんなものを持ってるんだ?」

龍鳳銭は通貨ではない。吉事があったときに皇帝が皇族や高官に下賜《かし》する記念の貨幣《かへい》だ。

秀麒は舌打ちした。通貨と感触が似ているから、間違えて使ってしまったらしい。

「えーと……それは巴享王殿下が」

ごまかそうとした若霖を視線で黙らせ、秀麒は佩玉《はいぎょく》を帯から外して門衛に投げた。

「私が巴享王だからだ」

「は、巴享王⁉　おまえが……あ、あなたさまがごくつぶしの六皇子で⁉」

「ばか野郎！　蔑称《べっしょう》で呼ぶな！　親王殿下だぞ！」

「かまわない。好きに呼んでくれ。ところで急いでいるんだ。失礼する」

「お、お待ちください、殿下！」

秀麒が鞍に手をかけると、門衛たちがおろおろした。

「外城の門では巴享王殿下をお通ししてはいけないことになっておりますので……」

「そちらの女官どのはお通ししますので、殿下は内城にお戻りください」

「内城に戻って父上に報告しようか？　景椋門の門衛は通行人から賄賂を取ると」

門衛たちが目を白黒させている間に、ひらりと鞍上に飛び乗る。

「私はこれから外城を出る。謀反人《むほんにん》を捕らえて手柄を立てたい者は追ってくるがいい」

馬腹を蹴《け》って駆け出す。若霖が馬に飛び乗って続いた。

「殿下！　なぜ佩玉をお見せになったんですか⁉」

「連中を白雍廟まで引き連れて行くためだ」

二人が城門の外に飛び出した直後、兵士たちが馬を走らせて追いかけてきた。

「叔父上は『月を火刑に処す』と書いていた。私たち二人だけでは心許《こころもと》ない。わざわざついて来てくれる兵士がいるなら、連中を玉兎救出に使う」

「……白雍廟が炎上すると？」

もう手遅れかもしれないと思うと、臓腑《ぞうふ》という臓腑が焼き切れるように痛んだ。

「急げ！　一刻の猶予《ゆうよ》もないぞ！」

辺りは一面の銀世界。二頭の馬が雪まじりの寒風を切り裂いて駆けていく。


「とうとうやっちゃいましたね、殿下」

秀麒を追って駆け出した兵士たちを見やって、益雁はにやりとした。

今日は皇宮に参内《さんだい》していない。出かけたふりをして秀麒の動向を監視していたのだ。

『李益雁、おまえは秀麒を見張れ。あいつが栄家の残党と接触したら、余《よ》に報告せよ』

皇帝より密命を下され、ごくつぶしの六皇子に仕えて早十年。これまでにも何度か、あえてそばを離れて泳がせることがあったが、秀麒は京師《けいし》におとなしくおさまっており、不審な動きはなかった。しかし今回は、いつもと一味違う展開になりそうだ。

「皇宮に戻って伝えろ。巴享王が自ら進んで謀反人におなりになったと」

益雁は配下に耳打ちした。行き先は皇帝が政務をとる暁和殿だ。

「ついでに東宮に寄れよ」

「皇太子さまにも巴享王の暴挙をお伝えするのですか」

「当然だ。恩義は返してもらわないとな」

益雁は馬に飛び乗った。門衛たちの混乱に乗じて、景椋門を駆け抜ける。

（――利颯《りふう》兄上。あなたは君子だった）


兄と慕っていた従兄《いとこ》の名が今もこの胸で息づいている。

（きっと許してくださるでしょうね。俺が忘恩《ぼうおん》の徒になっても）

吹雪《ふぶき》はどんどん激しくなる。十三年前、刑場に響き渡った益雁の慟哭《どうこく》のように。


暗がりを舐《な》める二つの燭台《しょくだい》。その間に立つ男を、玉兎は睨《にら》みつけた。

「叔父のあなたがどうして秀麒さまを困らせるようなことをなさるのですか⁉」

「困らせるつもりはないさ」

整斗王は億劫《おっくう》そうに紫煙《しえん》をくゆらせた。

「俺はあいつに地獄を見せてやりたいんだ」

「なぜ？　秀麒さまはあなたを慕っていらっしゃいますわ。整斗王殿下を誰よりも信頼――」

「首に縄をかけられてるってのに、ずいぶんおしゃべりだな」

整斗王はからからと笑った。目に映るあらゆるものが陳腐《ちんぷ》な猿芝居《さるしばい》だというように。

「いいだろう。少し話でもしようじゃないか。この世の名残《なごり》に」

玉兎は黙っていた。両手を後ろで拘束《こうそく》する縄を緩めようと頑張ってみる。

「俺は八つのときに婚約した。相手は栄家の令嬢で名は綺雪。年は俺より二つ下だ」

栄綺雪。我知らず身震いした。栄姓というだけで、悲劇だと分かってしまった。

「母の身分が低いにもかかわらず、俺は父上に目をかけていただいていたからな。皇位にはつけなくても、将来は有力な親王になると、先方が期待したんだろう」

時は先帝、光順帝の御代《みよ》。のちに崇成帝となる高遊宵は二十三歳の皇太子。

「以前話したな。綺雪はあんたみたいにおしゃべりな娘だった。誰よりも絵が好きで、朝な夕な絵筆を持っていた。口も手も休めずに、目に映るものは何でも描いていたよ」

「一目惚《ひとめぼ》れなさったのですか？」

「小説じゃあるまいし、そう易々と一目惚れなどするか。はじめはうっとうしくてしょうがなかった。会うたびにまとわりついてきて、ぺちゃくちゃとしゃべっている。頼みもしないのに、描いた絵をいちいち見せに来るんだ。おかげで読書の時間を何度邪魔されたことか」

二人の関係に転機が訪れるのは、婚約から一年後。

華やかな宴席で事件は起きた。栄皇后の酒杯が手違いで来隼の母、尽氏《じんし》に渡された。九つになったばかりの来隼は、母が目の前で血を吐き、もんどりうって息絶える様を、呆然《ぼうぜん》と見ているしかなかった。尽氏は栄皇后の代わりに毒殺されたのだった。

「葬儀が終わってからも、俺は母がいなくなった殿舎でぼんやりしていた。母を慕っていたわけじゃない。可愛《かわい》がられた記憶はないからな。母は我が子に興味を持たない女だった。というより、生きた人間そのものに関心がなかったのかもしれない。母は異様なほどに書物を愛していた。朝から晩まで書斎にこもって本を読み、ろくに話もしなかった」

寵幸《ちょうこう》が薄くても、嘆く様子さえなかった。尽氏の世界は彼女と書籍のみで完結していた。

「お母上の影響で書物を好きになったのですか？」

「誰にも言ったことはないが、俺は書物というやつが死ぬほど嫌いでね」

整斗王は忌々《いまいま》しそうに紫煙を吐き捨てた。

「あんなもの、ただの文字の羅列《られつ》だ。もっともらしく形を整えただけの紙くずじゃないか。くだらない。書物などに夢中になる愚物《ぐぶつ》どもの気が知れないな」

唾棄《だき》するような口調には、幼き日の自分から母を奪ったものへの敵意がひそんでいた。

「書物がお嫌いなのに、蔵書家でいらっしゃるなんて皮肉なことですわね」

「知りたかったんだよ。母が書物に耽溺《たんでき》していた理由を。特別な何かがあるのだろうと思って、古今東西の書物を集めて読みふけった。だが、見つからなかった。何を読んでも心は微動だにしない。俺にとっては、どんな貴重な古書もかび臭《くさ》い紙きれでしかなかった」

尽氏は来隼を視界に入れることすら稀《まれ》だった。自分が子を産んだことを忘れてしまったのかもしれなかった。愛された記憶はない。やわらかい腕に抱かれた覚えもない。優しい眼差《まなざ》しを向けられた経験もなく、愛《いと》しげに名を呼ばれたこともない。ついぞ母親らしいことはしてもらえなかったにもかかわらず、母の死は来隼の胸にぽっかりと穴を開けた。

それは喪失感《そうしつ》というより、永遠に満たされない飢餓《きが》感だった。

子という生きものの性《さが》として、来隼は母の情を求めていた。書物に注ぐ情熱のほんの一部でもいいから、母が自分に目を向けてくれることを願っていた。

もしかしたら。今度こそは。明日はきっと。

あえかな希望にすがるようにして生きてきたのに、もはや一縷《いちる》の望みさえ断ち切られてしまった。母は死んだのだ。古臭い書物よりも価値のない、我が子を遺《のこ》して。

「来る日も来る日も、俺は母の姿絵の前に突っ立っていた。絵師の心遣いだろう、画中の母はたおやかに微笑《ほほえ》んでいた。生前は微笑むことなどなかったのにな」

ある日、綺雪が見舞いに来た。彼女は七つになっていた。

『絵なんて何の役にも立たないな。話しかけても言葉ひとつ返しはしないんだから』

『言葉は返していますわ。ただ、聞こえないだけです』

来隼が姿絵を見上げたままつぶやくと、綺雪は自信たっぷりに言い返した。

『聞こえない言葉は存在しないのと同じだ』

『いいえ、存在しています。殿下が耳を傾けていらっしゃらないから聞こえないのです。目を閉じて、ようく耳を澄ませてください。尽貴人《きじん》さまが語りかけてくださいますわ』

逆らうのも面倒なので彼女の言う通りにした。すると不思議なことに、母の声が耳元で聞こえた。母は来隼が亡母を偲《しの》ぶあまり体を壊してしまわないかと心配してくれていた。

生まれてはじめて聞く、母のあたたかい言葉。来隼の胸に熱い思いがにじんだ。

「実際には不思議でも何でもなかった。綺雪が母の声色をまねて囁きかけていたんだ」

「お優しい方だったのですね」

「あたたかい娘だった。母とは似ても似つかない。だからこそ、惹《ひ》かれたんだ」

尽氏薨去《こうきょ》の翌年、光順帝が皇太子に譲位《じょうい》。即位した高遊宵は、改元して崇成と号した。時に来隼は十。整斗王に封じられて王府をかまえたが、封土《ほうど》は賜《たまわ》らなかった。

「世間が語るように母の身分が理由じゃない。俺が栄家と婚約していたからだ。兄上は栄家がお嫌いだからな。事実上、栄家の手駒《てごま》になっていた俺を遠ざけたんだろう」

名ばかりの王となった来隼に失望し、栄家は婚約を反故《ほご》にしようとした。

「さんざんもめたが、婚約は解消されなかった。綺雪が断固としていやがったんだ。綺雪の両親は娘に甘かった。愛娘《まなむすめ》がそこまで言うのならと、様子見することにしたらしい」

綺雪が十八になったら婚儀を挙げることになった。

「もっと早く婚礼を済ませておくべきだったよ。十八といわず、十五になったらすぐに華燭《かしょく》の典を挙げていれば……綺雪は死なずに済んだのに」

崇成十年七月、栄玉環が秀麒を殺《あや》めようとした。

俗に月燕《げつえん》の案《あん》と呼ばれる事件である。

月燕の案はある者たちを歓喜の頂《いただき》にのぼらせ、ある者たちを奈落の底に引きずりこんだ。

前者は栄家に辛酸《しんさん》を舐めさせられてきた官吏《かんり》や、長年に渡って虐《しいた》げられてきた民だ。

栄家の族滅《ぞくめつ》が命じられると、朝堂には皇帝の英断を称《たた》える歓呼の声が満ち、市井《しせい》には拍手喝采《かっさい》とともに、栄一族の破滅を祝福する歌が響き渡ったという。

後者はむろん栄氏一門である。彼らは一夜にして権力の高みから転落し、逆賊《ぎゃくぞく》となったのだ。賊徒は誅殺《ちゅうさつ》されるさだめ。栄一族の成人男子は極刑に処され、屍《しかばね》を市中にさらされた。

「婦女子は減刑されたはずです。綺雪さまは死罪を免ぜられて、官婢に……」

「綺雪を罪人扱いするな‼」

薄闇を叩きつぶすような怒鳴り声が響き、玉兎はびくっとした。

「彼女が何をしたというんだ？　栄家の権勢を利用して他人のものを盗んだか？　誰かを虐げたか？　人を殺《あや》めたか？　朝廷に逆らったか？　謀反《むほん》を企《たくら》んだか？　何もしていない。綺雪はそんな女じゃない。彼女に罪があるとするなら、栄家に生まれたこと――それだけだ」

整斗王は綺雪のさらなる減刑を兄帝に嘆願《たんがん》した。彼女が官婢にならずに済むなら、王位も財産も返上する、彼女の身代わりになって刑罰を受ける心づもりだと。

皇帝は異母弟の哀願を退けた。

『一人許せば、族滅の刑そのものが軽くなる。例外は作らない』

これ以上の減刑をしない代わりに、最後の逢瀬《おうせ》が許された。

皇宮の一室、厳重な監視付きの部屋で二人は再会した。月燕の案が起きてから栄一族には蟄居《ちっきょ》が命じられていたため、二人がまみえるのは、実に五か月ぶりだった。

「綺雪はひどくやつれていた……。無理もない。父と兄たちは腰斬刑《ようざんけい》に処され、母親は夫のあとを追って殉死《じゅんし》したんだ。立て続けに家族を喪《うしな》い、綺雪は憔悴《しょうすい》しきっていた」

かける言葉がなかった。あれほど会いたかったのに、想いが声にならなかった。

慙愧《ざんき》の念が、我が身への激憤がぐらぐらと煮え立っていた。

自分が非力であるばかりに、彼女は家族を無残に殺された。挙句、柔肌《やわはだ》に官婢の焼き印を捺《お》され、死ぬまで酷使《こくし》されるのだ。

「何が親王だ。何が皇弟だ。天子一門の血にいかほどの値打ちがあるというんだ？　許嫁《いいなずけ》ひとり守れやしないくせに。何のための王位だ。いったい何のために俺は……」

無言でうなだれる整斗王に、綺雪は一幅の掛け軸《かじく》を渡した。繊細な筆運びで描かれていたのは、目にも彩な深紅の花嫁衣装に身を包んだ彼女だ。

『子どもの頃からずっと、殿下に嫁《とつ》ぐ日を指折り数えていました』

懸命に涙を堪《こら》え、彼女はくしゃりと微笑んだ。

『今日やっと……夢が叶いましたわ』

整斗王は綺雪をきつく抱きしめた。彼女のぬくもりを胸に刻みつけようとして。

『君は今日から整斗王妃だ』

天を呪った。愛しい女に襲いかかる冷酷《れいこく》な宿命を悪罵《あくば》せずにはいられなかった。

『身分が違っても、住む場所が違っても、歩んでいく道が違っても、たとえ二度と会えなくても、俺と君は王と王妃——比翼連理《ひよくれんり》の契《ちぎ》りを交わした夫婦だ』

最初で最後の口づけは、甘美な毒のようだった。

『生生世世《しようじようせぜ》、君を愛すと誓う。何度生まれ変わっても、君に恋をすると』

これが永の別れとなった。

「官婢に落とされてから一月と経たないうちに……綺雪は死んだ」

栄氏一門の女子はことごとく官婢に身を落としたが、みな、悲惨《ひさん》な末路をたどった。

官婢には栄家に陥《おとしい》れられて親兄弟や夫を喪った者がたくさんいた。身分を奪われ、未来をつぶされ、汚辱《おじよく》と苦役《くえき》の淵《ふち》に沈められた女たちの憎悪は、栄家出身の官婢に向かった。彼女たちは陰湿な虐待《ぎやくたい》を受けた。ある者は暴行され、ある者は辱《はずかし》められ、ある者は拷問《ごうもん》された。

「崇成十年十二月末、後宮で綺雪の焼死体が見つかった」

自害として処理された。同輩たちからの度重《たびかさ》なる凌虐《りようぎやく》に耐えかねたのだろうということになった。事件を不審に思った整斗王は、宦官《かんがん》を使って現場の状況を調べた。調査の結果、陰惨な事実が判明した。綺雪は自死したのではない。残忍な手口で殺害されたのだ。

「宮正司《きゆうせいし》によれば、綺雪は部屋に火を放ち、首を吊ったのだそうだ。しかし、両手は後ろ手に縛られた形跡があった。近くに焼け残っていた踏み台にはたっぷりと油がしみこませてあった。これが自害だと？　なぜ自ら両手を縛り、首を吊ったんだ？　部屋に火まで放つ必要があるか？　自害が目的なら、もっと楽な方法がいくらでもあるじゃないか！」

整斗王はかみつくような眼差《まなざ》しで玉兎を睨《にら》んでいた。

「明らかに殺人だったのに、宮正司は自害として処理した。俺が再捜査を求めても動かなかった。一官婢のために割く時間はないのだと、連中はほざいた」

官婢の不審死は後宮の日常の一部。たいていは事故や自害として片づけられる。

そもそも被害者が皇族や后妃侍妾、高位の女官、高級宦官でなければ、宮正司は動かない。

官婢の命は砂粒と同義なのだ。非業の死を遂《と》げたとしても、ろくに捜査すらしてもらえず、遺体は外城の外の荒野に十数人単位でまとめて埋められる。墓碑《ぼひ》さえもない。

「なぜ綺雪はこれほどまでにむごい最期を迎えなければならなかったのか。なぜ綺雪は罪もないのに官婢に落とされたのか。なぜ俺たちは結ばれることができなかったのか」

栄玉環だ、と整斗王は低くうなるように言った。

「あの女が元凶だ。やつが皇族殺しなど起こしたからだ。栄玉環のせいで綺雪は死んだんだ。八つ裂きにしてやりたい。四肢《しし》を引きちぎって両目をえぐり出して獣の餌《えさ》にしてやりたい。綺雪が味わった以上の苦痛を与えながら殺してやりたい。しかし、栄玉環はとっくに刑死している。綺雪の仇《かたき》は、俺の怨敵《おんてき》はすでにこの世のどこにもいないんだ」

「……だから秀麒さまを憎んでいると？　栄氏の代わりに」

「代わりじゃない！　あいつは栄玉環の息子だ！　栄玉環そのものだ！」

「秀麒さまだって被害者ですわ！　実の母に殺されかけたのですよ！」

「そうとも！　あいつが栄玉環に易々と殺されかけたのが悪いんだ！　なぜ止めなかった⁉　なぜ逃げなかった⁉　なぜ事件が公《おおやけ》にならないように手を回さなかった⁉」

当時、五つに満たなかった秀麒にいったい何ができようか。整斗王だってそんなことは承知しているはずだ。分かっていても叫ばずにはいられないのだ。喪ったものが大きすぎて。

「あいつを殺してやろうと何度思ったか知れない。だが、殺しはしなかったよ。命を奪うだけでは恨みが晴れないからな。長らく機会をうかがっていた。あいつに生きながらにして地獄を見せてやる日を指折り数えていた。今日がその日だ、巴享王妃」

整斗王は左手側の燭台《しょくだい》を蹴《け》り倒した。蠟燭《ろうそく》が床に落ちるや否《いな》や、炎がわっと燃え上がる。あらかじめ室内に油がまかれていたのだろう。またたく間に視界が真っ赤に染まった。

「あんたには二つの選択肢がある。一つはこのまま焼け死ぬのを待つ。もう一つはさっさと首を吊って死ぬ。どちらでもいい。好きなほうを選べ」

右手側の燭台を突き飛ばし、整斗王は高らかに嗤笑《ししょう》した。

「見ものだな。愛する女の死体を前にして、死にぞこないの六皇子がどんな顔をするか」

業火が床を這《は》い、柱を伝い、天井を舐《な》める。地獄の淵が音もなく口を開けた。

白雍廟はなだらかな肖霓山《しょうげいさん》のふもとにある古廟《こびょう》だ。

山裾《やますそ》が花や紅葉で鮮やかに色づく行楽の季節には参拝客も多いが、真冬は都人の足も遠のき、廃廟《はいびょう》のように閑散《かんさん》としている。吹雪《ふぶき》の日はとりわけ人気《ひとけ》がなく、雪に埋もれるようにしてひっそりとたたずんでいた。

秀麒と若霖は牌楼《はいろう》の前で下馬して参道を駆けた。拝殿に至るまで一人の道士の姿もない。

「あちらの棟から火の手が上がっています！」

若霖が回廊《かいろう》の先にある赤瓦《あかがわら》の建物を指さした。扉の隙間《すきま》から火があふれている。すぐさまそちらに駆けていき、扉を開いた。とたん、蛇のようにうねうねと蠢《うごめ》く炎が飛び出してくる。強烈な熱気があふれてきて息をのんだ。

あちこちに火が回っている。奥行きのある屋内は中央の壁で左右に仕切られており、それぞれ奥の間へと続いていた。どちらに玉兎がいるのか分からない。

「おまえは右の部屋を探せ。私はこちらを探す」

若霖が右側の部屋に入っていくので、秀麒は左側の部屋に足を踏み入れた。

手前の部屋は書棚《しょだな》が並んでいた。びっしりと積み上げられた書籍が火炎の餌になってごうごうと燃え上がっている。玉兎の名を呼んで見回したが、人影はない。

視界を焼く焔《ほむら》を避けながら奥の間へ進んだ。窓のないがらんどうの部屋だ。

あるのは玉製の衝立《ついたて》くらいで、他には何もない。こちらではなかったのかと引き返しかけたときだ。梁《はり》からぶら下がっている女の姿が目に飛びこんできた。

「玉兎……！」

心臓が砕《くだ》け散りそうになった。玉兎が宙に浮いている。首に縄をかけられた状態で。否、完全に首を吊っているのではない。足元には椅子《いす》があり、彼女の足はかろうじて椅子の上にのっている。後ろに回された両腕を体に縛りつけられて、ぐったりしていた。

「……秀麒さま……？」

玉兎がまぶたを上げた。息がある。彼女は生きている。それだけで喜びが胸を満たす。

「待ってろ。すぐに縄を切ってやるからな」

腰に佩いた剣を抜こうとしたまさにそのとき、玉兎が甲高《かんだか》く叫んだ。

「秀麒さま！　危ない！」

反射的に振り返った刹那《せつな》、背後から振り下ろされた剣が長衣の袖《そで》を断ち切った。

「早かったな。もっと遅くてもよかったんだぞ。おまえの王妃が丸焦げになった頃で」

「叔父上《おじうえ》……!!」

秀麒は殺気立った。整斗王は抜き身の剣を引っ提げている。いつものような飄々《ひょうひょう》とした態度
だったが、別人のようだと感じた。ぎらつく両目に怨念《おんねん》が色濃く表れているせいだろうか。

「今はあなたと話している暇はない。玉兎を連れて帰ります」

「生きて帰れると思うか？」

「帰ります。なんとしても」

「叔父を殺しても？」

白刃に喉笛《のどぶえ》を狙われ、秀麒はすんでのところでかわした。

すかさず左手で剣を抜き、次の斬撃《ざんげき》を受ける。

整斗王は反撃する隙さえ与えず、続けざまに攻撃を仕掛けてくる。斬撃をはね返すたびに右肩の古傷が疼いたが、秀麒は必死で剣を振るい続けた。

「昔、おまえにやった白鸚鵡《しろおうむ》が殺されたことがあったな」

整斗王は秀麒の切っ先を弾き飛ばした。

「おまえはしょげ返って俺に謝りにきた。叔父上にいただいた白鸚鵡を死なせてしまったと。ご丁寧《ていねい》に道士を招いて弔いまでしたよな？　たかが死んだ鳥のために」

ばかめ、と耳障《みみざわ》りな嘲笑《ちょうしょう》が炎にあおられた。

「気づかなかったか？　あの鸚鵡を殺したのは俺だよ。俺が首を斬り落としてやったんだ」

激情が脳天を貫いた。整斗王から贈られた白鸚鵡。雪をまぶしたような羽根を持つ美しい鳥だった。名前をつけるのに幾日もかかった。好物の葡萄《ぶどう》を与え、いろんな言葉を教えて可愛《かわい》がった。変わり果てた姿を見たときは、心から悲嘆《ひたん》に暮れ、悲憤したというのに。

「……なぜです、叔父上。どうしてそんなことを」

「死にぞこないのおまえを懲《こ》らしめてやるためだ。白鸚鵡だけじゃない。兄上から賜《たまわ》った官刻本を池に捨てたのも、おまえが買ったばかりの書籍に汚物をぶちまけたのも、おまえが気に入っていた墨《すみ》を打ち砕いたのも、おまえの好物の菓子に針を仕込んだのも、全部俺だよ」

破壊的な嗤笑。飛び散る火の粉。視界を焦がす赤。

「……そこまで私を憎んでいらっしゃったのか」

ふつふつとわき上がる感情は、恐れでも怒りでもない。燃え盛る炎のような悲傷だ。

「憎まれて当然だろう？　おまえのせいで綺雪が官婢になった！　おまえのせいで綺雪は無残に殺された！　おまえのせいで俺は許嫁《いいなずけ》を喪《うしな》った！　何もかもおまえのせいだ！　おまえこそが元凶だ！　おまえこそが俺の怨敵《おんてき》だ！　おまえは他人の人生をぶち壊しにしておきながら、自分だけは愛する妻と幸せに暮らそうというのか⁉　ふざけるな‼」

整斗王の両眼には憎悪が煮え滾《たぎ》っている。

「おまえはみじめでなければならない。孤独でなければならない。不幸でなければならない。幸せになってはいけない人間だ。さもなければ綺雪が浮かばれないじゃないか！　何の罪もなかったのに、綺雪は悲惨《ひさん》な死を迎えたんだぞ！　おまえは罪人の子のくせに、何の罪過もないかのようにのうのうと生きている。恥《はじ》知らずめ！　薄汚い死にぞこないめ！」

むき出しの殺意が鋭い牙をあらわにして猛攻を繰り返す。決死の思いで防いだが、右肩の痛みがしだいに強くなり、避けきれずに刃が腕や脚をかすめ、衣服に血がにじんだ。

「不様だな。巴享王妃よりおまえのほうが先にくたばりそうだ」

秀麒の剣を払い落として壁際に追いつめ、整斗王は正気を失ったように口を歪めてせせら笑った。それは長年、慕《した》ってきた叔父の顔とは似ても似つかない顔だった。

(私は叔父上のことを何も知らなかったんだ……)

今にも整斗王が自分の喉笛を掻き切ろうとしているのに、この胸をえぐるのは敵意ではなく、汚泥《おでい》のような虚無感だ。

親しいつもりだった。気の置けない間柄だと思っていた。互いに肉親の情を共有しているつもりだった。恨まれる理由があることは承知していたが、整斗王の言動からは憎しみなどみじんも感じ取れなかった。それほど整斗王が巧みに遺恨を隠してきたということだろうか。あるいは、秀麒が叔父の悲しみに無頓着《むとんちゃく》すぎたのだろうか。

(きっと分からなかったせいだ)

秀麒には整斗王にとっての綺雪のような存在がいなかった。誰のことも愛さなかった。誰のことも大切にしなかった。愛着は感じても愛情は感じなかった。だから、分からなかったのだ。叔父が見舞われた不運を物語の筋のように理解はしても、共感していなかった。心が通い合わなかったはずだ。秀麒のほうから歩み寄ることを放棄していたのだから。

ゆえにこれは裏切りともいえない。今日まで覆《おお》い隠されてきた齟齬《そご》が露呈しただけだ。

「秀麒さま！　逃げて！」

玉兎の悲鳴が頭をつんざいた。

彼女の重さを支えている椅子に火が燃え移っている。このままでは彼女が炎に包まれるのは時間の問題だ。もしくは、炎の熱から逃れるために玉兎が椅子から足を離してしまうかもしれない。突き上げるような情動が全身を荒々しくわななかせた。

玉兎を助けなければ。彼女を守らなければ。どんなことをしてでも。

「あの世で母親に伝えろ」

整斗王が剣を振り上げる。猛火が白刃を真っ赤に染め上げた。

「たとえおまえが千回地獄に落ちようと、俺の恨みは消えないと」

焔を断ち切るような斬撃を避けて衝立の後ろに回る。間髪《かんはつ》をいれず襲いかかってきた整斗王めがけて、衝立を蹴り倒した。整斗王は衝立を避けきれず、たたらを踏んで体勢を崩す。

ちょうどそのとき、若霖が駆けこんできた。秀麒は玉兎に駆け寄り、彼女の体を抱く。

「縄を切れ、若霖!」

若霖は即座に動いた。梁から玉兎をつり上げていた縄を剣で断ち切る。

腕の中に落ちてきた玉兎をしっかりと抱きとめ、若霖にたくして彼女の剣を奪う。

「玉兎を連れていけ! 早く!」

体勢を立て直した整斗王が若霖に斬りかかってくる。秀麒は二人の間に飛びこんで白刃を薙ぎ払った。衝撃が右肩にずっしりと響く。破裂しそうなほど心臓が脈打っていた。

「剣を捨ててください、叔父上」

視界の端で若霖が外に駆け出すのを確認した。秀麒を呼ぶ玉兎の声が遠ざかっていく。

「あなたが危害を加えないなら、私もあなたを傷つけずに済みます」

「この期に及んで甘ったれたことを言うな！」

整斗王は烈火を背負うように立っている。こちらを睨《にら》む両眼には殺気が漲《みなぎ》っていた。

「生きてここを出たければ、その手で俺を殺せ！」

「どれほど憎まれていても、あなたは私の叔父だ。あなたの返り血など浴びたくない」

「ならば死ね!!　母親と同じ地獄に落ちろ!!」

胸を狙って突き出された剣先。間一髪《かんいっぱつ》でかわして渾身《こんしん》の力で体当たりする。整斗王が横ざまに倒れこむと同時に剣が弾き飛ばされ、ぱらぱらと頭上から火の雪が降ってきた。

「叔父上！　逃げろ！」

炎に包まれた梁の一部が秀麒と整斗王の間に落下した。激しい火熱が肺腑《はいふ》を焼く。

「殿下！　早く外に出てください！　じきに建物が崩れますよ！」

若霖と入れかわりに駆けこんできたのは益雁だった。

「叔父上があちらにいるんだ！　助けなければ！」

「無理ですよ！　向こうは火の海です！」

整斗王は逃げ遅れていた。梁に両足を押しつぶされ、床に倒れたまま動かない。苛烈《かれつ》な焔がうねり、衣服に絡まりついて、整斗王は見る見るうちに火だるまになってしまった。

「叔父上……!!」

天井の一部が落下してきた。益雁に腕をつかまれて後ろに引っ張られる。

視界はいよいよ毒々しい緋に染まった。

すべてのものを食らい尽くそうとする業火が足元まで迫っている。

苦い思いを嚙《か》み殺し、秀麒は踵《きびす》を返した。ここで死ぬわけにはいかない。生きのびなければならない。なぜなら理由があるからだ。この命を燃やし続ける目的が。

「秀麒さま!!　ご無事でしたのね!!」

外に出ると、玉兎が抱きついてきた。若霖に縄をほどいてもらったらしい。両手と首には痛ましい戒《いまし》めの痕が残っていたが、大怪我《おおけが》はしていないようだ。

「よかった……。君が無事で」

秀麒は玉兎をひしと抱きしめ、後ろを振り返って命じた。

「ただちに消火に取りかかれ!!」

呆然《ぼうぜん》と立ち尽くしていた景椋門の兵士たちが弾かれたように動き出す。

雪景色の中で猛々《たけだけ》しく咆哮《ほうこう》する炎は、無情な轟音《ごうおん》とともに何もかものみこんでいった。


年の瀬も迫ったこの日、秀麒は玉兎を連れて整斗王府を訪ねた。

主人がいなくなったためか、仙境《せんきょう》を再現したような園林《ていえん》もどこか色あせて見える。

「処分されてしまったのでしょうか……」

整斗王の書斎を一通り見て回り、玉兎は口惜しそうに溜息をついた。

ここに来たのは、整斗王が盗んだ『瓊楼花列伝』の清稿本《せいこうほん》を探すためだ。しかしもはや、秀麒は自作のことなど失念しかけていた。叔父の手稿本を見つけてしまったからだ。

それは題名のない回顧録《かいころく》だった。栄綺雪との出会いから始まり、彼女と育《はぐく》んだ恋、突然の理不尽な離別、最後に会ってから一月と経たないうちに聞いた訃報《ふほう》、綺雪亡き後の虚《むな》しくわびしい日々――。意外にも、栄玉環や秀麒への恨みつらみは記されていない。

胸に迫る名文であった。百年後も読み継がれるべき名作だ。叔父は書物など文字が羅列《られつ》された紙くずだと玉兎に語ったらしいが、これが紙くずならば、世に名著は存在しない。

「叔父上こそ、天下に比類なき文才の持ち主だった」

誰よりも書物を憎んでいた人が後世に名を遺《のこ》す文筆家だったというのは、皮肉なことだ。

「整斗王殿下は、はじめから自死なさるおつもりだったのでしょうね……」

書斎はすっきりと片づいていた。書きかけの稿本はなく、書籍の出版も一段落しており、工房は休みに入っている。側妃《そくひ》たちは離縁され、使用人のほとんどが暇を出されていた。

身辺を整理していたのだ。叔父は死ぬつもりでいたのだと、人気《ひとけ》のない王府を見て思う。

しばし窓辺で沈思《ちんし》していると、職人らしき壮年の男が益雁に案内されてやってきた。

「巴亨王殿下がお見えになっているとうかがい、まかりこしました」

男は跪《ひざまず》いて拝礼《はいれい》した。携《たずさ》えていた絹包みをうやうやしく差し出す。

「『瓊楼花列伝』の清稿本だわ！　どこで見つかったのですか？」

「工房にてお預かりしておりました。巴享王殿下がお見えになったら、お渡しするようにと」

「誰の命令だ？」

「整斗王殿下のご下命にございます」

秀麒と玉兎は顔を見合わせた。言伝はないかと尋ねると、男は言いにくそうに口ごもる。

「……そ、その……申し上げてよいかどうか……」

「かまわぬ。申せ」

「はあ……それでは、整斗王殿下のお言葉を謹《つつし》んで申し上げます」


――『錦上万里《きんじょうばんり》』並みの駄作。


『錦上万里』は前王朝時代の伝奇《でんき》小説だ。御大層な題名のわりに、とりとめのない子どもだましの内容で、読むにたえない駄文が連ねられている陳腐《ちんぷ》で退屈な作品である。にもかかわらず、今日に至るまで皇宮の書庫に残っているのは、作者が前王朝の皇帝だからだ。

「まあ、失礼ですこと！　言うに事欠いて『錦上万里』並みだなんて！」

玉兎はぷりぷりと腹を立てたが、秀麒は肩を揺らして笑った。

「さすが叔父上だ。手厳しい」

「笑い事ではありませんわ！　『錦上万里』と言われたのですわよ！　許せません！」

「叔父上が駄作というなら駄作なんだろう。出版前に分かってよかったよ」

「よかった？　いったい何が……秀麒さま！　何をなさるのです⁉」

秀麒が『瓊楼花列伝』の清稿本をびりびり破り始めたので、玉兎がぎょっとした。

「駄作を出版したら、双非龍の名折れだ。これは捨ててしまおう」

「えっ⁉　捨ててしまうなんてだめですわ！」

「いいんだ。捨てたほうが、かえってすがすがしい気持ちで新作を書ける」

清稿本の残骸《ざんがい》を絹に包み、玉兎の手をつかんで書斎を駆け出した。回廊《かいろう》を通り、四層建ての楼閣にのぼる。ここは王府内で最も高い建物だ。見事な眺望が四方の窓を彩《いろど》っている。

「いったい何をなさるのです⁉」

息を切らしながらついてきた玉兎が尋ねた。秀麒は西向きの格子窓《こうしまど》を開け放つ。

「雪を降らせるんだ」

沈みゆく夕日が臘月《ろうげつ》の銀世界を朱色に染めていく。

「ああっ！　稿本が……‼」

清稿本の残骸をひとつかみして窓外に放ると、寒風が一瞬にして持ち去ってしまう。ひらひらと舞い踊る紙吹雪《かみふぶき》は、夕焼けと雪明かりに照り映えて銀朱に輝いた。

「君もやってみろ。なかなか楽しいぞ」

「もう、もったいないったらないわ。素敵な作品でしたのに」

ぶつぶつ文句を言いながら、玉兎はしぶしぶ紙吹雪を降らせる。白い手から放たれた紙切れはきらめきながら散っていく。幻想的な光景に魅入《みい》られ、彼女の瞳が輝いた。

「綺麗《きれい》！　星くずをばらまいているみたいですわ！」

秀麒は玉兎の肩を抱いた。紙くずをつかんでぱらぱらと窓外にまき散らす。

先日の事件は記録に残されないことになった。公にはしないでほしいと秀麒が訴えたのだ。

『一度ならず二度までも身内に命を狙われたなど、とんだ赤恥《あかはじ》です』

整斗王の名誉のためではなく、自分の恥になるので伏せてほしいと上奏した。あくまでも利己的な理由にこだわったのは、情に訴えることを父帝が嫌うからだ。秀麒の申し出は許可され、整斗王は病死とされた。年末の葬儀は不吉なので、弔《とむら》いは年明けになる。

(叔父上の旅立ちを祝おう)

整斗王は死を恐れてはいなかった。むしろ、焦がれていたはずだ。愛《いと》しい女が待つ黄泉《よみ》に行くことを。整斗王にとっては、綺雪がいないこの世こそが地獄だったに違いない。

「秀麒さま」

紙吹雪がなくなると、玉兎がこちらを見上げてきた。

「わたくし……生生世世《しょうじょうせぜ》、あなたを愛しますわ」

夕映えに染まった頰《ほお》がいっそう愛らしく色づく。あまりの可愛《かわい》らしさに微笑《ほほえ》みがこぼれる。

「ずるいぞ。私のほうが先に言おうと思っていたのに」

「ふふ、早い者勝ちですわよ」

「仕切り直しだ。今のはなかったことにしよう」

「わたくしが早く言ったのですから、わたくしの勝ちですわ」

「勝ち負けを競っているんじゃない。こういう台詞《せりふ》は男が率先《そっせん》して言うものだ」

「どちらでもよいではありませんか」

「よくない。夫唱婦随《ふしょうふずい》は世の習いだからな」

「経書《けいしょ》の教えのような古くさいことをおっしゃる方は嫌いですわ」

玉兎はつむじを曲げてしまったようだ。秀麒は笑って彼女の蟀谷《こめかみ》に口づけた。

「仕方ないな。婦唱夫随になってしまうが、二番手で甘んじよう」

「甘んじよう？」

「いや、言い間違いだ。喜んで二番手になろう、だった」

やっと機嫌を直してくれたのか、玉兎が花のかんばせを見せてくれた。やわらかな頰を手の甲でそっと撫《な》でると、胸に満ちる愛おしさが知らず知らずのうちに言葉になる。

「生生世世、君を愛す」

とたん、火がついたように玉兎が頰を赤らめた。

「いいことを発見したぞ。愛を囁《ささや》くと君は紅牡丹《べにぼたん》になる」

「ぼ、牡丹になんてなっていませんわ」

「自覚がないのか？　真冬なのに春が来たみたいだぞ」

牡丹色の頰を撫で、唇を重ねる。玉兎を見るたび、彼女を想うたび、熱を帯びた恋情が胸をいっぱいにする。昨年まで玉兎なしでどうやって生きてきたのか思い出せないほどだ。

「なぜ笑う？」

玉兎は可憐《かれん》な口元に手をあてて、くすくすと笑った。

「だって、秀麒さまも牡丹になっていらっしゃるのですもの」

自分の頰に触れてみる。焼けるように熱い。男の沽券《こけん》にかかわるので、言い訳を探す。

「君が赤面して恥ずかしそうにしているから、私も君に合わせたんだ。二人とも牡丹なら君を恥ずかしがらせずに済むだろう？　つまり、君への配慮《はいりょ》というわけだ」

「本当は恥ずかしくて赤くなっていらっしゃるのでしょう？」

「恥ずかしくない。こういうとき、男はちっとも恥ずかしくないんだ」

嘘である。益雁の愛読書に出てくる男どもはとんでもないことをしていても羞恥心《しゅうちしん》などないかのようにふるまっているが、秀麒にはまねできそうにない。少なくとも今は。

「秀麒さまがわたくしを愛おしく思ってくださっていることは分かっているのですが……」

玉兎は牡丹が咲いたような面《おもて》を両手で隠した。

「い……いつになったら、わたくしを妻にしてくださるのかしら？」

「は？　とっくにしてるじゃないか。君は私の妻だ」

「え、ええと……わたくしが申しているのは、そういうことではなくて……」

玉兎が指の間から潤んだ瞳で見つめてくる。秀麒はようやく彼女の意図を理解した。

「あ、ああ、例のことか。私はいつでもいいが、君はいつがいい？」

「……今夜など、いかがでしょう」

「今夜⁉　ちょっとそれは……急すぎないか？」

「……いやですか？」

「いやじゃないが、君はいいのか……？」

はい、と玉兎は面を両手で覆《おお》ったままうなずく。秀麒は彼女を抱き寄せた。

「じゃあ今夜だ。私が訪ねていくから、支度《したく》をして待っていてくれ」

またしても婦唱夫随になってしまったが、まあいいだろう。どちらが先に言い出したかどうかなんて、ささいなことだ。心が通じ合ってさえいれば、順番は関係ない。


巴享王府に帰るなり、玉兎はこっそり益雁を呼んだ。

「益雁どの、先日見せてくださった台本を貸していただけないかしら」

「初夜の台本ですか？　ってことは、いよいよですね？」

「ええ、今夜なのです。それでその……参考資料として、貸してくださらない？」

「もちろんですとも。何なら、俺が厳選した初心者向けの艶本《えんぽん》もおつけしますよ」

「ご親切にありがとう。きっと助けになりますわ」

艶本限定の蔵書家である益雁なら、さぞかし役に立つ資料を持っているだろう。

「それから、先日のこともお礼を申し上げますわ」

秀麒が外城から出てしまった件については、益雁の機転で丸くおさまった。

益雁から急報を受けた皇太子が栄太后に頼んで、秀麒が外城から出ることを許可する詔書《しょうしょ》を作ってもらったのだ。なにゆえ規則を破ったのかと皇帝から尋問《じんもん》された際、秀麒は栄太后の詔書を出して乗り切った。十中八九、事情は筒抜《つつぬ》けだろうが、栄太后の面目をつぶしてまで、皇帝は過剰《かじょう》な追及をしない。おかげで問題は穏便に片づいた。

「本当にありがとうございました。秀麒さまも深く感謝なさっていましたわ」

「いえいえ、礼には及びません。殿下の御守りが俺の仕事ですから」

へらりと笑って退室しようとした益雁を呼びとめる。

「立ち入ったことをお尋ねしますけれど……あなたは秀麒さまを恨んでいないのですか？」

益雁は月燕の案で従兄《いとこ》を亡くしている。整斗王のように悪感情はないのだろうか。

「めちゃくちゃ恨んでました。最初は」

女好きのしそうな容貌《ようぼう》に困ったような笑みをはく。

「憎き栄玉環の息子許すまじ三千回ぶち殺して豚の餌《えさ》にしてやると思ってましたし。実際、何度か復讐《ふくしゅう》しようと試みたこともあるんです」

衝撃の事実である。玉兎は目をぱちくりさせて続きを促した。

「たいしたことはしてませんよ。相手は皇子ですからね。殺す機会をうかがうついでに、ちょっとした意地悪をして憂《う》さ晴らししてたんですよ。朝粥《あさがゆ》に砂糖をドバドバ入れたり、夜中に怪談を聞かせたり、過激な艶本を書棚《しょだな》に紛《まぎ》れこませておいたり、いきなり池の中から飛び出したり、殿下が嫌いな団子虫を硯箱《すずりばこ》いっぱいに入れたり。微笑ましい悪戯《いたずら》ですよ」

やられているほうは、全然微笑ましくなかっただろう。

「そうこうしてるうちに、俺が月燕の案で従兄を亡くしてるってことに殿下がお気づきになりましてね。こりゃ遠ざけられるなと思ったんです。復讐の機会もなくなるなって。誰だって、自分に恨みを持ってるやつを好き好んでそばに置きたくはないでしょうし」

ところが、秀麒は益雁の過去を知っても、変わらず彼を重用し続けた。

『私を殺して晴れる恨みなら、晴らすがいい』

面と向かってそう言われ、益雁は拍子抜けしてしまったのだという。

「殺意が萎《な》えちゃったんですよ。殺さないでくれーって命乞《いのちご》いするやつを殺《や》るのは楽しいけど、お好きにどうぞって言ってる相手を殺っても張り合いがないですもん」

「よく分からないけれど……秀麒さまを殺そうとするのはやめたのですか？」

「だいぶ前にやめました。今はもっぱら殿下をからかって遊んでます」

「恨みは消えたのでしょうか？」

「消えてないですよ。たぶん、一生なくならないんじゃないかな。でも、殿下を殺したいとは思わないんです。あの人は生かしていたほうが面白い。いろんな意味で」

にやりと人の悪そうな笑みを浮かべる。どうやら秀麒の受難はこれからも続きそうだ。

「それに利颯兄上も殿下を気に入ると思うんです。あの人も結構悪戯好きだったから」

益雁は敬慕《けいぼ》の情をにじませて亡き従兄の名を口に出した。

「栄利颯どのは立派な方だったそうですね。今度詳しくお話を聞かせてください」

月燕の案では、たくさんの人たちが罪人になった。罪のある者もいたし、何の罪もない者もいた。いつの日か、月燕の案という事件が生々しさを失った頃に、この件にかかわった人たちについて本にまとめたい。自分が死んだ後も世に遺したいのだ。罪人の烙印《らくいん》を押された者たちにも、おのおのの物語があったことを、書籍という形で。


「あいつといったい何を話しこんでいたんだ？」

益雁が出ていった後、秀麒が部屋を訪ねてきた。

「今夜のことですわ」

「どんな話をした？　いかがわしいことを聞かされたのか？」

「秘密ですわ」

ふふふ、と笑ってごまかす。秀麒は怪しんでいたが、それ以上の質問はしなかった。

「それで……ええと、今夜のことなんだが」

「やっぱりやめようとおっしゃるのではありませんわよね？」

「言うわけないだろう。待ちに待った日なのに……」

秀麒がしまったと言いたげに口をつぐんだ。玉兎はますます唇がほころんでしまう。

「あなたもこの日を心待ちにしていてくださったのですね」

「……君もか？」

恥じらいながらうなずくと、秀麒が手を握ってくる。

「今夜は枸杞湯《くこゆ》に入る日だろう？」

十二月三十日は枸杞の葉を浮かべた湯で沐浴《もくよく》をすると不病不老になるという。

「いい機会だから、一緒に入るというのはどうかな」

「ええっ⁉　一緒に沐浴するのですか⁉」

「……いやなのか？」

しょんぼりした調子で尋ねられると、断れなくなってしまう。

「い、いやではありませんが……恥ずかしいですわ」

「恥ずかしいのはお互いさまだ。しかし、想像してみろ。恥ずかしい恥ずかしいと言っている場合じゃないだろう？　夫婦の契《ちぎ》りを結ぶのは恥ずかしいどころの騒ぎじゃないんだぞ」

「そ、そうですわね……」

「恥ずかしさに慣れるため、ともに沐浴するのはどうだろうかと考えたんだ。いきなり臥室《しんしつ》で事に及ぶより、緊張が和《やわ》らいでからのほうがいいと思う」

「名案ですわ。お湯であたたまれば、心も体もほぐれますものね」

ありのままの姿を見られるのは恥ずかしいが、どうせ床入《とこい》りすれば何もかも見られてしまうのだ。あらかじめ見られていたほうが、いくらか気が楽になるだろう。

「決まりだな。夕餉《ゆうげ》の後、一緒に湯浴みしよう」

微笑《ほほえ》み合って、手を取り合う。気恥ずかしさも、いつの間にか愛《いと》おしさに紛《まぎ》れてしまった。

「信じられない思いですわ。嘘から始まった婚姻がこんな幸せな結末を迎えるなんて」

夢のようだ。秀麒と愛し愛される夫婦になれるなんて。

「結末じゃないぞ」

甘い口づけが降ってきて、玉兎はまどろみの中にいるかのようにぼんやりした。

「これがはじまりだ」

あとがき

こんにちは。はるおかりのです。後宮シリーズ七巻目のテーマは「印刷と出版」です。明代《みんだい》末の出版ブームをモデルにしております。部数や値段は当時の記録をもとに考えました。今回、はじめて京師《みやこ》について詳しく書きましたが、北宋の開封《かいふう》、金の中都《ちゅうと》、明の北京をベースにしています。しかし、七巻になっても凱《がい》の都の名前が登場していないという……。

本作は前作『後宮樂華伝』の十三年後が舞台です。前作でひどいめに遭《あ》った第六皇子・高秀麒《こうしゅうき》がヒーローです。作中には書いていませんが、崇成《すうせい》十年末に高夕遼《せきりょう》と仁啓帝《じんけいてい》は鬼籍《きせき》の人になっており、呉太皇太后《ごたいこうたいごう》もその数年後に崩御《ほうぎょ》しています。今回も番外編を書かせていただきました。のちほどWebマガジンCobaltに掲載させていただけるそうなので、ご覧くださいませ。

由利子《ゆりこ》先生のイラストがますます美麗《びれい》になっていますね。美しくてきらびやかなイラストをありがとうございました！　最後になりましたが、読者の皆さまに深く感謝いたします。好きなものをいろいろ詰めこみました。少しでも楽しんでいただければ幸いです。

はるおかりの

※この作品はフィクションです。実在の人物・団体・事件などにはいっさい関係ありません。

はるおか・りの

7月2日生まれ。熊本県出身。蟹座。ＡＢ型。『三千寵愛在一身』で、2010年度ロマン大賞受賞。コバルト文庫に『三千寵愛在一身』シリーズ、『A collection of love stories』シリーズ、禁断の花嫁三部作、『後宮』シリーズがある。趣味は懸賞に応募すること、チラシ集め、祖母と電話で話すこと。わけもなくよく転ぶので、階段が怖い。

後宮刷華伝
ひもとく花嫁は依依恋恋たる謎を梓に鏤《ちりば》む

COBALT-SERIES

2017年10月10日　第１刷発行

★定価はカバーに表示してあります

著　者　はるおかりの
発行者　北　畠　輝　幸
発行所　株式会社　集　英　社
〒101－8050
東京都千代田区一ツ橋２—５—10
電話　【編集部】03-3230-6268
【読者係】03-3230-6080
【販売部】03-3230-6393（書店専用）

印刷所　株式会社美松堂
中央精版印刷株式会社

ISBN978-4-08-608053-8　C0193

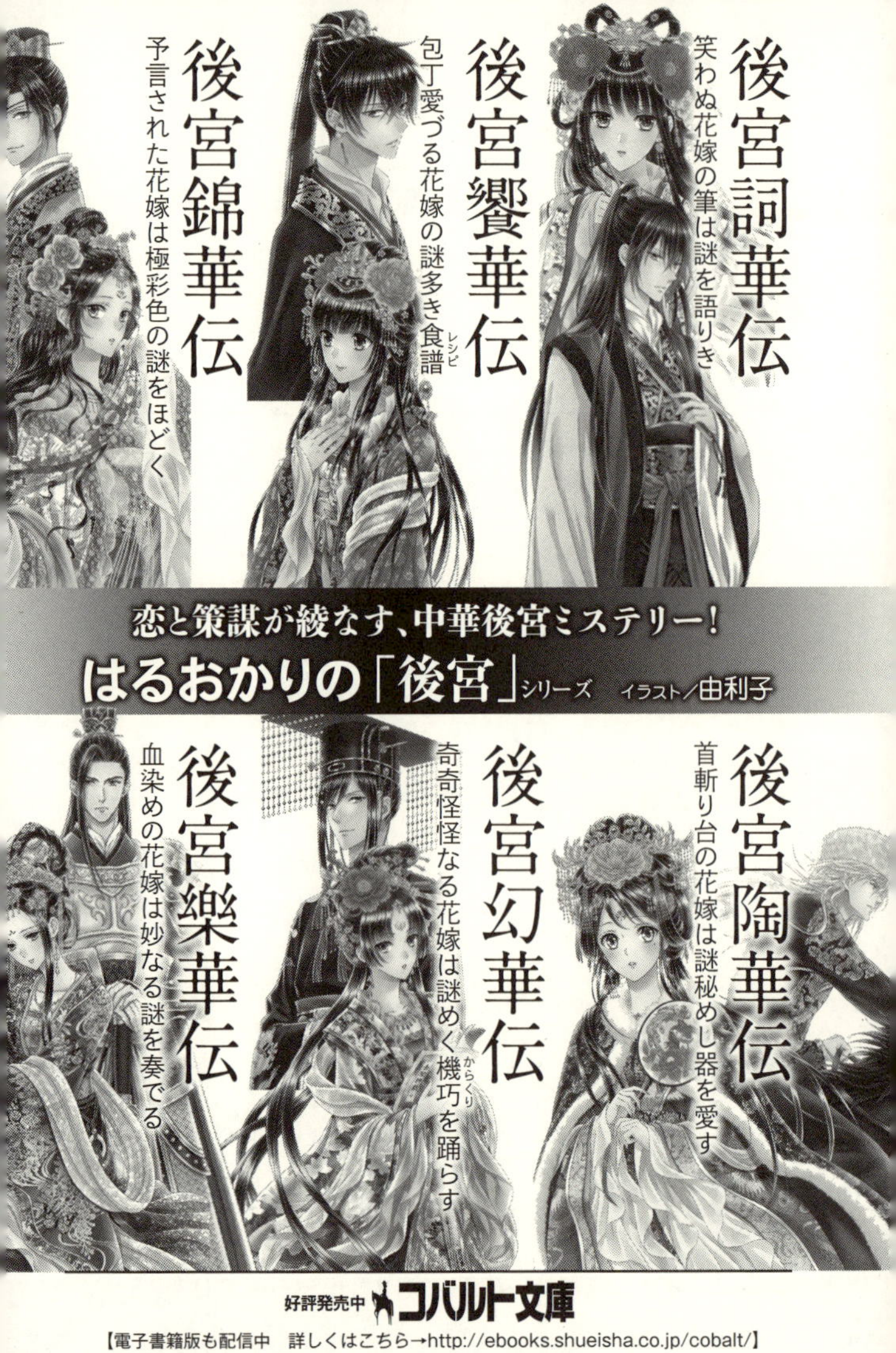
後宮詞華伝
笑わぬ花嫁の筆は謎を語りき
後宮饗華伝
包丁愛づる花嫁の謎多き食譜《レシピ》
後宮錦華伝
予言された花嫁は極彩色の謎をほどく
恋と策謀が綾なす、中華後宮ミステリー！
はるおかりの「後宮」シリーズ　イラスト／由利子
後宮陶華伝
首斬り台の花嫁は謎秘めし器を愛す
後宮幻華伝
奇奇怪怪なる花嫁は謎めく機巧《からくり》を踊らす
後宮樂華伝
血染めの花嫁は妙なる謎を奏でる